オノレ・ド・バルザック

サンソン回想録

安達正勝 訳

フランス革命を生きた死刑執行人の物語

国書刊行会

Les Mémoires de Sanson: Mémoires pour servir à l'histoire de la Révolution française

はじめに

この『サンソン回想録』は、フランスの文豪バルザックが、四代目サンソン家当主シャルル－アンリに成り代わって書いたものである。四代目サンソンはフランス革命期にパリの死刑執行人を務め、ルイ十六世やマリー－アントワネット、ロベスピエールやサン－ジュスト、ダントンらの処刑を担当した。いわば、フランス革命の影の主役、といった人物である。

バルザックがこの本の執筆に取りかかった頃、四代目サンソンはすでに亡く、五代目アンリ・サンソンの時代になっていた。サンソン家には歴代当主たちが残した手記、日誌、公文書、手紙など、多数の資料が伝えられていた。さらに、こうした文書資料の他、一族内で語り継がれてきた口伝の伝承もあった。バルザックはサンソン家からそれらの資料の提供を受け、五代目当主に会って話を聞き、自分でも独自に資料を収集し、『サンソン回想録』を執筆した。

この本を翻訳するにあたってまず最初に突き当たる困難は、バルザック自身によって確定されたテキストがない、ということである。

なぜ、そんなことになったのか、事情を説明する。

最初、一八三〇年に『サンソン回想録』が二巻本で出版されたときは、バルザックとレリティエ・ド・ランという人物による共著であった。その頃、バルザックはまだ三十歳、新進気鋭、売り出し中の作家であったが、その後数多くの傑作を世に送り出し、押しも押されもせぬ大作家となった。つまり、時の推移とともにバルザックと共著者の評価に格段の差が生じ、共著者には気の毒だが、彼の書いた部分はあまり価値がないとみなされるようになった。

バルザックの死後、ある出版社がバルザック全集の出版を企画したが、『サンソン回想録』については、バルザックが書いた部分と共著者が書いた部分を振り分けるという困難な作業に直面しなければならなかった。この出版社はマルコ・ド・サンティレールという人物にこの作業を依頼した。サンサンティレールはバルザックとも共著者とも知り合いで、二人の執筆過程をよく知っていた。サンティレールは、バルザックが書いた部分とそうでない部分を見事に振り分けて見せた。以後、バルザック著『サンソン回想録』はこの選定にしたがって出版されてきたが、後の研究者たちから若干の異論が出るのは避けがたかった。

今回、私はコナール版とプレイヤッド版を参照した。コナール版が出たのは一九三五年、プレイヤッド版が出たのは一九九六年と、プレイヤッド版のほうが六十年ほど新しい。この本で「第十章」に相当する部分以外は、両者とも収録内容はまったく同じと言っていいほど、ごくわずかな違いしかない。解説、注に関しては、プレイヤッド版のほうがずっと優れている。

私は、プレイヤッド版を常に参照しつつも、基本的にはコナール版を底本とした。その理由は、コナール版はバルザックが書いた部分を「第一章」から「第十四章」までに整理し、バルザックが書いた部分だけで一冊の本にしようと努力しているのに対し、プレイヤッド版はバルザックが書いた部分を「第一巻第何章」「第二巻第何章」というふうにバラバラに羅列しているだけだからである。ただし、収録内容が大きく異なっている「第十章」相当部分に関しては、プレイヤッド版のほうが正しいと思ったので、こちらを採用した。

コナール版もプレイヤッド版も原著（最初二巻本で出された本）の注を踏襲しているが、表記がより詳しいコナール版では「原著編者注」「原著著者注」「原著注」の三種類に分けている。「原著注」と他の二種類の注との違いについての説明はないが、コナール版の表記に従った。この三種類の断り書きのない注は、すべて訳者による注である。また、章タイトルは、第八章以外は訳者がつけたものである。小見出しはすべて訳者による。

コナール版のタイトルは『不可触賤民《ふかしょくせんみん》の思い出』、プレイヤッド版のタイトルは『サンソン回想録』である。私はもともとのタイトルである後者を採用した。『サンソン回想録』のフルタイトルは『フランス革命期の刑事判決執行人サンソンによる、フランス革命史に貢献するための回想録』である。邦訳にあたり「フランス革命を生きた死刑執行人の物語」という副題を付した。

底本とした二つの版のフランス語タイトル、収録書名は以下のとおり。

コナール版

Souvenirs d'un paria,《Œuvres complètes de Honoré de Balzac, t.XXXVIII, Œuvres diverses I》

Louis Conard, Libraire-Editeur, 1935

プレイヤッド版

Mémoires pour servir à l'histoire de la Révolution française, par Sanson, exécuteur des arrêts criminels pendant la Révolution,《Balzac, Œuvres diverses II, Bibliothèque de la Pléiade》

Gallimard, 1996

サンソン回想録　目次

はじめに　i

第一章　死刑執行人の宿命　13
司法制度と世間の常識　13
ナポレオンに会う　23

第二章　刑罰制度に対する世論の変遷　39
死刑執行人の境遇　39
国によって変わる状況　43
馬鹿げた悪循環　49

第三章　ある不条理な銃殺刑　55
評判の兵士　55
偏見は根拠薄弱　68

第四章　子供時代の思い出　81
親元を離れて地方の寄宿学校に　81
放校処分になる　91

第五章　初めて家業を知る　99
父親の告白　99
見つからない家庭教師　106
第六章　風変わりな家庭教師　111
グリゼル師の聖書様式と処刑前夜のサンソン家　111
人々につきまとわれる　120
第七章　教会内にも差別が　127
聖体拝領の日　127
真のキリスト者の最期　133
第八章　アンリ・サンソンの手稿　139
Ⅰ　139
Ⅱ　162
Ⅲ　178
Ⅳ　192
Ⅴ　213

第九章　死刑執行人を巡る美談・挿話・噂　223
シャルル－アンリの感慨　223
評判になった死刑執行人たち　234
サンソン家当主が息子を処刑!?　241
第十章　父親の心配り　253
死刑執行人に対する敬意と偏見　253
環境に慣れさせるために　258
第十一章　科学者たちとの交流　261
奇妙なドイツ人科学者　261
イタリアの実情　273

第十二章　イタリアの死刑執行人ジェルマノ　285
第十三章　ジェルマノの受難は続く　293
第十四章　山の女王ビビアーナ　301
訳者あとがき　315
シャルル＝アンリ・サンソン関係略年表　324
サンソン家関連文献・資料案内　326

サンソン回想録

第一章　死刑執行人の宿命

司法制度と世間の常識

世の中には、どんな人生をたどるのか、あらかじめ定められている人たちが存在する。最初から最後まで、こうした人たちの人生はまっすぐな線をたどる。昨日行なったことを今日も行ない、明日もまた行なうだろうし、これからもずうっと同じことを行なうだろう。社会的にあらかじめ定められた人生とは、すべてこうしたものである。子供たちは先祖が定めた決まりに従うが、それというのも、社会が現状をよしとし、個人に対して固定した枠組みを設定するからである。その一方、社会によって枠組みを設定されない個人も存在する。

この地上に、どれだけの呪われた人々がいることだろう！　そしてまた、どれだけの特権的人々がいることだろう！　高貴さの元を成すのは何なのかを誰が私に明かしてくれるのだろうか？　そして、排斥は何に基づいてなされるのかを誰が私に教えてくれるのだろうか？　私はこうしたすべてのことを考えてみなければならなかった。私は、この世で名誉とされていることと恥辱とされていることについていろいろと考えを巡らせてみたが、考えるたびごとにいつも苦しい思いがつきまとった。

可哀相な不可触賤民よ、なにゆえにおまえの階級は社会から締め出されているのか？　なにゆえにおまえの美徳をもってしても原初の汚《けが》れから救われないのか？　おまえは生まれたときから汚辱の中に閉じ込められてきたが、父親は名誉ある人間だったと父親を誇りに思ってもきた。そして、息子としてのこの尊敬の念がおまえを一族に結びつけるさらなる絆となっているが、これはおまえにとって愛《いと》おしい絆であり、たとえこの絆を断ち切ることが許されたとしても、おまえがこの絆を断ち切ることはないだろう。おまえはどこへ行こうとしているのか？　おまえはこれからどうなるのか？　おまえは母親、弟姉妹を後ろに従えて共に生きてゆくのか？　それとも、彼らを否認するのか？　おまえは彼らの間に留まるがよい。彼らはおまえを愛し、おまえを求めるだろう。他の者たちはおまえを拒絶するだろう。孤立、それは死に等しい。

私は思うのだが、ここから数千里も離れた場所、中国の辺境、万里の長城近辺を除いては、どこでもユダ一族の末裔は唾棄嫌悪され、国民の埒外に置かれている。彼らは普通の市民になることができず、町では敵対的扱いを受ける。立法者は彼らの社会的境遇を改善しようとするが、偏見が彼らを突き落とす。理性は一つの声しか持たないが、偏見は千の声を持っていて、こちらのほうが影響力が大きい。大多数の者は闇であり、少数の者だけが光である。いちばんいいのは、自分に満足し、誰にも不満を持たないことだ。それが人間の条件のすべてであり、社会的条件以上のことだ。ともかくも、自分の良心に安んじることができれば、それで十分だ。

ヨーロッパのすべての国において、ボヘミアンはさ迷い、放浪し、恥辱にさらされている。哲学は、ボヘミアンに定住するように推奨する。しかし、偏見は「歩け、立ち止まるな」と叫ぶ。ある日、飢えと疲労にうちひしがれて、一休みする。そして、人を殺す。すると、今度は法律がそのボヘミアンを殺す。なぜ、法律はボヘミアンを殺すのか？　それは、法律は哲学に由来するのではなく、偏見に帰着するものだからだ。

法律は思索の産物である。法律の基礎となるのは利害関係だが、しばしばピラミッドは頂点を下に逆立ちし、基礎がひっくり返されている。偏見の源《みなもと》を探るには、感情にさかのぼらなければならない。反感と嫌悪が産み出される根本には、何かしら真実めいたものがあることが多い。今日、真実と誤りを見分ける術《すべ》を誰がわれわれに教えてくれるのだろうか？

医師団の協議結果にしたがって、身体を救うために壊疽《えそ》になった部位を切除する外科医は、宮廷に迎えられ、もてはやされる。外科医は王侯の誕生の際に呼ばれ、死の際にも呼ばれる。外科医は王侯からありあまるほどの恩典を授かり、宮殿内を頭《こうべ》を高くして歩き、身分の高い人々から挨拶を受ける。外科医は、責任を問われることはなく、学識ある医師たちの意見に従っているだけだが、にもかかわらず、そうした医師たちと同等の敬意をもって遇されている。手先が器用でさえあれば外科医は非の打ち所がないとされ、たとえ器用さに欠けることがあっても、誰からも忌み嫌われることがない。手術が成功しようが失敗しようが、外科医は隠れはしないし、人から避けられることもない。体が接触するのを嫌って、通りすがりに身をかわされることもない。

判決を最終的に実行する死刑執行人も、あるべきこととあってはならないことを計る天秤を持っていない。人は彼に言う、「剣をとれ。裁判官たちを裁く至高の審判者の前において、流された血の責任を負うのは刃《やいば》ではない」と。なのに、なぜ、判決を執行する人間は司法官が着用する長衣を身にまとっていないのか？　なぜ、彼はエゾイタチの毛皮で飾られた服を着て歩かないのか？　それは、おそらく、社会というものは不滅なものだからであり、社会の一員を亡き者にする必然性は明白でないばかりでなく、証明され得ないからでもあろう。そしてまた、おそらくは、社会よりも聡明な人間の本性が抽象的なことのために現実の人間を消滅させることに憤慨するからでもあろう。社会は手でさわることが出来ないし、全構成員が一枚岩でもない。社会を構成する一個人が忌むべき存在になったからといって、それで社会が崩壊するわけでもない。司法の行為によって一構成員が排除されることは、団体・組織全体に関わることでもあり、それゆえにこそ、いつの時代にも「汝《なんじ》、人を殺すなかれ」が律法となってきたのである。

それに、何らかの悪事が犯されたからといって、それがどんなに重大なことであろうと、そのことによって社会全体が病むわけではない。ただ一時的な不調を来すだけであり、殺人に対して殺人を求める一般の声は、取るに足りない慰めしか社会にもたらさない。殺人によっては、問題は何も改善されないのである。

カトリック信仰の中で育った私は、聖体秘蹟のパンをもらうために祈禱台の前に跪《ひざまず》くとき、いつも心が恐ろしく締め付けられるのを感じた。私はキリスト教の崇高な真実を信じてきた。固く信じてきた。けれども、その一方、告解の場で私に与えられる許しをそのまま信じていいものかどうか危ぶんでもいた。神父は、神の慈悲は尽きせぬものだと私に請け合ってくれたが、神父の寛容さあふれる言葉にもかかわらず、神父が赦免できない罪もあるのではないかと私には思われた。つまり、神父は私の迷いを取り除いてはくれたが、迷いの念は心引き裂く後悔のように何度となく戻ってきたのである。「汝、人を殺すなかれ」という戒律は、守れはしなかったものの、常に私の念頭にあった。禁じられているにもかかわらず、いつもそれを犯している、という思いがいつも私につきまとった。意思に関しては私は無垢であり、やむをえない「同意」を嘆きさえした。けれども、私は「そのこと」を遂行するように命じられ、それは遂行されるのであった。

ピラト*が宣告を下した後に手を洗い、もはや宣告のことなど気にもとめず、民衆に「このことについて考えるのは諸君の任務だ」と言っていた例に私も倣うことはできよう。しかし、私は自分でもこれについて考えてみざるを得ない。ピラトが自分が下した宣告を気にもかけずにまどろむことができるのは、法により近い立場にいるからだ。私が眠ることができないのは、剣により近い場にいるからだ。ピラトにとっては毎夜毎夜が静謐《せいひつ》なものだが、私の夜は長く、安らかなものではない。ピラトの場合は、目覚めると賛辞に取り囲まれ、敬意の貢ぎ物がもたらされ、玉座の足下でも敬われる。私の場合は、太陽が輝き、陽を受けても、孤独が際立つだけであり、しかも、周りに人がたくさんいるがゆえに、この孤立感は恐ろしいものである。人々は、私を目にして身を震わせる。私は遠ざかり、暗闇に避難するが、私を取り囲む暗闇はさらにいっそう恐るべきものだ。暗闇の中にあるのは恐怖だけであり、死者たちとともに過ごすことになる。それは、私が内に抱える亡霊の世界である。私は、自分で自分が怖くなる。叫び声、嘆きの声が聞こえる一方、殺人を渇望する残酷な群衆の騒がしい声がする。燃えるような熱が私を襲い、体中の血が沸きかえり、息が詰まる。ひしめく群衆の怒号、騒々しい群衆の蠢《うごめ》きが、私に目眩《めまい》を起こさせる。私の神経は緊張と弛緩を繰り返す。私は目を背けるが、殺人は実行されてしまう。私は戦慄し、立っていられなくなり、足が萎《な》えるのを感じる。そして、私がうちひしがれて立ち去ろうとするとき、この上もなく残酷な苦しみに耐えているとき、その目が死の光景をむさぼろうと求めていた人々、満ち足りた人々、もし恩赦があったなら不満を感じたであろう人々は、自分たちが追い求めていた情動の下劣さを私に投げ返す。つまり、卑しいのは私であり、私の存在は唾棄すべきものとなる。私は、赤い雲の上に永遠の劫罰の言葉を見る――「さあ、今や、おまえは、受け入れるために口を開いた大地からさえも呪われるであろう……」

＊ ピラトはローマ帝国の時代にユダヤ属州の総督を務めた。イエス・キリストの裁判に関与した人物として『新約聖書』に登場する。

私は恐怖の対象なのだ。私を目にするやいなや、馬は耳をぴんと立て、狼が近づいてきたかのようにいななく。犬は私の服の臭いを嗅ぐと尾をたれ、田舎の住人が不吉な前兆と見なす遠吠えを天に向かってしながら離れてゆく。あらゆるものが私に敵対する。神はあらゆる生き物に生存本能を付与しているが、私はこの生存本能が予感する災い、災害のようなものなのである。私は恥辱と困惑に満たされた空間を抜け出る。やっと、終点にたどり着く。「汝、人を殺すなかれ」という言葉がもう一度耳に響く。私は家に駆け込む。子供たちが私に腕をさしのべる。私は、子供たちの愛撫を押し返す。子供たちの微笑《ほほえ》みが私を狼狽させ、うるさく、いらだたしく感じられ、うんざりさせられる。しかし、少し後には、それはなんと甘美なものになることか！　私の傷口に注がれる香油となるだろう。それでも、今日のところはとても耐えきれるものではない。

私の家の奥には神秘的な隠れ場所がある。一種の墓のようなところであり、子供たちが近づくことは禁じられている。私はそこに、明日にならないと魂を取り戻さない死体を埋葬するのである。つまり、明日には、苦しい夢を見ただけだということにしたいのである。こうして一晩寝ずに過ごすことが、私の日々を暗いものにする。私は、それが夢であったということにしたい。そうでなければ、とても生きてゆけるものではない。私は、生を、死を、疑いたい。私はこの世に存在しているのか、していないのか？　そして私は、もう自分を嘆く必要がなくなるように、自分を無にしようとまでする。

あらゆる人生の中で最悪なのは、常に自分自身を忘れるように追い込まれる人生である。これが、社会が私に用意した状態である。不幸な状態であり、排斥は永続し、一族に世襲される。まるで正統性が王家に引き継がれるかのように。それでは、私は下層社会の王だとでも言うのか？　そうならば、下層の王と至高の王とを隔てる距離はなんと大きいことか！　私はテミスの錫杖《しゃくじょう》は持っているが、その聖域にあるはずの玉座がない。裁判所は私の仕事を恥ずべきものだと思っているが、私は裁判所によって産み出されたのではないのか？　私は手に触れるすべての物を汚《けが》す。油のしみのように、世代から世代へと汚れはどんどん広がってゆく。伝統の糸が切れない限り、汚れは子孫に受け継がれてゆく。私の手が汚辱を印すわけだが、それは法の名のもとに下される個人への罰だ。だが、社会は汚辱を伝染させ、不治の癩《らい》病にする。社会は罰する術も自浄する術も知らない。社会は復讐し、身を汚す、というだけのことだ。社会は私の境遇に冷酷だが、そもそも、私の境遇は社会が不条理で無慈悲であることから生じている。社会を情け深いものにするのは私の仕事ではない。もともと、社会には憐憫の情などない。しかし、社会の過酷さの担い手であることがどれほど大変なことかを余すところなく社会に示すことによって、そうした過酷さは不必要だと思い知らせ、その思いを強化し、広めることには貢献できるだろう。

＊　テミスはギリシャ神話の法・正義の女神。片手に秤を持ち、もう一方の手に剣を持っている。目隠し姿で表現されることが多い。

もし犯罪判決の執行人が忌み嫌われるならば、もし彼がすべての人間の中でだれにとってもいちばん忌まわしく嘆かわしい人間であるのならば、もし彼の同胞が身内の中にしか存在しないのならば、もし世論が彼を社会関係の外に放逐するのならば、現今の刑罰制度はどうにも正当化され得ないということであり、刑法学者が目指す目的とはまったく正反対の結果になっているということである。

世間に代わって復讐する人間を見つけるために、思考する存在を無感覚にすることを思いついた最初の者は、もっとも恐るべき罪を犯した。その者は、天地創造の傑作である人間を堕落させ、神に対してもっとも大きな侮辱行為を行なった。というのは、その者は、卑しめるために神の創造物を選んだからである。殺人を職業として確立させ、社会の復讐者に永遠の自殺の苦しみを付与し、生涯にわたって世間のさらし者にしようというのは、地獄のような考えだ。

私は六十歳を越えている。私の苦しみは長くつらいものだったが、私の後に続く子孫たちも同じ苦しみを味わうだろうと思うとそれが心底堪《こた》えて、私の苦しみはさらに増大する。たとえヒューマニスムが勝利を収める日が来ても、それは遅きに失するであろう。フランス革命の嘆かわしい経験以前にも、ヒューマニスムを果敢に説く人々はいた。フランス革命は過ぎ去ったが、革命が陥った深淵から崇高な思想は生じなかった。どんなにひどい悪弊も、慣習の恐ろしさを白日の下にさらすには十分ではなかった。つまり、死刑制度は廃止されなかったのである。大勢の人間が処刑されたが、犠牲者の数を加算することは行なわれず、あれほど多くの嘆かわしい犠牲者が倒れた哀悼の野が壁で封じ込められることもなかった。法は今も人間の犠牲を求めている。法は、生け贄を産み出す人たちの終身的中立性を保証し、保護する存在であり続けるために、人間を犠牲にしている。未来がどうなるかは私の知りうるところではないが、もし、凶悪な犯罪に対して下される死刑判決がいったんわれわれの法体系から駆逐されたならば、どんなに過激な政治的主張も救済手段として死刑制度を復活させようとすることはないのではないか？

あの不運なルイ十六世は、自分を裁く者たちの前で無実を訴え続けた。しかしながら（告発者たちの言葉を借りて述べるのだが）自白ないしは共犯者の告白を引き出すために執拗の極みに達したにもかかわらず、ルイ十六世を拷問にかける提案がなされるまでには至らなかった。*どうしてルイ十六世は処刑台を覆しておかなかったのだろうか？　そうしておけば、ルイ十六世の不可侵性があらゆる攻撃を退けたことであったろう。死刑制度を廃した君主に対して、暴君的考えを抱いていたという非難を試みた者はだれであれ、満場一致の嘲笑にさらされて面目を失ったことであったろう。このときに忌むべき刑罰を復活させようという動議を出すには、どれほどの信じがたい卑劣さが必要であったことだろう！　このようなイニシアティヴを担うことを引き受けた人物に対して、どれほどの悪辣さが想定されたことだろうか！　国王に対して科すべき刑について国民公会が論議していたあの時に、たとえば、ブルボット議員が立ち上がり、フランスを取り巻く状況の深刻さを理由に、死刑の必要性を声高に主張したとしよう。もし、この刑罰が、国王によって採用され布告された真にキリスト教的な体系の唯一の例外として提起されたとしても、議会内においてもフランス全土においても、この種の提案を退けるためにどれほど大きな怒りが渦巻いたかしれないこと、間違いない。ブルボットの声はヤジにかき消され、寛容な哲学を総動員しても、常軌を逸した人間の振る舞いと見なされることによってしか、彼は許されなかったことだろう。しかし、残念なことだ！　この点に関しては私以上に嘆いている者はいないが、ルイ十六世は自分の心の思うところにしたがわなかった。ルイ十六世は、数々の困難に見舞われた時期に自分を救うことになったであろう唯一の息吹にしたがわなかったのである。

＊ ルイ十六世の裁判は、裁判所ではなく、国民公会で行なわれた。裁判官の役割を担ったのは、国会議員たちである。ルイ十六世は、フランス革命前に、それまで裁判の一環として行なわれていた拷問を王令によって禁止していた。だから、ルイ十六世を拷問にかける提案はなされ得なかった、したがって、ルイ十六世が拷問禁止にとどまらず、死刑廃止にまで踏み込んでいたならば、死刑の提案もなされなかったのではないか、というのがサンソンの論調である。

私が今述べている考えは、思索することができるようになって以来、一貫して変わらない考えである。私の長い職業生活の全過程において、私はいつでも同じ願い、同じ信念を抱き続けてきた。まだ半年もたっていないが、非常に得がたい邂逅《かいこう》を利用してこうした考えを表明する機会があった。

ナポレオンに会う

私はマドレーヌ寺院の境内にいた。法令によって、この寺院が何に捧げられるべきものか変更されたばかりだった。建物の周囲を整理する作業が始まっていた。私は何頭かの馬を持っていたが、何の用途にもつけずに飼っておくほど裕福ではなかったので、この工事に雇われている荷馬車引きに馬を貸していた。この男が馬を荒っぽく扱っているという報告を私は受けていた。事実を自分で確かめようと思ったが、相手に見られるのは嫌だったので、雑然とした工事現場に立っていた石柱の陰に身を落ち着けた。私は本を開き、土木作業人たちが仕事をしている場所にたまに目をやっていたが、そのうち読書に没頭してしまい、心地よいある種の幻想に身をゆだねていた。『ローマの夜』という詩集のある章に夢中になって我を忘れ、もうここにやって来た目的のことはすでに考えていなかったその時、私は騎馬の一団の物音によって夢想から現実に引き戻された。騎馬の一行は、通りに沿う板囲いの入り口のところで止まった。やがて、急ぎ足で歩く三人の人物が私がいるほうへとやって来るのが見えた。彼らは何か話していたが、会話は大いに盛り上がっているように見えた。

「作業現場は、いったい、どこなんだ?」と三人の中でいちばん小柄で質素な服装をした男が言った。「大変な混雑ぶりで、石切場全体がここに移されたという話を聞いたんだが」

「のこぎりの音が聞こえませんか?」

「一つ、二つ、三つ、四つ、それ以上ではないな。建築業者諸君は、いったい何を考えているんだ? パリの人々にとってはこれほど甘美な音楽だというのに!」

「工事現場に石がある間は、パンはけっして高騰しないものだ」

こうした会話の間、話し手たちは歩いていて、私はと言えば、ごく自然な好奇心に駆られて彼らと平行に歩いて後を追っていた。四角い柱列を支える巨大な花崗岩の傍を私は注意深く歩いた。

「見たまえ」と、作業員たちが巨大な石塊をコロに乗せようとしている現場のすぐ近くを通りかかったときに、小柄な男が鍔《つば》の広い帽子を目深にかぶり直しながら言葉を継いだ。「あの連中はやり方を知らんな。連中の中には砲兵は一人もおらんようだ。やれやれ！　一つ教えてやる必要がある」

「お怪我をなさるといけません」と、一行の中でいちばん若い男が言った。

「何も心配するな」と小柄な男は答えた。「力仕事のやり方は覚えている」

「大事なお体を危険にさらすのをわれわれは見過ごせません」

「建てようとしているのは、栄光の殿堂＊ではないのか？　フランスのだれもが手を貸すべきだ」

　＊　マドレーヌ寺院は「栄光の殿堂」となる予定だった。

　こう言うと、小柄な男は作業員たちに近づいていった。

「やあ諸君、難儀しとるようだな？　地面に板を敷くんだ。そして、コロの数を減らすんだ。そうすれば、摩擦が少なくなる。それと、人員配置の仕方もよくないな」

「どうだい、俺が言ったとおりだろう」と、作業員の一人が軍隊式に敬礼しながら満足げな様子で叫んだ。その男は片足が木の義足だった。

「あなた様は軍隊経験がおありですね？」

「そのとおり。で、あなたもですね？　どんな部隊にですか？」

「砲兵部隊、ちび伍長＊の連隊ですよ」

　＊　ナポレオンはかつて、兵士たちから親しみをこめて「ちび伍長」と呼ばれていた。

「私もですよ。で、あなたはエジプトに行きましたか？」

「何ですって、私がエジプトに行ったか、ですって！　私はマルタ島を見ましたし、アレクサンドリア、ピラミッド、ポンペイウスの柱、ジョゼフの井戸、聖母の家も見ました」

「私もですよ」

「で、私はブラックで片足を失いました。その暑かったことといったら、ひどいものでした」

「皇帝はちゃんと報いてくれたんでしょうね？」

「はい、二百五十フランの年金をいただいています。大した額ではありません。それだけですと、女房と子供たちがいる場合は、ツルハシを振るわなくてはなりません」

「お子さんたちは男の子ですか？」

「女の子なんていうのは、どうにもなりません。男の子、いつだって男の子じゃなくっちゃ！　男の子は大きくなったら、父親のようにするでしょう。国に仕えるでしょう。もし砲弾が飛んできたら……」

「あなたは十字勲章を申請すべきです」

「ああ、そうですね、申請するんですね。で、だれに申請するんです？」

「皇帝にです」

「それはダメですよ。私にもう一本足があれば、できますが。だって、そうじゃありませんか、十字勲章はなお戦える人たちのものです」

「ご存じないようですな。戦傷者用の十字勲章というのもあるんです」

言葉を奇妙に強調しながら小柄な男は言った。それから、一緒にいた二人の人物の一人のほうに振り向いた。

「アレクサンドル」と彼は言った。「この砲兵の名を書き留めておきなさい。お名前は?」

その質問は義足の男に向けられていた。

「ジャック・フォワサックと申します。コレーズ県出身です」

「素晴らしい県だ、兵士と鉄の産地だ」と小柄な男は叫び、急いで付け加えた。「私はナポレオンに少し顔が利《き》く。彼は私を知っているんだ。明日、パレードの時間に来たまえ。廃兵院の傷痍軍人二十五人にレジオン・ドヌールの鷲が授与されるんだ。あなたも隊列に加わりなさい。われわれがあなたを推薦しよう」

「大変ありがとうございます、大尉殿、大佐殿、将軍様……」

「よろしい、よろしい」

「何という恩義を負うことになるのでしょう! ああ、仰せのことを忘れることはないと請け合います。軍服は正装がよろしいですか、それとも略装のほうが?」

「お好きなように」

「私はあなた様のご命令に従いたいのです、元帥閣下。と申しますのも、私をご覧になっておわかりでしょうが、私は軍服をまだ持っています。それは新品どころではありません」

「火薬の臭いがするのではありませんか？」

「はい、そうなんです。われわれ全員が好きな臭いです。丸刈りのちび*のことは何もおっしゃいませんね。あの方は火薬の臭いが好きなんです。あの方に私のために話してみてください。きっと、私のことを思い出すでしょう。砂漠の真ん中で、あの方は私の水筒から水を飲んだんです。まあ、なんと喉が渇いていたことでしょう」

＊「丸刈りのちび」も親しみをこめたナポレオンのあだ名。

「思い出すでしょうよ」と、小柄な男は感動の様子で言った。

「そうでしょうとも、みんな喉が渇いていましたから。喉がからからだった、私も他の人も。でも、私はあの方に水をあげたんです。このフォワサックがいなかったら……」

「思い出すでしょうよ」と、小柄な男は繰り返した。

言葉に幾分か力がこめられていたが、そこには自己非難から生ずる居心地の悪さが混じっているように私には思われた。この後、小柄な男は記憶をたどる人間が見せる不動の姿勢のまま無言でいた。それは一分ほど続いた。それから急に腕を後ろに回し、背中で腕を組んだ。

「さあ、諸君」と彼は言った。「散歩を続けよう。この人たちの仕事の邪魔をしてはいかんからな」

彼は数歩歩いて、また立ち止まり、チョッキのポケットを探り、何かを取り出して匂いを嗅ぎ、厳粛な調子で次のような考えを述べたが、それは私を考え込ませた。

「諸君も聞いたことがあるだろうが、皇帝は流すべき血がない軍人を見捨てると主張する者たちがいる。もしこんな意見が一般に信じられたなら、危険なことだ」

「栄光の殿堂は、戦死者のためのものです」と、三人の中でいちばん年上の男がすぐに応じた。

「この殿堂は生きている者たちを感化するでしょう」

「そのとおりだ。だが、いつ完成するんだ？　五十年後か。いつまでたっても、だめかもしれん。建設費用はたっぷりある。栄光の殿堂には銀行家がついている。イタリア、オーストリア、オランダ、プロシアだ。ところが、建築家たちときたら呑気なもんだ。連中のやり方で行くと、法令で決定された殿堂は計画倒れになる恐れもある。それに、これから先は……」

私は聞き耳を立て続けていたが、いくら注意深くしても無駄だった。強く吹き始めた風が逆向きになったのである。時々音を拾えるだけだったので、はっきりと見える唇の動きから類推し、想像力を働かせて意味のある文章にしようとしたが、ダメだった。私はじりじりした気持ちで会話の場所が変わるのを待った。すると、大変嬉しいことに、三人は一種の納屋のようになっている方へと移動した。そこはヴォージュ県の大理石を切る石工たちの作業場になっている場所だった。誰か親切な人がこの作業場のドア代わりになっている粗末な荒布を持ち上げると、小柄な男は急いで真っ先に入っていった。荒布がまた落ちると、私にはもう何も見えなかった。そこで私はだれにも気づかれずにまた近づき、そのテント小屋のようなところの中に私自身もいるのと同じくらい明瞭に問答を聞き取れるようになった。やさしいけれども重々しく威厳ある声から、質問しているのが誰かはっきりとわかった。

「ここには何人いますか？」

「六人ですが、明日は三人しかいなくなるでしょう」

「いったい、なんということだ！　工事の進み具合が遅いのも当たり前だ。エジプトのピラミッドはほんのわずかな資金で作られた。この国では山のような金貨が投じられているのに何もせんというわけだ。我が国の建築家たちは、取り壊しに精通しているだけだ。いかさま師だ。連中は、城を解体しては金を儲ける。クレジュス*のような連中だ。――ところで、諸君、何か不満はないか？ちゃんと鶏肉は食べているかね？　賃金はいくらくらい？」

＊　クレジュスは巨万の富を有したリディア王。

「場合によります」

「ああ、わかった、出来高払いだな。その場合、どれほど稼げるのかね？」

「七フラン、八フラン、いい仕事で、ワインが高いときには、十フランまで稼げることもあります」

「十フランとは、ずいぶんいいじゃないか。大隊長の給料と同じということをご存じかな？」

「高すぎるとお思いですか？」

「そんなことは言っていない。まったく逆だよ。汗は報いられなければならない。職人は、望むときに家族を持ち、余裕を持てるようでなければならない」

「それは、あなた、しっかり稼いだ報酬ですよ。私は思う存分寝るというふうにはいきません。朝の三時から夜の九時まで仕事です。まったく、冗談じゃない。犬のような生活です。少しは楽ができればいいのですが……。いつも座って腕を動かす、これに耐え続けるには鉄の胃袋が必要です。そして、吸い込む埃、これが命を縮めるんです。私がノコギリに水をかけられるようにと、わざわざご親切にもお越しくださったんですか？」

　このとき、私は誰かに肩を叩かれた。振り向くと、髭をはやした大男の顔が目の前にあった。その男は私の喉元に摑みかからんばかりに近づき、トルコ風の短剣の切っ先を私の胸に突きつけた。同時に、外国人訛りのその見知らぬ男は恐ろしい呪詛の言葉を投げつけながら私を人殺しと呼んだ。

「来い、俺について来い」と、その男は言った。「もしご主人様が望めば、おまえの首、切る」

　私は引っ立てられたが、相手は完全武装していたので抵抗はしないようにした。

「悪党め、おまえ、ご主人様、殺そうとした」と彼は言葉を続けた。「悪党め、おまえ、もう終わりだ。おまえ、俺のご主人様、殺す、おまえ、死ぬ！」

　告白するが、私は恐ろしかった。そうあって、当然だろう。私が何をしたというのか。私にはやましいことは何もなかった。しかし、私と同じ仕事に携わっている人間の中に、突然の恐怖を感じることがないほど強い人間はいない。それは幻影のせいか、それとも、不吉な影、怒った死者たちの魂のせいか？　消滅した王政の「聖なる場所*」が近いことが私を恐怖ですくませた。王家の人々を手に掛けたのは、この私であることが、改めて想起された。しかしながら、まだ昼だった。それでも、まったく思いもかけない出来事だったし、とても異常な状況だったので、私は混乱し、すっかりわけがわからなくなった。いかなる宿命によってかはわからないが、私は死を恐れてはいなかったので、人間の復讐という考えは浮かばなかった。しかし、私を捕らえて放さない悪魔の爪の下で、私は準備なしに神の前に引き出されるのをひどく恐れていた。数々の贖罪の意識が一斉に私に襲いかかり、恐るべき混乱の中に私は落ちていった。

＊　聖なる場所とは、ルイ十六世とマリー＝アントワネットが処刑された場所のこと。

私の理性がこうした苦悩に陥っているときに、ある動きがあり、そのおかげで私は正気に返ることができた。人々が駆け回り、私から遠くないところで「皇帝だ！　皇帝万歳！」という叫び声がわき起こり、何度も繰り返されたのである。これで私はすべてを理解した。どのような順路で高いところから降りてきたのかわからないが、私はいつの間にか地面に立っていた。私は、まったく予期していないときに小柄な男の前に連れて行かれた。彼が微笑んでいるのに私は気づき、それはいい前兆であるように思われた。彼の目の中に陽気な煌《きら》めきが見て取れた。

「諸君のおかげで目が回りそうだよ」と彼は周りを囲む人たちに叫びかけていた。「よろしい、よろしい。もう十分だ。諸君にナポレオン金貨百枚進呈し、私は祝杯をあげるとしよう」

歓呼の声が倍加した。まだだれも私にまったく注意を払っていなかった。しかしながら、私はみんなに見せるべき捕虜だった。建築資材で雑然としているところに私がいたことは、たぶん何らかのミステリー、何らかの犯罪的陰謀を隠しているのだろう。私は統率者のところに連れて行かれた。私を見て、彼は気むずかしい馬のように身を震わせ、額を曇らせた。私のほうは、冷静で、すっかり落ち着きを取り戻していた。良心に一点の曇りもないことが私の顔に表われていたと確信する。

「この男はだれだ？」まだ私がかなり離れたところにいるときに皇帝は尋ねた。「たぶん、ふくろう党＊か、イギリスから送られた殺し屋だろう。――ルスタン＊＊、おまえの捕虜をよく見張ってろ」

＊　ふくろう党はフランス西部で反乱を起こしていた王党派反革命集団。
＊＊　ルスタンはサンソンを連行した人物。エジプト遠征時にナポレオンに服したマムルーク。

「逃がしはしない。――動くな、さもないと、俺、首切る！」

　そして、この恐ろしい命令をしながら、ルスタンは着ていたたっぷりとした外套の下からマムルーク風のサーベルを取り出し、それを勝ち誇ったように振り回した。皇帝と一緒にいた高官たちは急いで私の身体検査に取りかかった。高官たちというのは、アレクサンドル・ベルチエ公と宮廷侍従長ジェラール・デュロックである。彼らは疑いを抱かせるような何物も見つけられなかった。小冊子『ローマの夜』は、何か手がかりになる紙でも挟まれていないかと、非常に念入りに調べられた。私には、型どおりの尋問がなされるだろうということがわかっていた。すでに説明しようと試みたが、口を開こうとするたびに、マムルークが「黙れ、さもないと、俺、首、切る」と言って私を黙らせた。

　私はほとんど裸同然だった。この状態では何も危険はないとわかって、皇帝は私から四歩のところにやって来た。

「名前は？」権力者の計算ずくの冷たさをこめて言った。

「サンソンと申します」

彼は首を肩に引っ込めながら眉をしかめた。私の名前が特別な印象を与えたことは明らかだった。

「私がここへやって来たとき、あなたは何をしていましたか？」

「本を読んでいました」

彼は幾分か機嫌を直し、心配げな額の曇りが消えた。

「あなたは何者ですか？」と言葉を継いだ。

「犯罪判決の執行人です」

口に出して言ったというよりは、思わず漏らしたようなこの言葉に、幕僚長は急激な嫌悪感に駆られて手に持っていた本を投げ捨て、私のすぐ傍にいた宮廷侍従長は恐ろしげに後ずさった。このときマムルークがどういう心境だったのかは知らないが、私に対する態度はもはや敵意あるものではなかった。彼は好意をこめて微笑み、アジア人的賛嘆の表情を浮かべて私を眺めていた。

皇帝陛下は動揺して身をひきつらせ、それを隠そうと努めていたが無駄だった。

「私はジャファで癩《らい》病患者に手を触れたことがある……」と彼は小声でつぶやいた。

私が登場しているこの場面は、私にとってまったく屈辱的なものでしかなかったのだから、陛下は私を好人物だと思ったようだと言っても、それは虚栄心からではない。

「この老人は、しかしながら、人の好さそうな顔をしている」

「どうやら、デュロック、彼はあなたを怖がらせたようだな？　——彼を離してやれ」と皇帝はすぐに私の番人に命じた。

それから、すぐに考えを変え、

「ちょっとお尋ねするが、サンソン、あなたはいつから仕事に就いていますか？」

「一七七八年からです」

「すると、あなたですか、九三年に……？」

彼は終いまで言わなかったが、以前墓地があった囲いを私に指し示した。私は目が曇り、涙を拭くためにハンカチを取り出した。

「ああ！　あなたなのですね」と言葉を継いだ。「それでですね、もしまた国民公会のようなものができて、彼らが不遜にも……？」

「陛下」深々とお辞儀をしながら、私は答えた。「私はルイ十六世を処刑いたしました」

頭を上げたとき、私は皇帝陛下が恐怖にかられている兆候を認めた。目が固定し、唇が震えていた。まるで、最後の瞬間の死刑囚のようだった。皇帝は身動きもできずに立ちすくんでいた。

「彼はわれわれ全員をギロチンにかけるだろう！」とヌーシャテル公*が叫んだ。
＊　ヌーシャテル公とは、アレクサンドル・ベルチエのこと。
「行こう！」茫然自失の状態から抜け出したナポレオンが言った。

そして、彼らは立ち去った。

私は強力な一撃を与えたはずだった。私が意図的にした返答から生ずるであろう考察に、私は大いに期待した。冠をかぶったナポレオンの頭の上に私が吊したのは、単なるダモクレスの剣ではなかった。私が吊したのはずっと重い剣で紐につながれているが、ひとたび政治的混乱が起これば、その紐はだれの頭上でも切れ、結び直されてもいつ切れるかわからないものなのである。私は楽観的に期待していた——皇帝は知恵を働かせ、味わった恐怖心から有益な考察を引き出し、この鋭い剣を急いで打ち砕くだろう、と。この鋭い剣は、哲学と宗教に反して野蛮な法制度が法典の要約、社会基盤の要として維持してきたものだ。死刑制度、そして君主を殺害するように運命づけられている人間の役職を永続させる危険が、われわれの会見の結論として出てこないのは不可能だ、と私には思われた。

ナポレオンは、実際、茫然自失として立ち去っていった。しかし、日々の生活においては次々に新しい印象が生じ、急速に入れ替わるものだから、直ちに決断に変わる考えのみが有効である。私は、『モニトゥール』*紙に次のような言葉で記された法令が出るのを待ち受けていた——死刑制度は最後的に廃止された。

* 『モニトゥール』紙は政府系の新聞。

その後、私の率直さはただ一つの結果しか生まなかったことを知った。つまり、翌日表彰されることになっていた二十五人の傷痍軍人の昇進を忘れさせたという結果である。そしてまた、あの律儀なフォワサックになされた約束も忘れられた。あの人物は記憶に留められるべき価値があったというのに。つい最近、彼は勲章を帯びることなく死亡し、栄光の殿堂の階段には雑草が生えている……。*

* 「栄光の殿堂」は途中で建設が中止された。

第二章　刑罰制度に対する世論の変遷

死刑執行人の境遇

世間の人々は、私が述べているような考えを私が抱いているということまでは、けっして思いが及ばないだろう。俗な一般大衆が、私と同じ職業に就いている人間についてどう思っているか、私は知りすぎるほどよく知っている。彼らにとっては、われわれ、あるいは、われわれの父祖たちは全員が悪党であり、裁判所の道具になるという条件で許容されているにすぎない。あるいはまた、司法当局が仕事から無理矢理引き離し、処刑台に上るように強制した元肉屋のようなものなのである。封建体制や領主裁判の時代には、肉屋が駆り出されることも時として実際に起こりえた。しかし、フランスにおいて王政が、あらゆる観点から見て合法的形式を備えた名誉ある司法官に支えを求めるようになって以来、死刑執行人は「公的職務として」仕事を実行するようになった。昔は、彼らは直接国王から職務を委任されていた。彼らの叙任状には大国璽《だいこくじ》が押されていた。他の役人の叙任状と同じく、候補者の人格について良好で賞賛すべき評価に基づいてのみ叙任状を獲得できたのである。

かつては、死刑執行人の叙任状は当人の足元に投げ捨てられた、とかなり広く信じられていた。また、彼らの叙任状は無料で支給された、犯罪人が公然告白の刑*に服するときや特赦・減刑を受けるときとほとんど同じように跪いて宣誓した、といったこともかなり広く信じられていた。また、彼らの給与は侮辱的なやり方で投げ与えられた、娘を結婚させたいときは名前を張り出した、とも言われたものだった。こうした話はすべて卑俗な誤った情報だが、大部分は今もなお信じられている。

* 受刑者は刑場に引かれる途中、教会の前で自分の罪を告白するように強制されることがあった。これを「公然告白の刑」と言った。

我が国の昔の法令を見ればわかるが、名誉を傷つけるこうした話にはいかなる根拠もない、と私は断言できる。叙任状は手から手へと渡され、われわれに叙任状を授与する司法官は手袋で手を覆うという侮辱的なことはしなかった。それに、叙任状は、一般に言われているようにただで与えられるものではなかった。それどころか、叙任状の値段は非常に高かった。私がパリ司法管区の死刑執行人に任じられたとき、叙任状を受け取る前に六千四十八リーヴルを税務当局に納入しなければならなかった。*誓約に関しては、王国の法制維持に携わる他のすべての役人と同じように、立った姿勢で行なった。

* 六千四十八リーヴルは現在の日本円にして約六百万円だが、これは当時の一般労働者の年収の約十倍に相当する金額である。

われわれの叙任式の形式は、職務を得て王政に仕えるべく招請された法学士の叙任式と何ら異《こと》なるものではなかった。誓約はコソコソとぞんざいに判事の執務室などで行なわれたのではなく、法廷内で、公開で行なわれた。われわれは帽子を脱いで出廷した。法廷で帽子を脱がない者などいるだろうか？　書記官の前に提出された書類は、生活・素行調査書およびカトリック証明書であった。書記官が書類を朗読し、それから検事局の結論に基づいてわれわれは職務を認証された。

人々が想像してきたような、屈辱的な給与支払いの儀式は、まったくもって信じられないほど子供じみた考えである。われわれは「給金」を支給されていた。高級司法官の場合と同じく、職務に対して与えられる報酬は、こう呼ばれていた。この「給金」とその時々の執行手当をわれわれは国有地管理局に行って受け取っていた。管理局では、教育があって偏見を乗り越える術を心得ている人々から期待してしかるべき礼節を受けていた。

確実に言えることは、人道主義がとがめる職業から切り離すことが難しい侮蔑の念は、大部分、封建時代からの遺産だということである。封建時代の死刑執行人は、おぞましい主人の個人的復讐や不公正を実行する任務を与えられていた。裁判が、自分自身では実行する度胸がないことを裁判の名を借りて行なおうとする卑怯な悪党の不当行為ではなくなったとき、われわれが犠牲となっているこの侮蔑の念は一時的に消滅したに違いない。裁判に関わりがあるすべての人を、社会は真の解放者として迎えたに違いない。なぜなら、裁判は強者から弱者を、抑圧する者から抑圧される者を保護するものとなったからである。社会は、長い間待ち望んだ期待が達成されたと、願いが叶えられ、涙も消えたと、彼らを祝福したに違いない。

こうなったときには、死刑執行人は誇りを持つことができたし、自分たちの使命の性質については目をつぶることができた。しかし、まもなく、さらに見識を高めた社会は、自分たちも残酷だということに気づいた。社会は後ろめたさを感じ、恥辱から逃れるために、恥辱を丸ごと武装した腕に投げ捨てた。社会はその腕のおかげで安全でいられるというのに。われわれは砂漠に送られた山羊だった。時の経過とともに侮蔑の念が目覚めたわけだが、それに気づくのがいちばん遅かったのが死刑執行人だった。彼らの恐るべき職務を利用していた人々は、彼らにそれを気づかせないように努めていたが、すでに彼らは恥辱に包まれ、恥辱が彼らを印づけていた。知らないうちに彼らは至る所で恥辱に取り囲まれ、そのときになって初めて、彼らは自分たちの状況には何か恐ろしいものがあることに気づかされたのであった。他の職業に就くことによって恥辱から免れることは、もはや手遅れで、彼らの意のままにはならなかった。

流血に対する嫌悪は、いつでも、文明進歩の兆候だが、過去は執拗で、現世代に重くのしかかり、現世代を腐敗させ、堕落させる。そして、新思想流入の効果はなかなか広がらず、不完全なままである。人道思想が浸透すればどういう結果になるかはわかっており、それが広く望まれている。いくつかの例が、それが良好な結果をもたらすという、反論の余地がない確かな証拠を提示している。

しかし、それを広め、確固としたものにしようと応用する段になると、うまくいかない。この世でいちばん影響力が強いのは慣性力だからである。そういうわけで、悪弊を根絶し、よりよい状態に到達する間違いのない手段が発見されているにもかかわらず、なお悪弊が生じるのである。ユートピアというものはすべて、世紀の夢となるやいなや、ユートピアに満たされた想像力が過去の残滓《ざんし》に反発するがゆえに、時代に対するもっとも苦い風刺となる。われわれの時代において、もっとも忌まわしい過去の残滓は死刑制度であり、このゆえにこそ、われわれは忌み嫌われている。哲学はわれわれを罪のないものとし、われわれを糾弾してはいない。しかしながら、哲学によって教化されたはずの一般大衆、哲学によって風俗が幾分か醇化されただけの一般大衆は、われわれのことしか見ない。物事の根本にさかのぼることができない一般大衆は、自分の目の前にあるもので止まり、それ以上は行かない。もし、少なくとも、一般大衆が、死刑執行人が最後の環である連鎖を再構成できたなら、いちばん見識の高い人たちにこそ責任があるということがわかるだろう。

国によって変わる状況

人間が文明化するにつれて世論がいかに変化するか、時代と国によって世論がいかに異なるか、を観察するのは興味深いことだ。ロシア皇帝ピョートル一世は、自分自身で臣下の首を切った。彼という人間の中で裁判官と処刑人が混じり合い、彼が判決を下す頭であると同時に判決を実行する腕でもあるがゆえに、この場合は処刑人は尊敬された。

アルジェの太守は、夕食の後、郊外を散歩しないとよく消化できなかった。アラビア産のいちばん俊敏な馬の一頭にまたがり、宮殿を出る。彼は上機嫌であり、やがて彼の陽気さの迸《ほとばし》りを人々は見ることになる。「不幸な百姓よ、おまえはだれのために種まきをしているのだ？　おまえは、自分で収穫できるかどうか、わかっているのか？」。太守はやっと農民が見分けられるような遠くから農民に合図する。農民は状況を理解し、作業をやめ、身を起こし、首を差し出す……。閃光がきらめく。それはダマスカスのサーベルだ。稲妻のようなスピードで太守は通り過ぎ、胴体から切り離された首が土埃の中を転がる。ひどい話だ！　この場合は、裁判官も処刑人もない。あるのは運命、宿命であり、純粋な事故である。太守が宮殿に戻ると、人々はぬかずき、太守の足跡に口づけし、太守の前で香を焚き、おべっかを使い、もはや神に対する崇敬などない。この怪物にはハレムの楽しみがあり、若いオダリスクを欲し、その胸の上で憩うが、女のほうは至福の天にでも昇った心地になる。太守は眠りにつく。虎は眠り、周囲は眠りを妨げないように気をつける。太守が目を覚ますと、キリスト教国の大使たちが起床の儀に立ち会う。さらには、大使たちは太守に贈り物を差し出す。おそらくは、キリスト教徒の王侯たちは彼を従兄弟と呼ぶのだろう！

そもそもの起源においては、処刑する権利は君主の特権の一つであったに違いない。君主がこの権利を他の者に委譲することを思いついた当初は、地上に博愛主義の輝きがあった。しばらくの間は、この権利の行使はこれを担うことになった者に名誉をもたらした。あるいは、少なくとも、不名誉とされることはなかった。イスラエルでは、裁判で勝った側は、自分たちのために下された判決を自分自身で実行した。殺人者が死刑に処されることになった場合は、遺族や君主によって任じられた若者たち、民衆自身が、この任務を果たす名誉を競って得ようとした。それというのも、社会から厄災を除去する者は社会の恩人とみなされていたからである。

ギリシャでは、死刑執行人の職務は、その任を負った者に敬意をもたらした。アリストテレスはこの職務を司法官職と同等とみなし、国家公務員の序列において、死刑執行人に最も高いランクの一つを与えている。

被告に対して体刑を科す判決を告発者が執行してもよいという慣行は、古代ローマにもあった。この慣行がその後廃止されることになったのは、刑を執行する側が時として激情と残酷さをこめて罪人を苦しめるほどに恨みを剝き出しにするのが見られたからであった。そこで、刑を執行する役人を選び、その者に「リクトル」という称号を与えた。処刑する権利が、最初は君主から民衆に譲渡され、次いで民衆から何らかの個人に譲渡されたことは、風俗の段階的醇化を示すものであり、国民の中において博愛思想が第二段階の発展を遂げたことを物語るものである。死刑制度は悲しむべき必然としてなお維持されており、この必然性から解放される術を人は知らない。しかし、流血に対する嫌悪感が強まり、一般大衆の間にも広まっていくと、大多数の者が打ち勝つ術を知らない嫌悪感を乗り越えるように大衆を鼓舞するがゆえに、リクトルたちは尊敬された。

ドイツでは、死刑執行人の職務が正式に制度化される前は、裁判官が自分自身で判決を執行していた。後には、このつらい職務は、共同体ないしは地方公務員団の中でいちばん若い者に労役として課された。フランコニアでは、新婚の者が担わされた。シュバーベンの皇帝領都市、ロイトリンゲンでは、いちばん新参の市議だった。チューリンゲンでは、住民の中でいちばん最後に住み着いた者だった。

フランクフルトのアドリエン・ベイヤーという人物によると、大都市で死刑執行人が死亡したときは、後任を選ぶためにコンクールが開かれた。空きができたことはすぐに各大学で公示された。後任希望者たちが集まると、何頭もの羊が連れてこられ、もっとも巧みに頭部を切り落とした者がただちに正式な死刑執行人と宣言された。コンクールの際に、自分の技を見せつけるために若い志望者たちが空中に小さな赤いリンゴを投げ上げ、半月刀で動物の頭を落とすのと同じ一撃でリンゴを切ってみせる光景が見られた。勝利者は、月桂冠をかぶせられ、様々な色のリボンで飾られ、肩車で宿舎まで運ばれたが、そこは一種の封土のようなものだった。盛大な入居式が行なわれた。騎士の叙任式といえども、これほどの輝かしさと仰々しさはなかったであろう。それはまさしく叙任式典であった。九日の間、毎朝その地の市町村長が死刑執行人の家の扉の上にバラとキンセンカの花束を飾らせた。……九日目の夕刻、最後の花束が設置されたが、これはキンセンカだけの花束だった。この花束を設置する者は姿を見られないように行なわなければならなかった。さもないと、残りの全生涯、その者は身も心も死刑執行人のものとなり、死刑執行人が彼の領主、主人になるのであった。

翌日、館の前に新しい絞首台が立てられた。この館に住む者の職務は町で主要なものの一つであった。その職務は大きな特権を付与し、かなりの収入をもたらした。時として、貴族であることがこの重要な任務を得るための必要不可欠な条件であった。また、我が国の高等法院司法官職と同様に、この任務によって貴族に取り立てられることもあった。

フランスでは、死刑執行人の職業はいつの時代にも不名誉なものとみなされたわけではなかった。ドゥニザールは、その著書『判例集』の中で、「死刑執行人」という言葉に関連して、一四一七年に国有地管理局によって提出された勘定書に言及しているが、この中に、「我らが国王陛下の裁判主任」という肩書きのエチエンヌ・ルブレに対して、三人の貨幣偽造者を釜ゆでの刑にした必要経費、および、パリ裁判所の梁《はり》にかかっていた複数の鎖を取り外して自宅に持ち帰った必要経費として支払われた四十五ソル・パリジ*が記載されている。昔の王家の紋章には正義の手が描かれていた。皇帝の紋章にもそれがあった。一にして不可分の共和国の紋章には斧が含まれていた。この斧は執《しっ》政束桿《せいそっかん》**にも見られた。したがって、われわれは代理として行動しているにすぎないということ、これは明らかである。しかし、民衆はこれらのものが何を示すのか、非常に明白であるにもかかわらず、読み取ることができない。民衆はわれわれを執拗に攻撃する。これは、棒を動かしている手にかみつく代わりに棒にかみつく犬のようなものだ。われわれ自身は忌まわしい存在ではないのに憎まれている。「カエサルに属するものがカエサルに返されない」限り、つまり、人を殺《あや》める原則によってゆがめられている法そのものが糾弾されない限り、われわれは憎まれ続けるだろう。われわれが非難されるのは人を殺めるからだが、人を殺める原則こそが非難されるべきなのである。

＊　ソル・パリジは中世にパリで鋳造された貨幣の呼称。通貨単位としても使われた。一ソルは二十分の一リーヴル。一リーヴル金貨に含まれる金の含有量は、時代によって異なる。サンソンが生きた時代よりも中世のほうが金の含有量がずっと多かった。したがって、一リーヴルの価値も中世のほうがずっと高かった。

＊＊　束桿とは、斧の柄の部分に何本もの細い棒を巻き付けたもので、図案としても使われた。裁判と刑罰、ひいては統治者の権威を象徴する。

イギリスでは、受刑者の親族が刑の執行に立ち会うのだが、犯罪判決執行人は名士的市民とされ、この職に就いているからといって他の職務には就けないということはいっさいなかった。人々は喜んで彼らを家に招き、彼らを恐れるのは犯罪者か、自分も罰せられることがあるかもしれないと思って反感を感じる邪《よこしま》な魂の持ち主だけだった。保安官は杖で受刑者に触れる。保安官は横木に受刑者を縛り付けるように合図をするのだが、死刑執行人がいない場合は、法の規定によって、自分自身で受刑者を縛り付けなければならない。さらに言うが、保安官は大都市の市長に選出されうるし、保安官の職を経ずしては、だれも大都市の市長にはなれない。そして、ロンドンの最高行政官は、一年間、市街地、郊外、テムズ川に関して至上裁判権を持つ。この者の前には、常時、正義の剣が掲げられる。この市民の許可がなければ国王は町を通過できない。この者は、我が国であればとうてい容認されない不作法となる職能と同じような性格の機能を果たした。二国間におけるこの違いは、何に由来するのか？　この問いに対する答えを得るには、イギリス人はどのような観劇を好むのかを知れば十分である。彼らにとっては、場面が血にまみれていなければ演劇は面白みがない。殺戮がなければドラマがない。彼らは虐殺場面を見るのが好きだ。イギリスの気候風土から生じる霧、彼らが摂取する食べ物、発酵飲料と度数の高い蒸留酒の飲み過ぎ、度しがたいあの陰鬱な人間嫌い、あの慢性的な怒りっぽさ。他人の苦しみ、あるいは、何らかの命ある存在の消滅によってしか、彼らの気持ちは晴れない。彼らには、命がけで闘うボクサー、闘鶏、残酷な狩猟、常設の絞首台が必要だ。こうしたことで彼らを満足させる者は誰であれ、彼らの評価を得、愛情さえ得る権利を持つ。自国民が隣国人より遅れているとは見えないようにするために、イギリスの思想家たちは死刑制度に反対する論陣を張り、イギリス人の感受性は死刑を受けつけないと主張しはする。しかし、保安官が大都市の市長になれる間は、ロンドンで死刑制度が不人気だなどとは私に言わないでほしい。

馬鹿げた悪循環

死刑制度について考察すればするほど、この制度は、最終的には、悪循環の馬鹿げた結末にたどり着くという確信が強まる。当初は、死刑は君主に付属する権限の一つだった。しかし、この権限は君主を疲れさせ、君主はその象徴だけを保持し、自分を取り巻く豪奢な雰囲気を損なう実行行為は民衆にゆだねた。民衆もまた博愛主義的になる。すると、民衆の心を強固にするために、エホヴァは生け贄を求めていて、人間が人間を生け贄として捧げるのを快く思っているし、犠牲者は燔祭《はんさい》の供物なのだ、と民衆に説き聞かせる。この信仰もやがてすたれる。というのも、民衆は、手を血に浸すことによって神を静める、あるいは、神が自分たちに恵み深くなってくれるとは思えなくなるからである。民衆は同情心、憐憫の情に立ち返り、君主の許可を得て、君主が行なったのと同様に、自分が解放されるために供犠者を指名する。そうして指名された者たちの不安を取り除くために、民衆は自分の信念に反して、その者たちに「諸君は神の腕であり、神と国王のこの上もなく大きな栄光に寄与するのだ」という忌むべき教義を植えつける。事情をよくわかった上で、神を冒瀆するわけである。王政主義者でキリスト教徒だと自負する作家たちの本の中で、私はこうした冒瀆の言葉を読んだことがある。刑法学者の中で、刑法の条項が論議されるといつも死刑維持に賛成してきた者たちは、私は確信するが、臆病者か偽善者であるに違いない。わが国の法典整備が行なわれていた際に、私は光栄にも大法官閣下に招請されたことがある。死刑制度に賛成か反対かの議論の参考になるような事実を提供するためである。私が報告した事実は、すべて、死刑制度廃止は急を要するということを証明する類のものだった。それは誤った観察の結果だ、と私は反対された。この紳士諸氏は、たぶん、私よりもよく物事を見ていたのだろう。ともかくも、私は各人の反対意見を記憶に留めた。この会議では、尋問台に座っていた者が主役を演じたことは確かだが、もしも会議の詳細が公表されることがあるならば、偽善者と臆病者たちに対する私の批判は十二分に根拠がある、と認めてもらえるものと思う。

さて、私の考えの続きを述べよう。民衆は、自分の判決と君主の判決を自分自身で実行する特権を放棄した。判事たちは裁判を二つの部分に分ける。最初の半分は、体面を保持する裁判である。後の半分は、これがなければ最初の半分が無意味になるのだが、保持するために殺める。保持する者たちは神の代理人であり、殺める者たちの存在を正当化するために、彼らにもやはり何か神に関係する属性を与える。しかしながら、これらの殺戮者たちはいつまでも死の天使ではいられない。彼らはヘラクレスであって、彼らのところには手足を縛られた怪物が次々に連れてこられる。やがて、寛大な心の持ち主たち全員が彼らに対して反感をあらわにし、情け容赦もないこれらの男たちは忌むべき存在でしかないということにするために、彼らを人類の埒外《らちがい》に置き、社会的排斥の重圧で彼らを押しつぶす。そして、ついには、この社会的排斥に抵抗できる者はいなくなり、死刑執行人のなり手もいなくなる。こうした段階に達したときには、自分自身の存在を確保したいという必要性のゆえにしか、死刑判決の執行人は現われなくなる。スペイン、イタリア、ドイツ、そして時にはフランスでも、複数の犯罪人が極刑判決を受けたとき、他の者たちを処刑した者には罪を許すということでしか、判決を執行する手段がないことがしばしばあった。ガンの町のとある公共広場に、昔、同じ罪を犯して死刑判決を受けた父親と息子の二つのブロンズ像があったが、それは息子が父親を処刑する場面を表現したものだった。より軽度な犯罪を罰するために親殺しが許されるという、これほどまでに不名誉な状態にまで司法が落ちるというのも、罰として科される死は人間の本性《ほんせい》に反するものだからである。しかし、今述べた例は死刑によって引き起こされる嫌悪感の極限を示すものではない。リトアニアの君主、ヴィットルデは、死刑執行人が見つからなかったので、犯罪人が自分自身で死ぬように命じざるを得なかった……。ここまで来ると、悪循環は明白だ。犯罪人は自殺するだろうか？　存在の重荷が耐えがたい場合は、そういうこともあるかもしれない。

モルダヴィでは、「シンガニ」、つまりボヘミアンの最終的機能は死刑執行人であることがわかっている。人々が最初に出会った「シンガニ」がこの悲しむべき使命を果たすように強制されるのである。この国では、十年前から死刑執行がなかった。刑罰と犯罪は非常にまれだったのだが、若い女性に対する強姦殺人事件が起こった。犯人は「シンガニ」であり、絞首刑の判決が下された。執行の時がやって来たので、犯人は、鉞《まさかり》を持った「フォンタルブ」と呼ばれる二人の役人に挟まれて処刑場へと向かった。十人ないし十二人の野次馬が列をなしていた。判決を執行するために人々は誰か「シンガニ」がいないか目で探していた。刑場への途上で見つかったのは、一人のみすぼらしい小柄な老人だけだった。殺人犯が非常に頑健な男であるだけに、人々が求めていた機能を果たすにはよりいっそう不向きな老人だった。かまうものかと、小柄な老人はその階層に課されていた任務を果たすように命じられ、従った。人々は、絞首台代わりになる一本の木のところに到着した。「フォンタルブ」は木の幹の前に処刑台となるテーブルを設置した。小柄な老人は、受刑者を引き寄せながら、テーブルに乗った。老人は受刑者の首の周りに回されたロープを木の枝に掛けようとして爪先立ちになり、何度か試みた後で成功した。執行の準備がすべて整った。小柄な老人は、ただちに、自分の頑健な仲間である「シンガニ」を持ち上げる作業に取りかかった。目的に達しようとして、老人はあっちを向きこっちを向きしてさんざんに動き回ったが、すべて無駄な努力に終わった。ついに苛立った受刑者は、老人をひっぱたき、地面に突き落とした。受刑者の行動に恐れをなした「フォンタルブ」、観衆、小柄な老人は、みな逃げ出した。殺人犯も、そうしようと思いさえすれば、同じように逃げられただろう。しかし、彼は死刑判決を受け、自分の運命を甘受していた。逃げていった者たちにも、身を守る道具にもできたであろう放棄された鉞にも注意を払わず、彼はロープがしっかり固定されているかどうかを冷静に確かめ、もっと高いところにある枝にもっと固い結び目を作ってロープを固定し、足を強く動かしてテーブルをひっくり返し、完全に首吊り状態になった。

以上が、自分で自分を成敗した犯罪者の例である。まったくのところ、死刑が自殺に行き着くか、あるいは、罰として科されないこともあるのなら、死刑制度を維持するためにあげられる理由は、せいぜいのところ、もっともらしいだけのことだということを、どうして認めないわけにいこうか。というのも、死刑制度を、それが引き起こす事象のあらゆる局面において考察すれば、最終的には、馬鹿げた回帰にたどり着くのだから。

第三章　ある不条理な銃殺刑

評判の兵士

今から三十年ほど前、私は所用でメッスへ行った。この旅行の帰り、シャロン＝シュル＝マルヌに二日間滞在した。当時、この町にヴェルマンドワ連隊が駐屯していた。この連隊の兵士の一人が脱走兵として有罪判決を受けたばかりだった。この兵士は銃殺刑に処されようとしていた。私は、兵士たちの一団の後をついていった。兵士たちの隊列に近づくと、脱走兵の同僚の何人かが兵士に同情し、その運命を哀れんでいる声が聞こえた。素晴らしい奴だった、と兵士たちは言っていた。全員がこぞって脱走兵の資質を褒めそやしていた。しかし、軍律は容赦なかった。その気の毒な兵士は、農民の息子だった。仲間の兵士たちが半年休暇があけて兵士の村から戻ってきて、彼の父親が病気だと教え、母親の収穫作業を手伝いに行かなかったのは間違いだったと言ったのだった。そこで、彼は休暇を申請しはしたのだったが、無情にも却下された。親を思う気持ちは断ちがたかったし、たぶん、愛していた従姉妹への思いもあったのだろう、彼は、兵隊仲間の言い方に従えば、「靴底の下の休暇許可」を取ることにした。つまり、無断休暇である。これが、彼の罪だった。この程度の規律違反は、狩猟やオペラ座の舞踏会の誘惑に抵抗できなかった士官なら、許されたことであろう。せいぜい、二度目には室内蟄居を命じられる程度のことだったであろう。不幸な兵士は二度目にはずっと危険な罰を受ける状況にあった。最初の規律違反も名誉ある動機によるものとされてはいたが、二度目であるということが死刑判決を正当化した。私は、この犠牲者の後について処刑場まで一緒に行きたいと思った。

ピエール・デバールというのが、私が記憶する限り、この興味深い青年の名前であった。美男だった。仲間たちは彼に「美貌青年」というあだ名をつけていた。彼が通るのを見て、シャロンの町のすべての娘が泣いていた。母親たちも泣いていた。老人も若者も呆然自失としていた。それほど人口が多くもないこの町中に悲しみが広がっていた。これほどの涙が流れるのを見て、私も涙をこらえることができなかった。その頃は、私は五十歳になっていなかった。

「見て、姉さん」と、とても若い女の子が一緒にいた年上の娘に言った。その年上の娘は、私のすぐ傍ですすり泣いていた。「あの背の高い醜男が見える？　顰《しか》めづらの、赤い半ズボンをはいた男が？　あれが駐屯地の司令官よ。美貌青年の恩赦を願い出るのを妨げたのは、あの男よ。もちろん、王様は拒否なさらなかったでしょうよ！」

「そう思う？」と、若い娘は問い返した。言葉を口にするのもやっとの様子だった。それほどに、娘の心は悲しみでいっぱいだった。

「そうじゃありませんか、あなた」ブロンドの若い娘は、潤んだ大きな二つの目で私を見上げ、私の注意をかき立てるかのように燕尾服の裾を引っ張りながら言葉を継いだ。「王様は美貌青年の恩赦をはねつけたりはなさらなかったでしょうね、違いますか？」

「国王はとてもいい方です」と私は答えた。*

＊ 語り手のシャルル－アンリ・サンソンは一七三九年生まれだから、五十歳前の頃の国王はルイ十六世（在位一七七四―一七九二）。革命前は、ルイ十六世は善き国王として国民に敬愛されていた。

「いい方」と、小柄なブロンド娘は繰り返した。

それから、姉のほうに向き直り、

「聞いた、マルグリット、いい方なんですって」

しかし、彼女が国王の優しさを強調すればするほど、マルグリットは悲しみを深めて、ますますすすり泣き、ますます涙を流すのであった。

「ああ！　あなた」妹が続けて言った。「姉には、泣く十分の理由があるのです。もし、あなたがご存じなら！　彼がいなかったら、あの親切な青年がいなかったら、今日のこの日、姉は生きてはいなかったのです」

「なぜ、私は死んでしまわなかったのかしら！」マルグリットが絶望の口調で叫んだ。

そう叫びながら、彼女は長い黒髪に指を滑らせ、髪を引きむしろうとしていた。

「王様はいい方、あの方はいい方！」ある種の激越さをこめて彼女は繰り返した。

そして、歯ぎしりをしながら、痙攣《けいれん》した指で、彼女は服を引き裂いた。

「ダメよ、マルグリット。みんながあなたのことをなんと思う？　ほら、私たちのことを見てるじゃないの……。ああ、神様！　救い主！　偉大なる聖レミー！　哀れみください、姉は気が違ってしまいます。お家に帰りましょう。いらっしゃい、お姉さん、お家に帰りましょう。お祈りをしましょう」

「イエス様、マリア様、あの人はまもなく死にます！」

「聞いて、私に考えが。真っ黒なよき聖母像を知ってるでしょう。あの聖母様はいくつもの奇跡を起こした。救いの聖母様に願を掛けましょう。私は聖母像の前にろうそくを灯します。そうすれば、私たちを可哀相に思ってくれるでしょう。彼のために仲立ちをしてくれて、鉄砲は撃たれないでしょう」

「ほっておいてちょうだい、あなたはまだ子供よ」

「あなたが死にそうになったとき、聖母様があなたを救ってくださったんじゃなくて？　川岸で私が聖母様にお祈りをするやいなや……」

ブロンドの妹は言い終えられなかった。少し前から、マルグリットの顔に恐ろしい蒼白さが広がってゆくのに私は気づいていた。突然、彼女は震えを感じているように見え、頭がたれた。私は気絶の兆候を認めたので、さっと前に進み、ちょうどよく彼女を腕に受け止めた。

小柄なブロンド娘は、甲高い叫び声を上げた。

「大変、姉さんが死ぬ！　助けて、助けて！」力の限り、臓腑にしみこむような声で妹は叫んだ。しかし、誰も来なかった。われわれの前を通り過ぎてゆく群衆には、何も見えず、何も聞こえなかった。群衆は、小さな町を悲しみでいっぱいにしている出来事にあまりにも気を奪われ、深く心を痛めていた。

しかしながら、マルグリットは動きがなかった。脈も感じられなかった。手は冷たかった。心臓の鼓動ももう感じられなかった。私はとても困惑し、最悪の事態も想定した。ちょうどその時、聖母訪問会の二人の修道女が通りかかった。彼女たちの歩き方が早いことからみて、準備されつつある不吉な光景から急いで逃げたいのだろうと私は思った。

「修道女様」と私は叫んだ。「どうぞ立ち止まりください。そして、死にかけている可哀相な娘を救うのを手伝ってください」

年上の老修道女は道を続けようとした。しかし、もう一人の修道女は、私の願いに心を留め、そして、たぶん、片時も私のそばを離れず相変わらず嘆き悲しんでいたブロンドの妹の騒々しい嘆きに心を打たれもしたのだろう、年上の修道女をロザリオの紐を引っ張って立ち止まらせ、紐の端に下がっている小さな十字架を指し示しながら、彼女に次のように言った——

「イエス様にお従いなさい。イエス様が私たちに示してくださった道があるでしょう」

こうして、いかにもキリスト教徒らしい機転を利かせた言葉で、彼女は年上の修道女を私のほうに連れてきた。

「ああ！　あなた、私たちを呼び止めてくださって、とてもよかったのですよ――あら、なんということでしょう！　マルスリーヌさん、あなた、この子が誰かわからないのですか？」

「ええ、あなた、これまで一度も会ったことさえないと思いますよ」

「それじゃあ、眼鏡をおかけなさい」

マルスリーヌ修道女は言われたことを文字通りに解釈し、袖口に手を突っ込んで眼鏡を探し始めた。

「眼鏡を探すのは明日になさい。この子が誰か知るのに、何が必要だというのでしょう？　この子はマルグリット・ロランじゃありませんか」

「エチエンヌ・ロランの娘さん？　修道院の十分の一税徴収人の？」

「そうよ、そう。急いでベルト紐を緩めてあげて。誰がこの子を産み、育てたか、あんたに言わなくちゃいけないのかしら？　後で教えてあげましょう」

「まあ、マルトさん、なんてあなたはテキパキしているのかしら！」

「なんてあなたはグズグズしているのかしら！　……鋏をお持ち？」

「はい、ここに」

「貸して、貸して！　聖母マリア様、コルセットを身につけているのよ！　コルセットのせいで息が苦しいのよ。自分から万力に入ったようなものよ」

「おお、媚態！　この世の破滅の元！　親御さんは、こんなことより……」

「お説教は後にしましょう。今、大事なのは、この子を楽にしてあげることよ。ほら、この子を押さえていて。コルセットを緩めるから」

マルト修道女は、肩掛けのピンをすでに外し、肩掛けを取り外そうとしていた。が、突然考えを変え、私が傍にいるのに初めて気がついたかのように、言った。

「まことに申し訳ありません。私どもはあなた様には大変感謝しております。でも、あなたは殿方です。慎みという点から申しますと……」

「わかりました、修道女様、私は立ち去りましょう」

「べつに、あなたがいては気詰まりというわけではありません。そして、あなたのお気持ちを傷つけるのは神の教えに反します。でも、このような状態では……。それに、この無垢な娘の羞恥心も考えてやらねばなりません」

マルト修道女の言葉に従って、私はその場を離れた。ほんの数歩歩いたとき、広場で太鼓を流し打ちしている音が聞こえた。

「可哀相な子」と、その時、私は思った。「彼女はあまりにも早く目を覚ますことになるだろう」

私は太鼓の音のほうに進み、その場に着いたとき、不幸な兵士に対して軍籍剝奪の宣告文が読み上げられていた。美貌青年は擲弾兵だった。高貴で優しそうな顔立ちで、飾り気のない憂愁の色合いも少し混じっていたが、そうした雰囲気は魂の善良さを物語るものである。辛《つら》い儀式の間、彼は動揺することもなく決然とした様子をしていた。が、軍曹が青年から階級章を引き剝がすために近づいてきたときは、全身を震わせ、名誉に背いた罰として肩章の裏で両の頰を叩かれた後は涙で顔をぬらした。

「行こう！」と、青年は立ち上がりながら言った。というのも、青年は跪かされていたからだ。

「行こう、諸君！　われわれはみんな早く決着をつけなければならん」

このとき、一人の兵士が銃殺隊の隊列から離れ、まっすぐに大佐のところに行き、捧《ささ》げ銃《つつ》をした。

「おまえは、なぜ列を離れたのだ？」

「侯爵閣下、一つお願いがあります」

「何だって？　願いとは何だ？　言ってみろ」

「もし、あなた様の親切心が働いてですね、大佐殿、……」

「私にはそんなものはない、親切心など。それに、時間を無駄にしてはおれん。どうしたいんだ？」

「つまりですね、侯爵閣下、私は美貌青年のベッド仲間でして、できますれば免除をお願いしたいと……」

「立派な理由だな、一緒に寝ているから、とはな。おまえの兄弟なのだろうな……」

「私は、とてもそんな気にはなれません……。よろしいですか、これはとてつもなく辛い務めです」

「感じやすくなることを思いついた者が一人いるというわけだ。おまえは撃つのだ。おまえのことをよく見張っているからな」

「失礼ですが、大佐殿、あなたにはベッド仲間が一人もいなかったことがよくわかります。私の立場になっていただけたら、と思います」

「講釈などするな。何だ、この不作法者は、部署に戻れ。そして、義務を果たすことを考えろ。さもないと、独房にぶち込んで朽ち果てさせてやるぞ」

兵士はのろのろと銃殺隊に戻り、大佐は剣を動かして出発の合図をした。

隊列が動き出し、町からほんの少し離れたところで止まり、ランス街道が横切る平原で戦闘隊形を取った。大勢の人でごった返していた。というのも、町の住民の多くがやって来ていたからであり、本当に悲しんでいてもなお残る好奇心もなかなか強いものなのである。人々が記憶する限りでは、シャロンで軍隊による処刑という恐ろしい光景が繰り広げられた例《ため》しはなかった。悔悛信心会は、寛大な人々の心を捉えるこの機会を逃しはしなかった。信心会は行列の一部をなし、小声で臨終の祈りと痛悔詩編を唱えながら道の両端を歩いていたが、その陰気な調子は戦闘的音楽の騒々しい響きとは対照的だった。信心会は列の先頭に不吉な予告を示す旗を掲げていた。白い長衣を着て覆面をした亡霊のような人たちの列の前には、粗末な経帷子と棺があるのが死刑囚にも見えていただろうが、それは、取りも直さず、彼の遺骸を包み、入れるためのものなのである。人々が言うには、何度か彼の視線はまだ生きている自分のためのそうした葬儀用品に注がれたが、いかなる感情の動きも顔には表われなかった、ということである。

道路脇から数メートルのところに石の十字架があり、その正面に、数本の楡の木で囲まれた小さな野原があった。そこが指定された場所だった。美貌青年は、その場所を指し示されると、礼を言い、連隊付きの司祭を固く抱きしめた。司祭は彼の魂の救済のためにずうっと付き添ってきていた。彼は、同じように仲間の何人かを抱擁し、大佐に辛い任務を免除してくれるように求めたジョゼフ・ラングロワの番になると、真っ青で震えているのを見て、次のように言った。

「何も怖がるな。美貌青年は死に方は心得ているさ」

ラングロワはすぐに答えた。

「俺のせいではないようにする……」

「もういい」美貌青年は彼の手を固く握りながら言葉を遮った。「一言で十分だ」

それから、天を仰ぎながら、言った。

「おお、お母さん、お母さん！――もし君が国に手紙を書くときは、俺は船に乗って植民地に行ったと、遠い、遠いところ、別の世界に行ったと、書いてくれ。可哀相なお母さん、そしてお父さん、本当のことを知ったら、二人とも死んでしまうだろう。二人がけっして知ることがありませんように……」

「もう、言うな。ご両親に言いに行こうか……」

「おまえたちは、いつまでお別れをやってるんだ？」と、このとき、銃殺隊を指揮する士官が叫んだ。「ラングロワ、位置に着け！」

「もう終わりだ、別れなければならない。いずれにせよ、俺ではないからな……」

ラングロワは言い終えることができなかった。

「位置に着け、と言ってるだろうが！」と、士官がまた叫んだ。

こう命令されても、彼はなお躊躇していた。しかし、士官が乱暴に肩を押し、彼を列に戻した。

軍楽隊は「マホン港」の曲を演奏していた。演奏が突然止み、太鼓の流し打ちが始まった。美貌青年は四人の小銃兵に引き渡され、兵士たちは彼を野原へ連行した。そこで彼は上着を脱ぎ、銃撃隊が弾をこめている間に、自らすすんで死を受ける体勢を取った。彼は、目隠しはせず、死と正面から向かい合いたいと希望を述べた。しかし、下士官が、それは彼の肩章をはぎ取った男だったが、規則により、それは認められていないと述べたため、彼は差し出されたハンカチを受け取り、自分で目隠しをした。

「さあ、私は準備ができた。諸君、し損じるなよ」

そして、胸に手を置きながら言った。「ここだ、ここだぞ！」

銃殺隊の右側にいた大佐が、空に掲げていた指揮棒を下げるやいなや、群衆からとてもものすごい叫び声が上がったため、射撃音がかき消された。美貌青年は最初の射撃で倒れ、まるで生きたことがなかったかのような様子だった。しかし、彼の近く、処刑の間にすばしこい人たちが登っていた木の根元に、まだ十二にもならないような子供の死体が横たわっていた。

「ショックを受けて木から落ちたのだろう」と、私と同じように事故の原因は何なのだろうと思って集まってきた人たちの何人かが言っていた。

「そうだ、そうだ、そうに違いない。この子はずいぶん怖い思いをしたのだろう」楡の頂《いただき》を見ながら、付け加える人もいた。「子供というものはとんでもないことをやるものだ。少し考えてごらんなさい、あんなに高いところに登るなんて」

しかし、人々はすぐに草が赤くなっているのに気づいた。子供を仰向けにしてみると、心臓の下のあたりに傷口があった。上着に穴が開き、血がどくどくと流れ出ていた。みなが一斉に叫び声を上げた。

「なんということだ、誰かが空に向けて撃ったんだ。いったい、この子はどこの子だ？」

「エチエンヌ・ロランの息子だ、聖母訪問修道院の十分の一税徴収人の。誰か、早くヴェルマンドワ連隊の外科医を呼びに行って」

いちばんすばしこい人たちが離れてゆき、外科医と一緒に戻ってきたときに言うことには、一人の兵士が銃で地面をたたき、「あの子を殺したのは俺だ」と言いながら銃をたたき壊しているのを見た。仲間の兵士たちが、自殺の恐れがあるとしてその兵士の身柄を拘束していた。隊長が「ラングロワを見張っておけ。自分で傷つけたりしないように。死人が二人も出ればもう十分だ」と言っていたのを確かに自分の耳で聞いた、ということだった。

ヴェルマンドワ連隊の外科医はエチエンヌ・ロランの息子の傷を調べた。外科医は銃弾を摘出し、なす術はない、心臓がやられている、子供が一人いなくなる、と宣告した。

それで、みんながエチエンヌ・ロランに、とくに可哀相なマルグリットに同情した。彼女は、同じ一日のうちに、自分を救ってくれた人と弟を失ったのであった。

「あの子はどんなにかショックを受けることでしょう」と、私の隣にいた人が言った。この人は、たぶん、私が余所者だと気づいていたのだろう。「ご存じですか、あなた、あの子は、不幸な美貌青年にすごい恩義を受けていたのですよ？　次のクリスマスで一年になるでしょうが（あの子はよく覚えているでしょう）、あの子は氷が張ったマルヌ川で何人かの友達とふざけあっていました。突然、雪で覆われていた場所にマルグリットが落ち込み、見えなくなったのです。あの子を探しに行く危険を冒そうという地元の男の子は一人もいませんでした。美貌青年はそれほどグズグズしていませんでした。彼は三度も氷の下に潜り込み、マルグリットを助け出すまで止めませんでした。これが勇気というものです。その場にいた全員が賛嘆の念に打たれました。今日、彼は殺されました。これがご褒美なのです。判事たちはいつか後悔することになるでしょう……。あなたは彼がどんなに惜しまれ、どのように死んだか、ご覧になりました。彼には自ら咎めるべきことは何もありませんでした、あの青年には。神が彼の魂を受け取り、天国で平安をもたらしてくださいますように！」

この処刑の翌日、私はパリへ旅たち、パリに着くとすぐに美貌青年の家族に百フラン送った。知らない人から見舞金が届いて、家族は驚いたことだろう。ラングロワがどうなったかは知らないが、彼は不服従の罪で銃殺されたという噂は聞いた。エチエンヌ・ロランに関しては、その後、悲しみのあまり死んだということを知った。マルグリットは気が狂い、正気に戻ることはなかった。この家族にはエチエンヌ・ロランの長男しか残っておらず、彼は長いこと弟の運命を嘆き、今日もなお血にまみれた弟のシャツを保管し続けている。

偏見は根拠薄弱

私がこの悲劇的出来事について詳しく書いたのは、われわれが呻吟させられている偏見の無定見さを例証するのに、これ以上に説得力のある材料を提供してくれる出来事はないからである。私は裁判所によって下される犯罪判決の執行人であるが、裁判所は十分かつ長い時間をかけて自分たちの信条と照らし合わせた後にしか判決を下さないとされている。その私が汚辱に印づけられ、一方、拙速で軽率ないしは横暴なことも多い判決を遂行するために大勢の人間を殺めた兵士たちのほうは、軍隊のあらゆる階級に昇進し、一般のあらゆる役職に就き、君主や国家によって与えられるあらゆる名誉を受けるのが適切とされているのは、まったくもって奇妙なことではないだろうか？

裁判の種類が違うというだけで、やっていることは両者とも同じではないだろうか？　両者とも、罰しているのは犯罪人ではないのか？　裁判所から出た犯罪判決を執行する人間のことは糾弾し、軍事裁判によって下された死刑判決を執行した者には元帥杖を与えるというのは、おかしな矛盾ではないだろうか？　裁判所というものは、陪審制が採用されていようがいまいが、共同体の安全に危害が加えられるのを制圧するために設立されたものである。軍事裁判が厳罰に処する罪というのもある。しかし、軍事裁判が厳罰に処するのは犯罪だけではないのか？　敵軍の砲列を前にして死に立ち向かう勇気を感じないことは罪なのか？　故郷に戻らなければならないと思い、身を苛《さいな》む苦しみから逃れるために一時的に軍旗を離れる者に罪があるのか？　父親か母親が死の床にあるか、あるいは、両親が生活苦にあえいでいるときに、軍規によって父親も母親も持たないことを学んだ指揮官の意向に背いて、親の最期を看取りに行くのは罪なのか、親を助けに行くのは罪なのか？愛する恋人に、愛しい妻に逢うために欠勤するのは罪なのか？　侮辱を侮辱によって返すことが、伍長の乱暴な振る舞いに対して、あるいは、誰からであろうと他のあらゆる不当な仕打ちに対して怒りの衝動に従うことが、罪なのか？　眠気に抵抗できないことが罪なのか？　見回りの士官が居眠りしている歩哨の不意をつく。士官は歩哨の体を剣で刺す。すると、翌日、会議で士官は賛辞を受ける。

不幸な歩兵は、疲労困憊《こんぱい》し、足が傷だらけなためにもう歩くことができない。大尉が歩兵を殺し、部隊はそのまま行進を続け、大尉は昇進する。大尉は大隊長に任命される。* 彼のボタンホールに名誉の印がつけられる。新聞が彼の手柄を書き立て、『行動倫理』の著者は将来の世代に手本として伝えるためにこの事実を書き留める。殺人者は貴族に列せられる。百年後には、三世代を数えることになるだろうし、この家柄の古さがたぶん孫たちに特権と栄誉をもたらすことになるのだろう。

* 大隊長に任命されるのは、普通、少佐。

平和な市民たちが法治主義と専制打破を要求するために集まっている。彼らは自分たちの願いを陳情するために、もしくは、自分たちの危機感を表明するためにやって来ているだけだ。なのに、彼らは機関銃で撃たれ、銃剣で突き刺される。誰が虐殺を命じているのか？　誰が指揮しているのか？　誰が実行しているのか？　父や母を殺さない兵士は反逆者とされ、そのように扱われる。大尉が後ろにいて、兵士が父や母を殺すまでサーベルを振り上げたままだ。受動的服従が課されているために、兵士は親殺しか自分の命を棄てるかを迫られる。兵士は、殺せと命じられるがゆえに殺す。女性、子供、老人、彼の銃弾は人を選ばない。出動前に兵営でブランデーの配給があった。帰営すると、肩章の授与、流された血に応じた褒賞の授与が行なわれる。指令に従うために兄弟か最初に出会った無害な通行人を至近距離で殺した者は頼りになる人間とされる。人々はその献身的行為を忘れないだろうし、あらゆる昇進の機会に思い出すだろう。世論を満足させるために、時にはそうした兵士を非難せざるを得なくなることもあるだろうが、六カ月後には、その兵士に数々の名誉を与え、権力にとって虐殺が必要になったときには、その兵士を探しに行き、虐殺部隊の先頭に立てるだろう。私は、このようにして莫大な富と名声が築かれるのを見てきた。暴政が裁判所の慎み深さを恐れるときには、誰に声をかけるのか？　兵士たちに、である。コンデ家の末裔は死刑執行人の剣で命を落としはしなかったし[*]、その判事たちは……彼らは王なのである。

＊　コンデ大公の孫、アンギャン公爵が一八〇四年に銃殺刑に処された事件を指す。

今、夜中の十二時だ。仕事のためか遊びのために、私はこの時間まで家の外にいた。私は静かに家へと向かう。しかし、不幸にして、私には非常に重い障害がある。耳が聞こえず、口がきけないのだ。したがって、「誰だ?」あるいは「近寄るな!」という歩哨の声が聞こえない。無情にも、歩哨は銃で私に狙いをつける。狙いがよければ、私は死ぬ。歩哨がこのように一般市民たちを監視しているのは、敵に包囲された戦場でのことなのか、不意打ちを恐れる城壁の上でのことなのか?そうではない。首都、パリ、芸術と平和の中心地でのことなのである。歩哨にとって何の危険もなく、日常的用事のために夜間も人の行き来が絶えない都市でのことなのである。こうして、兵士が裁判の形を取らずに殺すことができる無垢な人々の中には、耳の聞こえない人、口のきけない人、酔った人、強風の時に風に逆らって歩けない人たちもいる。

善きサン゠ピエール神父*の夢が実現しない限り、軍隊の解散はたぶん不可能だろう。私は、今日、軍隊が必要悪であることはわかっているし、戦場で起こるすべてのことは非常に正当であることを認める。戦場においてのみ、兵士は戦士であり、栄光ないしは祖国のために戦い、不滅の栄誉を得る。兵士は臆病であるよりは勇敢であるほうが戦場で有利だ、というのは本当である。兵士は死に物狂いで身を守る。そして、勇敢に防御すれば、兵士は人々に感謝される。攻撃すれば、兵士は英雄と言われる。しかしながら、武勲によって得る栄光、あるいは得るかもしれない栄光は、この職業につきものの他の多くの所行の汚点を消し去るのに十分だろうか?

＊ サン゠ピエール神父は『永久平和論』の著者。

軍人が武器を使用して人を殺めることが、ある程度までは正当化される状況というのもある。それは、ある国が、隣国を襲っている伝染病の感染から逃れようとする場合である。そういうときには、検疫警戒線と呼ばれるものが設定される。この場合には、線を越えようとするあらゆる人間を撃つように命令が下される。しかし、どれほどの犯罪行為がこの命令を口実にしたことだろう！たとえば、こんな例がある。かの有名な見習い騎士ジョアニィは、黄熱病が蔓延しているスペインから戻り、部隊の一部とともに国境にやって来た。兵士たちは、彼は黄金を持っているだろうと推測した。兵士たちはジョアニィに規制が敷かれていることを通告しなかった。彼はそんな措置が取られていることを知らなかった。兵士たちは彼がすぐ近くまでやって来るのを待ち、楽々と銃弾を浴びせかけた。ただちに、兵士たちは彼の仲間と彼の亡骸《なきがら》に飛び掛かって物色し、彼らの荷物を徹底的に検査し、めぼしい物すべてを奪い取った。兵士たちは接触を恐れなかった。金貨にはペスト菌はついていないから。この恐るべき虐殺事件は、同種類の他の多くの事件と同様に、明るみに出ずにすんだことであったろう。ところが、軽傷しか受けていなかった部隊付きの道化師が、機転を利かして夜まで死んだふりをした。それから、暗闇に紛れてなんとかかんとかスペインのいちばん近くの村にたどり着き、代官に事の次第を申告した。また、次のようなことも一度ならずあった。検疫警戒線の守備兵たちが、金を持った住民が通ることを知り、密猟者が獲物を待つように住民を待ち受けた。住民は背後から襲われて殺された。守備兵たちは住民の身体をさぐった。死体の収容は行なわれなかったので、というのも、いかなる権力機関も黄熱病に感染する危険を犯したくなかったからだろうが、犯罪者たちが罪に問われることはなかった。

兵士たちの後について敵地に行ってみよう。軍規は、強姦、窃盗、暗殺、略奪を禁じている。しかし、軍規は移り気なもの、軍規が指揮する将軍の気まぐれでしかないこともあり得る。あるときは、軍規は極端に厳しく、またあるときは、軍規はゆるい。将軍は、一足のサンダルを盗んだ者、あるいは、値段どおりに金を払わずに鶏を取った者を死でもって罰する。一方、将軍は、気に入らない住民、あるいは、税金をしかるべくすみやかに払わなかった者を銃殺する。将軍は、好きなだけスパイと認定する。将軍は、集団で蜂起した者たちを皆殺しにする。将軍がちょっと合図すると、兵士は銃口のすぐ先にある脳を吹き飛ばす。将軍はそれ以上のことをする。自分自身が頑健な体をしているときには、肘まで腕まくりをし、粛清対象者の首を自分自身で打ち落とす。裏切り者たちを殺し、自分が進む道の標識にするために、冷酷に殺された捕虜たちの死体を方向が変わるたびごとに道路に置いた将軍もいた。

平時でも戦時でも、兵士は自分の名誉のために罰せられることなく人を殺すが、しかしながら、兵士が科す罰の対象となるのは、多くの場合、単なる過失であり、いわゆる政治的法律が犯罪と名づけているにすぎない。こうした厳格さなしで済ますことはできない、ということは私も認める。しかし、必要不可欠であるとしても、人間の心情に反することに変わりはない。そして、もしわれわれ執行人に向けられている汚辱が、憤慨した心情の結果だとしたら、人間の心情も時として方向を見失い、思い違いをすることがある、ということが認められなければならないだろう。軍人という職業は、我が国において、もっとも輝かしい職業の一つではないだろうか？　もしおぞましさがあるなら、広く行なわれているのだからそれほど大したことではない、ということになるのだろうか？　どこかの国に、殺人が複数の人間によって犯された場合は罪に問わないという法律があるかどうか、私は知らない。しかし、われわれを苦しめている偏見は、考えた末にできたものではない。偏見は本能的なものであり、まったく感情に由来するものである。偏見は兵士には及ばない。というのも、兵士というものは、将軍から鼓手に至るまで、全階級を含めて、一般人とは別の人種だからである。文明の動きの埒外に投げ出された集団、自然の外、人間の心に基礎を置く倫理観の外に位置する集団なのである。ミシシッピー川のほとりでは、カラングアス族は人間を食べる。彼らは食人種であり、それが彼らの風習である。この部族の酋長がパリにやって来てみるがいい。着く早々、酋長は宮殿に招かれるだろう。筆頭侍従が酋長を皇帝陛下に紹介するだろう。紹介の際に皇帝が述べたスピーチをすべての公共新聞が報じ、宮廷の女性たちはお互いに次のように尋ね合うだろう――

「あなた、カラングアスとお話しなさいました？　カラングアスはあなたに言葉をかけました？」

カラングアスに手を触れた女性たちは幸せ者、カラングアスから羽を一つプレゼントされた女性たちはさらに百倍も幸せだ。

兵士たちは食人種ではない。しかし、彼らには彼らの風習があり、彼らは一つの集団をなしている。それが、彼らが受けている好意の秘密だ。それに、この種族は危険に立ち向かい、突破口に飛び込む。どこでも勇敢さに熱狂する一般大衆は、この種族に名誉と免責特権を惜しげもなく与える。

一般大衆は目が眩《くら》む。元帥たちは金色で飾り立てられているから。そして、誰が言ったか忘れてしまったが、兵士の背嚢には元帥叙任状が入っている、と言われた。*

* 現在は、普通は「兵士の背嚢には元帥杖が入っている」と言われる。一兵卒でも働き次第では元帥になれる、という意味。フランス革命前は、軍隊での昇進のいちばん決め手は「生まれ、家柄」であり、貴族しか士官になれなかった。まして元帥となれば、貴族でも相当の名門の出でなければなれなかった。「兵士の背嚢には云々」は、革命後は、軍隊は実力本位になったことを象徴する言葉。

犯罪判決執行人にも彼らなりの風習はあるが、彼らは国民の外に位置する一種族を形成してはいない。彼らは同業組合さえ形成していない。孤立した個人にすぎない。彼らは稀にしか危険に立ち向かうこともなく、輝かしい衣装も持っていない。画家ダヴィッドは、皇帝付筆頭画家になる前はフランス革命の筆頭画家だったが、執行人たちにそのような衣服を与えようと提案したことがあった。彼は、ある日、自分が描いた衣服のデッサンを私に見せてくれた。

それは、一七九三年四月二十日のことだった。私は、ダヴィッドが革命裁判所から出てくるところで彼に会った。革命裁判所では、竜騎兵第三連隊の前大佐、ヴォジュール氏に判決が下されたばかりだった。私は引き返そうとしたが、ダヴィッドが私のほうにやって来た。私は、彼が巻いた紙を手に持っているのに気づいた。私の横に寄りながら、彼はその紙を広げた。それは彼が描いた人物像だった。

「どうです、サンソンさん」いつもの早口で彼は言った。「このローマ人について、あなたはどうお思いですか?」（この頃は、あまり親しくない間柄では、君呼ばわりはまだ一般的ではなかった。*）

* フランス語の二人称には、丁寧な「あなたvous」と親しい間で使う「君tu」の二種類がある。革命期には、平等という観点から「tu」だけが使われるようになる。

「きれいに描けていますね。でも、あなたはずいぶん怖そうな様子に描きましたね」

「厳格、とおっしゃりたいのですね。これは人民の復讐者だ、ということがおわかりになりませんか?」

「復讐者って、何ですか?」

「あなたと同じ職務を遂行する人が、今後、持つことになる役職名です」

「そして、これが、あなたが私たちに着せようという制服ですか?」

「制服、ですって、衣装とお言いなさい、野蛮な方！　私は古代に倣《なら》って、これを考案しました。これは、近代ふうにアレンジした、古代ローマのリクトルそのものです。だって、われわれがいくらサンキュロット*だといっても、あなたはスコットランド式のジャケットを着たりはなさらないでしょう」

* 「サンキュロット」のもともとの意味は「半ズボンなし」。民衆階層を指す言葉。

「それで、あなたが私たちの足に巻き付けている赤いリボン、これは、どういう意味ですか?」

「あなた、これはコチュルヌというサンダルのようなもの……」

「とんでもない、古代ローマふうのサンダルなんて。私が裸足で行くなどと期待なさってはいけません」

「そうしなければならなくなるでしょう。私はコチュルヌを法令で定めます。あなた方にもっと偉くなってほしいのです。あなた方の名誉回復をしたいのです。あなたは何もわかっていない。威厳がこめられているとは思わないのですか」

「あのですね、ダヴィッドさん、それほどの威厳はいりません。もし、私が行なっている職務に威厳があるということを証明するのにあなたが成功なさったら、やりたい人があまりにもたくさん来すぎて困ることになるでしょうよ」

「あなたは謙虚ですね、サンソンさん。でも、私はあなたが共和国においてあなたにふさわしい地位を得ることを望んでいます。私は自分の研究のためにやっているのではないということをよくお考えください。この衣装はものすごくあなたに似合うでしょう。これをお召しなさい。貴族たちの最初の処刑の日がふさわしいでしょう。私はこの足で動議を出しに行きます……」

「それはどうかおやめください！　私たちには外出も許されなくなるでしょう。民衆は、私たちが身をひそめていることで私たちに感謝しています」

「あなたは、この厳粛な装いをして人民の復讐者として現われるのです、自由を確固たるものにする者として！　これは確かなことですが、すぐに、あなたの職務は人も羨むものになるでしょう」

今私が報告した恐ろしい諸事実*は、フランス革命の血にまみれたお祭り騒ぎの期間に、どのような人たちが、私が務めている職務に敬意を持たせようとしたかを示している。この人たちがそうしようと思ったのは、暴政がもたらした一つの帰結であり、そもそも暴政はあらゆる敬意の序列を覆さずしては存在し得ないものである。

* この段落の直前に、二巻本で出されたときには共著者によって書かれた文章があった。「恐ろしい諸事実」とは、主として削除された部分に書かれていたことを指すものと思われる。

奴隷制度廃止を祝うある祝典で、斧で武装し、おそらくはダヴィッドによって考案された衣装をまとっていたであろう二人の死刑執行人は、革命委員会のメンバーたちよりも上席に着いた。委員たちはリヨンの反乱の首謀者と共犯者たちを激しく糾弾したことを自画自賛し、それは「感謝の念から生まれる叫び声」を喚起したと国会に書き送った。権力がもはや死でしかないときには、死を与える者たちが共和国の最重要人物の一員に数えられるのは当然すぎるほど当然のことである。当時の政治システムからすれば、そういう帰結になる。

しかしながら、旧制度の厳格主義と新制度の博愛主義が闘っている時期に、死刑制度擁護者たちが結果的にはわれわれの汚辱の永続性に固執する人々となっているのは、いかなる奇妙な矛盾によるのだろうか？　そして、彼らの敵のほうが結果的にはわれわれの市民資格認証を求める人々となっているのは、どうしてなのだろうか？　こうした首尾一貫性と一貫性のなさから、おそらく、引き出すべき一つの結論がある。それは、われわれの立場が正当化されるのは、人間の風習の中にもはや存在しないことを正当化するほどに法が強力である限りのことでしかない、ということである。

しかし、こうした法が称揚され、賛美されるならば、必ず、われわれにとってはより大きな非難、社会全体にとっては計り知れない混乱と害悪を生じさせることになるだろう。

こうした確信を、私は早くから持っていた。このことを私はここではっきりと言明する。というのも、私は自分の境遇をあらゆる観点から考えてきたということ、私は自分の境遇を完全に理解していたということ、そして、自分の運命から逃れられなかったので、許される範囲内で美徳と義務を実践することを自分に名誉をもたらす唯一の手段としなければならなかったということ、以上三点を世に知らしめることによって、私はすっきりした気分になれるからである。

第四章　子供時代の思い出

親元を離れて地方の寄宿学校に

我が国の司法年代記を調べてみると、ルイ十三世の治世下に、王国の大判官ロルジュ公爵によって職務を委任されたサンソンという名の死刑執行人がいたことがわかる。彼は、イル＝ド＝フランス地方において犯罪人を処刑する「特権」を持っていたフェレ一族という旧家と縁組みを結んでいた。だが、私が逃れようとして果たせなかった先祖代々の運命の起源を知るためには、一連の先祖たちをさらに先までさかのぼらなければならない。サンソン一族の中で最初に犯罪人の処罰に身を捧げた人物、ピエトロ・サンソニは（というのも彼はイタリア人だったからだが）*、彼が生きた時代には英雄的だった見識ととても恐ろしい状況が重なったことで、排斥の的であるこの職業に投げ込まれた。彼の物語は、われわれ一族の間で美徳と実直の伝統として父から息子へと語り継がれてきたが、人間の情熱がどこまで熱狂的に高まるものかを知りたいと思う誰にとっても貴重な資料となるだろう。たぶん、いつの日か、私はピエトロ・サンソニの物語を書くだろう。彼以降、子孫の何人かが自分たちの運命そのものである、忌むべき使命に異議を唱えた。その中の一人は、死刑囚を見て、苦しみのあまり処刑台の足元で危うく命を落としそうになった。心が引き裂かれるような彼の苦悩、それでも同意しなければならなかった必然性、そうした事情が書かれた記録を読んだ私は、しばしば強迫観念につきまとわれ、現時点でも、それから完全には解放されていない。

＊　サンソン一族は、カトリーヌ・ド・メディシス（アンリ二世妃、一五一九―一五八九）と一緒にイタリアからやって来たという説もあり、バルザックはこの説に依拠している。バルザックがほのめかしているように、これを裏付けるような史料もあったのだろう。実際、カトリーヌ・ド・メディシスの輿入れに付いてきて、そのままフランスに住み着いた人たちもいた。サンソン一族がイタリアからやって来たのはマリー・ド・メディシス（アンリ四世妃、一五七五―一六四二）の時だという説もある。現在は「イタリア渡来説」は根拠薄弱とされ、サンソン一族はノルマンディー地方の出というのが定説になっている。サンソン家がフェレ一族と縁戚関係にあったのは事実である。

私の父は、自分自身が苦しんできた除《の》け者状態から私が決別できるように、ありとあらゆる種類の犠牲を払ってくれた。私のほうでも、父の願いを助けるために全力を尽くした。現状に嫌悪を感じるということでは、私は父と同意見だった。私はあらゆる解決法を考えた。私は初めは医者になりたいと思い、次に聖職者に、その次には軍人になりたいと思った。海を越え、遠い風土に行き、自分の名前と逃れられない思いを忘れたいと思った。これほどの努力と様々な計画も、懊悩にたどり着いただけだった。自分の運命との闘いで、私は敗れるほかはなかったのである。

もっとも嘆かわしい状況の中で、私見では極度に困難な問題を私は解決した。昔から、誠実さに関してはサンソン家の評判は完璧だった。パリではこうした評判が広く知られていたにもかかわらず、われわれは孤立状態にあり、ほんのわずかしか、あるいは、まったく、人付き合いがなかった。私は、幸いにして、我が家に社会のエリート層、思想家、文人、法服貴族、宮廷貴族たちまでも招くことに成功した。M氏、M－B氏、M氏、D氏、そして、他の大物名士たちが夕べを過ごしに家に来てくれた。一度ならず、私はこの人たちの前で諸問題について論じたが、それが思想的に非常に大胆な論法だったので、ある日討論に加わっていたリヴァロル侯爵が私に次のように言った。

「あなた、もしもご意見を印刷させることがありましたら、各ページごとに『同一人物の手によって書かれ、焼却された』と書くように私はご忠告いたします」

もし、こうした私の考えが広く支持されることになっていたなら、フランスはなんと多くの不幸を免れたことであろうか！　しかし、当時は、まもなく私が革命の頂に登り、その高みから平原、沼、山々、中間地帯のすべてを睥睨《へいげい》することになろうとは、＊とても予測できなかった。

＊「平原」「沼」等々は、国会議員の思想傾向を示す言葉として使われた。「平原派」と「沼派」は保守派ないしは穏健派、「山岳派」は革新派ないしは過激派。現在の日本の国会もそうだが、議場は、普通、前のほうが低く、後ろに行くほど高くなる擂り鉢状になっている。どの辺りに席を占めていたかによって、このような呼び名がついた。革命期にサンソンがあらゆる党派の政治家を処刑したことが示唆されている。

私が考えたことや何度となく心に思い浮かんだことを雑多に書き記したこれらのノートが、私の死後どうなるかはわからない。しかし、もし私が書き残したノートを読んでくれる人が誰か見つかるとするなら、私の考えが十分に表明され、そこから信条告白の全体像が浮かび上がってくる、こうした前置き*が、読む人の嫌悪感を克服する助けになるだろうし、人類の立法者にとって大きな教訓になり得る諸事実に関心を持つ勇気を与えるだろう。

＊「こうした前置き」が何を指すのかについて説明が必要であろう。

最初二巻本で出たときは、前第三章の終わりの部分、「今私が報告した恐ろしい諸事実は……」以下とこの第四章の冒頭部分は、第一巻第六章内に連続して配置されていた。こうした事情を考慮すると、「こうした前置き」とは、これまで述べてきたこと、とりわけ前第三章の終わりの部分を指すと考えるのが妥当であろう。この本の中でバルザックはサンソンの口を借りて「死刑制度は人間の本性に反するがゆえに廃止されなければならない」ということを手を替え品を替え述べている。バルザックの筆致の背後には死刑制度廃止の思想が常にバックグラウンドミュージックのように流れている。これはもちろんサンソン自身の思想でもある。この第四章は、これを踏まえた上でサンソンの少年時代について語るという流れになっている。

私は一七四〇年に生まれた*。幼い子供時代の思い出は私にとって魅惑あふれるものだが、純真な頃に見た夢はすぐに雲散霧消してしまい、今は純真さのわずかな痕跡として残っているだけだ。母が、体が弱く繊細な体質《たち》だったにもかかわらず、雇った乳母が私に乳を与えることを望まなかったことを、私は感謝の念と共に思い出す。母は、自分の乳で私を育てるのを喜びとした。四歳のとき、私は長患いをしたが、回復期に入るとすぐにモンフェルメイユに送られた。田舎の空気ですっかりよくなるだろうと期待されたためである。そこでは、私は善良な農夫の家にやっかいになった。私がその家の息子であるかのように、大変親切にしてもらった。私は幸せだった。たった一日だけ、不快な思いをしたことがあり、そのことでひどく心を傷つけられた。一人の美しい婦人が農家を訪れていた。私が他の子供たちと遊んでいた庭を通りかかったとき、その婦人は愛撫するために私を呼んだ。私は婦人にキスするために前に進み出た。しかし、年老いた女性がやって来て、婦人の傍を通り過ぎるときに、何事かを耳打ちした。何を言ったかは聞き取れなかった。すると、婦人は嫌悪感もあらわに私を押し返した。私が年老いた女性を呪ったかどうかは神のみぞ知る！　田舎で暮らすのは私にとってよかったし、たぶん、父も私を家から遠ざけておくほうがいいと思っていた。家があるボルガール街よりも私は自由でいられたから。そういうわけで、私を急いで町に連れ返そうとはしなかった。とはいっても、両親の守護聖人の祝祭日**の時期に、何度か町に戻った。そういうときには、農夫の母親、老スナールが一緒についてきてくれて、私は両親に花を持っていったものだった。あるときのこと、その日は聖ルイの祝祭日だったが、私たちはボンヌ＝ヌヴェル教会にお祝いのパンを持っていかなければならなかった。母は自分で菓子パンを作り、大ミサの時間にそれを持って行った。私は大ミサに出席できて嬉しかった。しかし、用務員が出席者に籠をまわしたとき、私の驚きはいかばかりだったろうか！　用務員にお祝いのパンを差し出されたすべての人が、パンを取らなかったばかりでなく、籠を押し返しさえしたのである。美しい婦人がキスをしようとして近づいた私を押し返したのと同じように。私には、侮蔑の理由がわからなかった。けれども、屈辱感を感じた。

＊　サンソンの生年は一七三九年だが、バルザックの時代には一七四〇年とする説もあった。

＊＊　フランス人は自分のファーストネームと同じ名前の聖者を守護聖人にする。何月何日が聖……の日と決まっていて、その日にお祝いをする習慣がある。

大きくなるにつれて、私が父の家に帰る頻度は少なくなっていった。すっかり帰らなくなりさえしたが、以下にその間の事情を述べる。それは母の守護聖人祝祭日の前日のことだった。道具置き場の扉が半分開いているのを見て、私は中に入ることを思いついた。荷車の下にロープがあるのに気づき、それを拾い上げようとして身をかがめたとき、何か冷たいものが顔に触れるのを感じた。私はそれをじっと見た。それは人間の腕で、それにロープが結びつけられていたのであった。私は叫び声をあげながら逃げ出した。父が非常に驚いて駆けつけ、道具置き場の扉を不機嫌な様子で閉めた。その少し後、父が扉を開け放しにした人物に怒っているのが聞こえた。私は翌日にしかモンフェルメイユに帰らないことになっていたのだが、すぐに出発させられ、この日以降、私はもうパリに戻されなかった。その代わり、父と母が私に会いに来るようになった。秋の終わりのある日曜日、その頃私は十歳だったが、母が夕食にやってくることになっていた。実際、母はやって来た。しかし、食事の後、私を寄宿学校に入れることになっている、と母は告げた。母は、小さな仲間たちにお別れをするように私を促した。私は熱い涙を流して泣き、そこを出た。

私はパリに長くは留まらないことになっていた。私の旅行の準備がなされ、三日目の午前中にはボルガール街を離れなければならなかった。母は私の手を取った。母には外出の習慣はなく、町を知らなかったので、父がわれわれの前を歩き、時々振り向いてわれわれがちゃんと後ろについてきているか確かめた。普段は冷静で寡黙な母は、道を歩いている間、ずうっと私を愛撫してくれた。母は私にキスをしては泣いていた。いい子でいるように、先生方を満足させるように、教えを活かすように、と私に言い聞かせた。初めて私から離れることになって、母の声がいかに感動していたか、言葉がいかに愛情にあふれ、心に響くものであったかを、私は今もなおよく覚えている。母はよく親しまれている聖人の名を次々にあげ、私一人に自分の幸福のすべてがかかっている、もし私の教育のための心配りに応えなかったら、もし私が悪い人間になることがあるならば、自分は悲しみのあまり死ぬだろう、と言うのであった。

突然、父が立ち止まり、手でわれわれに一軒の家を指し示した。その家の門の下で人々が馬車に馬をつないでいた。父は道を歩き続け、少し離れたところに行った。母は中に入り、乗客のトランクや手荷物を忙しそうに積み込んでいる御者に声をかけ、旅費を支払い、私の面倒をよく見てくれるように頼んだ。

「どうぞ安心なさってください、奥様」と御者が言った。「私どもは、お若いこの方のためにできる限りのあらゆる注意を払います」

出発時間を待つ間、母は私を抱きしめ、キスと涙で私の顔を覆った。乗客の一人に違いない若い婦人が、母の悲しみに心を動かされたようだった。その婦人は私たちのところにやって来た。

「母親にとっては残酷な時間です、子供と別れる時というのは」と彼女は言った。「でも、それが子供のためなら、諦めなければなりません。ご子息はいい顔立ちで、将来が期待できます。きっと、あなたを満足させてくれるものと私は確信いたします。――でしょう、あなた？（私は目を伏せた）ご安心くださいさい、奥様、私が面倒を見てさしあげます」

母は感謝の言葉を口ごもり、私にキスをしながら額にかかっていた巻き毛を分け、もっとよく私の顔が見えるように髪を後ろにやった。おそらくは、こうした愛情の印を受けながら私が感じていた感動が、私の顔に好ましい表情を与えていたのだろう。というのは、若い婦人は母に優しい目で会釈すると、今度は自分が私を愛撫し、キスをし始めたからである。

ついに、御者の声が出発の時間になったことを私たちに知らせた。母は泣きじゃくりながら私に最後のキスをし、私が馬車に乗る手助けをした。例の婦人が私の傍に座った。馬車が動き出した。私は、悲しみにひたっている可哀相な母に窓からなおキスを送った。母は門のところにじっとたたずんでいたが、その時、父が母のほうへ近づいていったように私には見えた。私は父を呼びたかったし、さよならを言いたかったが、父は私に気づかないようだった。そして、馬車が別の通りに曲がったため、二人とも見えなくなった。

今度は私が泣き崩れる番だった。しかし、婦人が非常にいそいそと私を慰めてくれ、たくさん優しい言葉をかけてくれたので、私の涙は止まり、心が軽くなった。この優しい婦人は、道中ずうっと私のために細々《こまごま》とした心配りをしてくれた。私は、その後関心を示される機会が少なくなっただけに、よりいっそうの喜びと共にこのことを思い出す。

私の保護者は、ルーアンまでは行かなかった。[*] 彼女がいなくなると、もう誰も私にかまわなかった。ついに、われわれは到着した。御者は仕事に取りかかり、それが終わると、私に言った。

＊ シャルルー＝アンリはルーアンの寄宿学校に入れられることになったのだが、ルーアンはパリから百数十キロ離れている。パリの近くでは身元がばれる恐れがあったので、遠くの学校に行くことになった。

「さあてっと、急ぎましょう、お若い方。私はアルディ氏の手にあなたを引き渡すとあなたのお母さんに約束しました。私には今日中に片付けなければならない用事がたくさんあります。さあ、行きましょう」

われわれは大きな家の前で止まった。通りに面した側に窓がなかったので、家の様子が幾分か陰気に見えた。私の案内人がベルを鳴らすと、小さな扉が開き、われわれは中に入った。御者は、アルディ氏と話がしたいと申し出た。氏は授業中で、待たなければならない、と言われた。

「えー！」と御者は言った。「あなたに坊やをお願いします。彼にはもう私は必要ありません。ここに手紙が一通あります。彼が自分でこれをアルディ氏に渡すでしょう。私がそうするのと同じくらい上手にね」

御者は私に手紙を渡し、大急ぎで出て行った。召使いは私を大きな部屋に連れて行き、騒がしくしないようにと言って、私を一人きりにした。私は、この新しい状況が少し怖かった。広い中庭に面している窓に近づいてみた。中庭はがらんとして、誰もいなかった。目に入った唯一の人間は、私とだいたい同年齢の子供で、ドアのところで跪き、片手に本を持ち、もう一方の手で目をぬぐっていた。罰を下された生徒だということがわかったが、その光景は私にとって何の慰めにもならなかった。やっと召使いが私を呼びに戻って来て、私はアルディ氏の部屋に連れて行かれた。私は、御者に渡された手紙を氏に差し出した。氏が手紙を読んでいる間、私はこっそりと氏の様子をうかがった。手紙は大いに氏の関心を引いたようだった。氏は大変熱心に手紙を読み返し、手紙によって氏は私に好感を持ったように私には思われた。なぜかというと、思いやりのある、人の好さそうな表情が顔に表われたからである。

「よろしい！　あなた」と手紙を読み終えると氏は私に言った。「あなたは、この手紙で約束されていることをすべて守る気になっていますか？　手紙では、あなたの性格、従順さが褒められています。もしあなたに学びたいという強い気持ちがあるなら、課業と教育に不足することはありません」

氏が私に語りかける優しい語調に勇気づけられ、私は氏の厚意に報いるためにあらゆる努力を惜しまないと氏に約束した。

「可哀相な子」私の頬を軽く叩きながら氏は言った。「何という運命だ。ともかくも、彼のせいではない。少なくとも、ここでは、野蛮な偏見で彼が傷つくことはない」

「さあ、あなた」と氏は付け加えた。「今日は授業はまもなく終わります。あなたは旅行で疲れているだろうが、あなたの年齢では、遊ぶことで疲れがとれるものです。あなたの新しい仲間たちと知り合うのがよろしい。退屈はしないと思いますよ。何か少しでも悲しみの種ができでもしたときは、必ず、私に言いに来なさい。あなたの最良の友であるかのように、いつでも私を信頼なさい」

こんなふうに話しながら、アルディ氏は私を中庭に連れて行った。鐘が鳴り、ドアが開き、大勢の子供たちが出てきて、遊び始めた。子供たちのはしゃいだ嬉しそうな様子、叫び声、笑い声が私を興奮させ、数分後には私は彼らの中に加わっていた。

アルディ氏の寄宿学校で過ごした最初の一年は、とくに取り立てて言うほどのことは何もなかった。私の生活は、学友たちと同じように、平穏で静かに過ぎていった。私は勉強が結構好きだった。先生たちも満足していた。アルディ氏は、日曜日ごとに少しずつお金を渡してくれた。その週の楽しみごとをそれで賄《まかな》うのである。私は同級生の大部分を友達にするためにかなり上手に金を使った。

しかし、この静かな幸せは長くは続かなかった。

放校処分になる

私たちの寄宿学校では、週に二回、学業指導員の引率で散歩に出ることになっていた。場所は、普通そうであるように、町外れの誰もいないような空き地が選ばれていた。そこでは、生徒たちは危険もなく、迷惑もかけずに思う存分遊びに集中できた。私たちは前々から気づいていたのだが――子供というものは、人が思っている以上に注意力があるものだ――かなり年のいった男が、いつも欠かさず寄宿学校の散歩についてきて、私たちを観察するためかのように少し離れたところでじっとしていた。

　誰にも挨拶せず、いつも一人で歩き、人目を避けようとしているようにさえ見える、この男は、生徒たちの父親でも親戚でもなかった。少なくとも、私たちはそう思っていた。この男の悲しげで陰気な様子、奇妙な習慣は、私たちの注意を引いた。生徒の一人、あるいは、通行人が彼が立ち止まっている場所のほうへ行くと、彼はゆっくりとその場を離れ、付近を少し歩き回った後に、木の下にまた戻ってきて、本を手にしてはいたが、目はほとんどいつも私たちのほうに向けられていた。二、三度、学業指導員がついに男の姿に苛立ちを感じ、男に近づいて話をしようと、まっすぐに彼の方に歩き始めたことがあった。すると、男は立ち去り、その日は私たちの散歩に戻ってこなかった。私たちの若い心はこの奇妙な人物の出現にひどく不安に駆られ、この男の話で持ちきりだった。想像を巡らせては、非常におかしな話を付け加えていった。この男は私たちに何の悪さもしなかったし、私たちが表情を見分けられるほど十分に近づくことができたときには、男の顔にはある種の関心と好意が浮かんでさえいたけれども、私たちはある種の恐怖を感じさせられた。この恐怖心には原因も理由もなかったが、想像力は好んでそうしたものを産み出すものであり、理性ではどうにも抑制できない。この男は悲しげで、無口だった。私たちの年頃の様子とは非常に異なるこの二つの特徴が、たぶん、私たちが馬鹿げた物語を作り上げた唯一のきっかけだったろうが、ついには私たち自身が自分たちの作り話に恐怖を感じるようになった。突然、見知らぬ男は町の裁判所の高度作業執行人*に他ならない、という噂が広まった。誰か生徒が熱心にわれわれの後をついて回る男のことを親に話し、その親によって身元が確認されたのか、それとも、まったく別なふうに身元がばれたのか、それはわからないが、噂は本当だった。

* 高度作業執行人とは、死刑執行人の婉曲な呼称。

この事実は生徒たちの若い頭脳に驚くべき効果を及ぼした。一つ気がかりだったのは、いかなる動機でフェレ氏（これが男の名前だった）は私たちの周りをうろつき回るようになったのか、ということだった。この新たな疑問も私たちの不安に駆られた心を同じように揺り動かし、様々な憶測が盛んになされた。生徒たちの中でいちばん想像をたくましくしたのは、日曜日ごとに親の家に過ごしに行っていた者たちだった。この生徒たちは、この件について家族内で話されたことすべてを必ず学校で報告した。散歩に出る日がやってきたが、学業指導員が私たちをいつもとは違う方向に連れて行こうとしているのに私たちは気づいた。

「あーあー！」と生徒たちは言った。「これじゃ、今日はフェレに会えないんじゃないか？」

「諸君」と学業指導員は答えた。「君たちがあの男に関心を持ちすぎていることは知っているが、あの男のほうは君たちのことをほとんど気にかけていない。気に入ったところを散歩するのはまったく彼の自由だし、彼がわれわれと同じように、少し離れた人気《ひとけ》のない場所を選ぶというのもまったくわかりやすい道理だ。以上が、恐ろしい話を作り上げる代わりに本来君たちが考えるべきことだった」

実際、われわれの奇妙な同伴者がわれわれの前に現われることなく、二度か三度の日曜日が過ぎた。この頃、私にとくに目をかけてくれているようにみえた校長先生が宿舎に来るように言ってきた。母が送ってきた新しい衣服を私に渡し、同時に、これまでどおりに頑張るように促すためだった。アルディ氏は、両親に手紙を書いて私に大変満足していると伝え、両親は返事で私を褒めまくり、祝福していた、と付け加えた。こうした賛辞と新しい服が嬉しくて、私は心を喜びでいっぱいにして自室に帰り、受け取ったばかりの服を早く着たくてたまらなかった。

その日はちょうど木曜日だった。私たちはほとんどすぐに散歩に出かけた。その場所に着くやいなや、私たちはフェレ氏が現われるのを見た。彼の姿に私たちは恐怖にとらわれ、目が宙に浮いた。私たちは不安げに彼の様子を探った。私たちは小声で気づいたことや考えたことを伝え合った。彼のほうは、陰気でもの思わしげな様子で私たちのほうにゆっくりと進んできて、目で生徒たちの誰かを探しているようだった。生徒たち全員が彼の前から後ずさりし、彼の視線から目を背けた。私たちにとって嫌悪の的であったこの男が、ちょうど私の正面で立ち止まり、足から頭まで私を眺め渡すのを見たとき、私の驚き、どころか、恐怖はいかばかりであったろうか！　私は心が締め付けられ、体中に震えが走り、私が彼の注意の対象なのだと感じた。私のほうから彼を見ようと二度試みた。その表情には奇妙な微笑みさえ認められるように私には思われた。まるで私に何か秘密の関心を持ち、それを表に出しすぎるのを恐れているかのようだった。しかし、私には彼を正面から見据える力はなく、我ともなく視線を地面に落とした。やっと、彼は離れてゆき、私はより楽に息ができるようになった。しかし、すぐに、他の生徒たちがことさらに小声で話し、私を指差し、私から離れて行くのに気づいた。

「なんと熱心にあの男はあいつのことを見つめていたことか！」と彼らは話していた。「間違いなく、あの男はあいつを知っている。たぶん、親戚の一人なんだ。わかったもんじゃない、父親かも。あいつはわれわれのところにかなりおかしなふうにやって来た。誰も付き添っていなかったし、アルディ氏のところに来てから、学校の生徒以外とは一度も外出していない。休みの日に会いに行ける人が誰もいないし、消息を尋ねに来る人も、学業の進歩具合を聞きに来る人もいない」

私の同級生たちが考えたのはこんなところだが、彼らにとっては推測は確信と同等なので、私はフェレの息子なのだと決めつけた。彼らはまもなくそれに間違いないと確信するようになり、私の存在が耐えがたいものになった。生徒たちは私に嫌悪と侮蔑を浴びせかけた。いちばん怠け者の生徒たち、いちばん出来の悪い生徒たちは、きちんと宿題を済ませた私の過ちを、罵詈雑言によって私に償わせた。親たちも加わってくるのに時間はかからなかった。彼らは自分の子供が私を仲間に持っていると言われたくなかった。アルディ氏が、フェレは私の親でも親戚でもないと請け合ってくれたが、無駄だった。親たちはいっさい耳を貸さず、私の放校を高圧的な態度で要求した。アルディ氏は、最初は拒んだ。その思い出は私にとっていつでも愛しいものとなるであろう、この人物は、私を保護し、私を守ろうと努めてくれた。しかし、彼のすべての努力は無駄に終わった。

大して時間もたたないうちに、アルディ氏の生徒たちの数が減っていった。氏が私にどんなに大きな関心を寄せていたとしても、学校の経営をこれ以上危うくしないためには、あらゆる方面から届いていた苦情と非難に譲歩せざるを得なかった。そこで、氏は私をもう一度傍に呼び、心の奥底まで私を感動させた優しい口調で、次のように語った。

「我が友よ、私はあなたを長く傍に置いておきたかった。私の傍にいれば、世間であなたを待ち受けている悲しみから守ってあげられるし、少なくともここで過ごした時期が、その後、苦《にが》みのない思い出になるだろう、と思っていた。そうならなくなったのは、私のせいではない。悲しむべき運命が私の計画をダメにしてしまった。あなたの不吉な社会的立場をあなた自身にもなお覆い隠しているヴェールをあなたの目の前でめくりあげるのは、私のなすべきことではない。しかし、よく覚えておいてほしい、未来があなたをどんな状況に置こうと、すべての職業に美徳があり、したがって、すべての人間に慰めがある。人間が力を引き出すのは自分自身の良心からであり、自分自身と平和に生きる者は他人の意見に煩わされることはない、ということをけっして忘れないでほしい」

こう語り終えると、アルディ氏は私を抱きしめた。氏の声は変わり、激しい感情が氏をとらえ、それが私にも伝染した。とはいえ、氏の言葉に含まれていた謎めいたことすべてがわかったわけではなかった。それから氏は、私がその日のうちにパリに向け出発すること、パリでは両親が迎えに来ることを私に伝えた。旅行の間中、私には考える時間がたっぷりとあり、やっと子供時代を抜け出たばかりではあったが、この年齢にしては普通以上に真剣に考えを巡らした。

寄宿学校で過ごした最後の期間、耐え忍ばなければならなかった級友たちからの不当な扱い、私に関して広まった噂、その結果である数々の屈辱、そして、私への好意にもかかわらずアルディ氏が同意を余儀なくされた放校処分。こうしたことすべてが一度に私の心に浮かび、悲しい瞑想にあふれるほどの材料を提供した。私は、フェレが自分の父親ではないことをよく知っていた。しかし、あの男は私に何を望んでいたのか？　どんな種類の関心をあの男は私に持ち得たのか？　なぜ、あれほど熱心に私をつけ回し、私を観察していたのか？　というのも、今となっては、彼がわれわれの散歩についてきたのはこうした目的のためであることが明らかだからだ。彼の様子には、敵意を感じさせるものは何もなかった。それどころか、むしろ私に情愛を抱いているように見えた。そして、このことが私を絶望的な気持ちにさせた。私は残酷に彼を呪い、私のすべての悲しみを彼のせいにし、両親に会ったらただちに説明を求めようと固く決意した。

しかしながら、私がこう決意をしたのは、ある種の恐れを感じつつ、であった。私は、父の家で過ごした少しの期間に印象に残った様々な特殊な出来事を回想してみた。ちょっとその気になれば、それらの出来事を組み立て、真実へと導く多くの推測ができたことであったろう。しかし、そのような考えを深めるどころか、私はある種の嫌悪感をもって投げ捨てた。父はとても親切でとても優しく、母はとても愛情深かったから、私は両親をひどく侮辱することになると思ったのだろう。それに、私に関することをまもなく教えてもらえるという確信が、私の動揺を静め、旅が終わるのをかなり辛抱強く待った。

今回は、私の面倒を見てくれる御者もいなかったし、細かい心遣いをしてくれる思いやりのある女性もいなかった。アルディ氏のところで私の身に起こったことを恥じていたので、私は人目を引くよりはむしろ避けるように努めていた。誰も私の夢想を乱さず、私に不躾《ぶしつけ》な質問をしないことを好都合だと思っていた。もし、そんな質問をされたら、おそらく、私は答えるのにずいぶんと困ったことだろう。このときから、私は内にこもる習慣がつき始め、そして、すばらしいアルディ氏の忠告に従って、気力と慰めを心の中に求めるようにもなった。

父親の告白

母が私を待っていた。馬車から降りると、私は母の腕に飛び込んだが、その悲しそうな様子に驚かされた。寄宿学校から放校処分になったことが悲しみの原因だと思い、母が何か過失を指摘するのではないかと恐れた。

母は急いで私を安心させた。

「安心なさい、愛しい子よ」と母は言った。「アルディさんがすべてを私たちに教えてくれました。あなたは何も悪くない、と私たちは知っています」

「だけど、それじゃ、教えてください、お願いです、いったい僕はあのフェレ氏に何をしたというのでしょう？　あれほど執拗に僕を迫害したのには、何か理由があるはずですが」

「お父さんが、あなたが疑問に思っていることについて答えてくれるでしょう。お父さんが話してくれるのをお待ちなさい」

　こう話す母の声には何かしら重大で物憂げなところがあったので、私はショックを感じた。私はどう考えていいか、わからなかった。そうこうするうちに、家に着いた。

「よろしい！」母の足音を聞き分けて、父が叫んだ。「おまえは、われわれのシャルル、愛しい子を連れ帰ってきたのだな？　――神よ、称えられ給え！　可哀相な息子が、事故もなく元気で戻ってきました」

　父は私の肩に手を置き、非常に注意深く私を見つめた。母も喜びと優しさでいっぱいの目で私を眺め渡した。二人とも、私が大きくなり、元気そうなのを見て喜んでいた。そして、私自身、歓迎され、祝福され、可愛がられて幸せだった。まるで、私が帰ってきたことで両親の願いがすべて叶えられたかのようだった。私たちは賑やかに夕食を取った。食事の間、父は私に寄宿学校で学んだことを語らせた。私の進歩に満足したようだった。母はうっとりとして私の話を聞いていた。食事がすむと、すぐに母は退室し、私は父と二人きりになった。沈黙の時間が少しあった。私は、何か重大な説明があるのを予感していた。私の心を占めていた話題に触れるのをこの時まで回避してきたのは、悪い予兆のように思われた。父自身が、この問題に入るのを恐れているように見えた。物思わしげで、深い瞑想に浸っていた。ついに、父は私に手を差し伸べ、私を引き寄せ、長い間私を抱きしめた。それから、母が離れたばかりの椅子に座るように合図をしながら、言った。

「おまえはもう子供ではない、シャルル、もうすぐ一人前の人間になる。だから、おまえに関することを知らせるべき時が来た……」

父は話を中断した。正面切って言いにくいことにたどり着くために回り道を探しているようだった。

「アルディ氏はわれわれに手紙を書いてよこした」父は言葉を継いだ。「氏は、おまえの態度、熱心さを賞賛していた。しかし、氏はもうおまえを傍に置いておくことができなかった……」

ここで、また話を中断した。私の緊張と不安が倍加した。

「氏は、もう、そうはできなかったのだ。それに、おまえ自身、それは望んでいなかっただろう。仲間たちの罵りといじめの的になったのだからな。その連中の大部分は、おまえに値しなかった……、おまえほどの能力も資質もなかった。人間とは、そうしたものなのだよ。彼らは非難や賞賛、敬意や侮蔑を盲目的にまき散らす。一人の人間の力でどうにもできないことは美徳や罪とは無関係だということをいっさい考慮しないし、行為の善し悪しを決定するのは意図が良いか悪いかということだけだ、ということもまったく考えない。たとえば、フェレ氏だが、ひと目見ただけで寄宿学校中を動揺させ、おまえの放校を引き起こすに十分だったが、フェレ氏は、しかしながら、あのルーアンの町でもっとも誠実で、もっとも美徳ある住民の一人だ。彼の実直さはよく知られているし、彼の親切心、敬虔さには限度がない。一度ならず、火事や洪水から同胞を救うために命を危険にさらした。こうした行為のたった一つだけでも、他の人間なら、栄光で覆われるに十分だし、同郷人の目に永遠に尊敬すべき存在となるに十分だろう。ところがだ、彼がどんなふうに扱われ、どんなふうに言われているかは、おまえも知っているとおりだ。これに正義はあるか、道理はあるか？」

父は私の答えを待っているようだった。私は沈黙を守った。父は言葉を続けた。

「彼は職業のためにみんなから排斥されている。彼は、血を流すことを余儀なくされている。しかし、彼が流しているのは法によって断罪された血だけだ。世間では、一つの言葉、一つの身振り、一つの視線のために、同郷人の胸に刃物を突き刺そうとするような連中に毎日出会う。そして、この連中は軽蔑もされていないし、憎まれてもいない。この連中は、殺した人間の数を見せびらかす。その人殺しの手を握ることを拒まれない。連中の恐ろしい手柄話は喝采を受ける。息子よ、人間の判断力というものは、いかに空《むな》しく、いかに道理に合わないかがわかるだろう」

「それは確かにそうです、お父さん。でも、私たちはそうした人たちの間で暮らしています。そして、そうした人たちの軽蔑と侮辱の的になるのは、大変辛いことです」

「侮辱が、侮辱した者に降りかからんことを、もし侮辱された者が罪人でないならば！」と父は叫んだ。「なんということだ！　私の幸福、平穏、休息が、他人の狂気、退廃に左右されるとは。そんなふうになるのは、私が弱く、怯懦《きょうだ》だからだ、と理性は言う。しかしだな、私にはわかっているし、打ち明けもするが、そうしたことを考えて感じる悲しみにいつも打ち勝てるわけではない」

「あなたにもそんなことがあるんですか、お父さん！　どういうわけで、あなたはそんなことになるのですか？」

「おお、シャルル、おお、我が息子！　私の生涯は毒を注がれてきた。苦しみの杯《さかずき》を一滴、一滴と飲み干さなければならなかった。しかしながら、その苦《にが》みが今ほど残酷に思われたことはかつてなかった。おまえは私の息子だ、私の血だ。おまえに生命を与えたのは私だ。苦しみと涙の中でおまえを産んだのは、おまえの母親だ。われわれがすべての希望、すべての喜び、すべての愛を注いできたのは、おまえにだ。おまえがいなければ、われわれを愛する者は誰もいないし、もし、おまえがもうわれわれを愛さなくなったら……」

「ああ！　お父さん、そんなことは考えないでください。私の感謝と愛はあなた方のものです」

「いいか、フェレ氏がルーアンで果たしている職務、……パリでその職務を果たしている者は、……それはおまえの父親だ」

私は、父の顔がゆがみ、目から大粒の涙が流れ出ているのを見た。父は震える両手を開き、私のほうに差し出した。私はそれをつかみ、キスで覆った。父は私を胸に引き寄せ、泣きながら私を抱きしめた。私たちは二人して泣いたが、父の涙は喜びの涙だった。私は頭が混乱した。まったく相反する感情、様々な考えが、あまりの早さで私の中で次々に継起した。私には、それらを解きほぐすことも、選ぶことも、捨て去ることもできなかった。私は、ただただ困惑、混乱するばかりだった。

父が立ち上がった。

「もう、行って休む時間だ」と父は言った。「明日、続きの話をしよう。おまえの父と母の愛を思い、安らかに眠るがよい」

部屋に落ち着くと、私は自分の立場について考えようとした。私の若い頭は受けた多くの印象でひどく疲れていた。それで、自分の意思に反するかのように、眠り込んでしまった。しかし、血が騒いでいたため、平穏な眠りを享受できなかった。これほど短期間に次々に起こった出来事が、変な夢に現われた。父、フェレ氏、アルディ氏、母、同級生たちが、代わる代わる目の前を通っていった。それから、恐ろしい、ぞっとするような光景が私を襲った。私が感じていた圧迫感が非常に強まったため、ついに、私は恐怖の叫び声を上げて目を覚まし、目を開けた。

父の姿が目に入った。父はベッドの傍に座っていた。テーブルの上でランプが燃え、赤くて不吉な光を放っていた。父は部屋着一枚しか着ていなかった。沈んだ目で私を見つめていた。

「どうしたんです！」微笑もうと努めながら、私は父に言った。「寝なかったんですか？」

「私が思いどおりに眠れるとでも、おまえは思っているのか？」と、押し殺したような声で父は言った。「私が幾度眠れぬ夜を過ごしたか、知っているか？　おまえが休んでいるのを見て自分を慰めるために、ここに来ていたんだ。おまえは動揺し、木の葉のように震えていた。夢でも見たのか？」

「はい、そうです。とても嫌な夢を見ました」

「どんな夢だった？」

「言うことはできません。漠然として混乱した印象しか残っていません。それについては何も話すことができません」

父は頭を振った。他の理由が私が話すのを妨げている、と思っているかのようだった。父は私の手を取った。

「熱があるな」

「何でもありません。旅の疲れです」

「ちょっと待っていなさい、すぐに戻る」

父はランプを手に取り、出て行った。数分後、小瓶とコップを持って戻ってきた。コップの中には水が入っていた。そこに小瓶に入っていた液体を何滴か垂らして、言った。

「この水薬を飲みなさい。血を静め、眠らせてくれるだろう。私は自分のために何度も使ったから、効果のほどは知っている。だが」と、私が飲んでいる間に父は付け加えた。「人間の体は何にでも慣れる。おまえはミトリダテスの話を読んだことがあるだろう。彼には、いちばん強い毒も効かなくなっていた。薬についても同じだ。あまり長い間使い続けると、全然効果がなくなる」

父はまだ何か言ったが、言い終える前に私は深い眠りに落ちてしまった。

次の日、母は、私が悲しげで打ち萎れた様子をしているのを見て、私を脇に呼んだ。

「よく聞いて、シャルル」母は言った。「たぶん、あなたは将来のことを心配しているのでしょう。安心なさい。お父さんは、あなたが名誉あるキャリアをたどれるようにしようと、ずっと前から決めていました。あなたをルーアンへ、アルディさんのところに送ったのも、そのためです。そして私たちは、遠縁のフェレさんに、遠くからあなたを見守ってくれるように、できるだけ頻繁にあなたの近況を教えてくれるようにお願いしました。ああ！　そうした手紙を私たちは何という喜びをもって読んだことでしょう。あなたが健康で、成長し、幸せそうだということを私たちは知ることができました。あの方は、あまりにもよく使命を果たしすぎました。もし私たちに先見の明があったとしたなら、私たちはあの満足感を得られはしなかったことでしょう。それは私にとって、ずいぶんと辛いことだったでしょう。でも、起きてしまったことは、起きてしまったことです。これからは、お父さんは、あなたの教育を続ける手段を考えようとしています。もう少し、暗く見えないように努力してちょうだい。あなたの悲しみはお父さんと私の心を引き裂きます。あなただって、私たちの悲しみを大きくしたくはないでしょう。そうでしょう、あなた？」

私は、母が望むすべてのことを約束した。それが、私のもっとも神聖な義務ではなかったろうか？　私はそれを果たすことに密かな喜びさえ見出してはいなかったろうか？

見つからない家庭教師

一方、父は私に家庭教師を探していた。しかし、この役割を果たすに適当な人物に、父は出会えないでいた。父が提供する金に釣られて申し出る人物がいても、それはいつも、私の教育をゆだねるにはまったくふさわしくないような人物だった。それでも、父は諦めていなかった。しかし、父が苦しんでいる様子は、成功する希望を父がほとんど持っていないことを私に告げるに十分だった。

父は、奔走を繰り返して何度も失敗したことを隠してはいたが、私は真実を推し当てていた。私はそれを気に病んだり、それに憤慨したりしていた。

「いったい、僕が何をしたというのか？」と、私は自分に問いかけた。「誰も僕の教育を引き受けてくれないとは。僕に何の罪があるというのか？　嫌々ながら勉強している子も多い。僕はと言えば、僕は勉強することしか求めていない。なのに、教えてくれる人が誰も見つからない」

私は、無知を恐れていた。というのも、教育だけが私が選ぶキャリアをたどることを可能にしてくれる、とわかっていたからだ。しかし、私の願望が強ければ強いほど、執拗な宿命が願望が叶えられるのをますます妨げるように私には思われた。父は万策尽きており、なお家庭教師を探すことに努めているのは、たんに、自ら咎《とが》めるべき点がないようにするためだった。

ある日のこと、年老いた婦人が母に頼み事をしにやって来た。その老女は、ずっと以前から母の慈悲からのみ生活の糧《かて》を得ていたのだが、一人の気の毒な病人のために何かしてはもらえないか、というのであった。その病人は生活苦のために死にかかっており、彼女の侘《わ》び住まいの横の物置部屋で粗末なベッドに横たわっている、という。

「ああ！　いつもご親切な奥様」と老女は言うのであった。「あなたはとても思いやりのある心をお持ちの方です。病気と貧困が可哀相な好人物をどんな状態に追い込んだかをご覧になったら、きっと心を動かされることでしょう。それに、その人は私のように苦労に慣れた人ではありません。育ちのいい方です。だって、司祭、神父さんでさえいらっしゃるのですもの」

「神父だって?」と、話を聞いていた父が言った。

「そうですとも、旦那様、神父さんです、しかも大変立派な方です。おお、神様! 罪を犯しては、いつも朝から晩までお祈りを唱えているような人ではありません。ラテン語ですよ。そう、同じことですよ、あの方はとても心をこめるので、何もわからない私でさえ、涙が出てきます」

「ラテン語! ラテン語ができるのか?」と、さらに父は言った。

「できますともさ。それ以上ですよ。だって、血が真っ黒焦げになるほど頑張っているのは、ヘブライ語から新しく聖書を訳すためだ、なんて言ってますもの。それを印刷できる前に死ぬのがいちばんの心残りだ、なんてね」

「だけど、親戚はいないのか?」

「おお! いますとも。いますよ、それも、大金持ちの親戚がね。ところが、おわかりですか、この親戚連中はあの方の話は聞きたくもないんですよ。あんな貧乏人がいるのは一族の恥だ、と言ってね。死ぬのが早ければ早いほど、一族の恥も早く終わりになる、というわけですよ」

「少なくとも、聖職者たちからは援助が受けられるんじゃないか?」

「ああ、なるほど、聖職者ね! あの人たちは、ずいぶんと彼を憎んでいます。ジャンセニスト*たちの論争に首を突っ込んだのだから、もう犬に投げ与える価値もない、なんてね。いい人なのに、可哀相に聖務停止処分を受けています。それに、処分を受けなかったとしても、ミサをあげることさえできないでしょう。それほどに、あの人を蝕《むしば》む病が醜く顔形を変えてしまいました。あなたもよく存じのように、教会は、健康で、普通の人間らしさに必要なものすべてを備えた神父しか望みません」

＊　ジャンセニストは、フランスカトリック教会から異端とされた宗派。

「どんな種類の病気にかかっているんだ？」

「ああ、神様！　体中、癩だらけなんです。本当にひどい状態で、私はデリケートではありませんからいいのですが、何かしてあげられる力もなく、せいぜいのところ、見る勇気があるだけです。でも、すっかり死んでしまうのを妨げるには、手助けする決心をしなければなりませんでした。お隣の女性と一緒になって、私たちができることは全部やってきました。でも、今朝、病状がどんどん悪化して行くのを見たとき、私は思ったのです『そうだ！　サンソン夫人に話せば、とても慈悲深い方だから、きっと、打ち捨てられた可哀相なキリスト教徒に援助を拒んだりはなさるまい』と。それで、厚かましくも、あの人のことでお騒がせに伺った次第です」

「来てよかったのですよ、あなた」と父は言った。「私が自分で病人の状態を見に行きましょう。そして、病人を救える希望がありはしないか検討しましょう」

「ああ！　旦那様」と、老女は言った。「これ以上にいいことをなさる機会はないでしょうよ。もちろん、あなたは毎日、いいことをなさっています。この界隈の人みんなが知ってることです」

第六章　風変わりな家庭教師

グリゼル師の聖書様式と処刑前夜のサンソン家

父は様子を見に出て行った。帰ってくると、不幸な神父の病状は本当にひどく、あの老婦人は何ひとつ誇張していなかった、と私たちに話した。

「私は決めたよ」父は付け加えた。「あの気の毒な人を家に連れてくる。ここのほうがよりよく治療ができる。私はあの人の健康を回復させるために何ひとつ疎《おろそ》かにはしないし、もし彼に幾分かでも感謝の気持ちがあれば、その時には、シャルルは家庭教師を見つけることになるだろう」*

＊ サンソン家当主は、代々医者を副業にしてきた。腕は相当によかった。様々な刑を執行していたので、どこをどう叩けばどうなるかという人体機能を知悉《ちしつ》することにもなるし、引き取り手がない場合は死体を解剖して医学的知識も蓄えていた。普通の医者が匙《さじ》を投げた患者を快癒させた実績もあり、評判を伝え聞いた宮廷貴族たちも治療を受けに来た。裕福な人たちからは高額の報酬を受け取ったが、貧しい人たちからは一銭

も受け取らない、というのがサンソン家の伝統であった。

実際、その日のうちにグリゼル神父はわれわれの家に運び込まれ、一緒に住むことになった。父が言っていたように、神父の状態はほぼ老婦人が語っていたとおりだった。私はこれ以上に恐ろしく、嫌悪を催すものをかつて見たことがなかった。不幸な神父は、もはやほとんど人間の顔形をしていなかった。

しかし、母は嫌悪感を完全に乗り越えた。彼女自身で病人の世話をし、病人が何ひとつ不自由しないように気をつけ、看護人の仕事の中でももっともきついことを懸命にこなした。

数日たつと、神父は目に見えてよくなった。父は、医学に関してかなり深い知識を持っていた。父が施した治療は最高度に満足すべき効果をもたらした。やがて、病人は起き上がることができるようになった。そして、家にやって来た日と醜さはほとんど変わらなかったけれども、両親は、彼にわれわれと同じ食卓に着くように、一緒に食事をするようにと促した。少しずつ私たちは彼の醜さに慣れ、私もそれほど嫌悪を感じずに彼と話ができるようになっていった。

グリゼル神父は、風変わりな人間だった。生涯を聖書と取り組み、これを翻訳することに捧げてきた。聖書を空で覚えていただけでなく、聖書によってのみ考え、聖書によってのみ話すのであった。聖書に関する注釈を何千と調べ、研究し、すべてを聖書に関連づけていた。そういうわけなので、私にラテン語を教えるのを引き受ける気があるかどうかと父が尋ねたとき、神父は顰《しか》め面《づら》をし、それが神父をさらに少し恐ろしくした。父は、それは軽蔑の印だと思った。しかし、律儀な人物である神父は、世間の物事にはあまりにも疎《うと》すぎ、偏見の影響など受けようがなかった。別の原因が顔を顰めさせたのであった。

「そんなふうに、あなたも私を拒絶するのですね、あなたまでも？」

「私が！」と神父は叫んだ。「神がおわします限り、私があなたに何かを拒絶することはありません。ですが、なぜ、この若い精神を無味乾燥な水に浸すのですか、われわれは神の言葉という混じり気のないワインを注ぐこともできようというのに？」

客人の聖書様式に慣れ始めたばかりの父は、相手を説得するのにひと苦労した――息子にとっては、まずもってヴェルギリウスとキケロを知ることのほうがより有用であろう、その後で、ダヴィデとソロモンの言葉の神秘について手ほどきを受ければいいのではないか、と。

こうして、やっと、私はあれほど望んでいたものを得られることになった。しかし、この喜びはなんと高くついたことだろう！　気の毒な我が師は、まさしく集中力があり、ヨブの次の言葉がぴったりだった。

「私の肉は土埃と這いずり回る虫に覆われ、私の皮膚はひび割れ、溶け崩れる」*
＊『旧約聖書』「ヨブ記」に出てくる言葉。以下、「ヨブ記」からの引用が数カ所あるが、必ずしも「ヨブ記」どおりとは限らず、何カ所かに別々に出てくる言葉を任意に組み合わせた場合もある。
私はできる限り、彼に目を上げるのを避けていたが、彼のほうでは、私の用心を集中力があると解し、本とノートに視線を固定する辛抱強さを褒めてくれた。私の進歩はかなり早かったが、それ

は何事にも動じない忍耐心と根気がある神父が何くれと面倒を見てくれたおかげだった。しかし、日々の生活は非常に退屈に思われた。私たちは、昼は神父の部屋で勉強して過ごし、夕食の後は、何時間か話をした、というより、グリゼル神父の話に耳を傾けた。神父は、いったんイスラエル民族の習慣ないしは教理に関する主題に入ると、話が尽きることがなかった。

　父は、ある晩、神父に家族について少し教えてくれるように頼み、どうして親族があのように神父を見捨てたのかを尋ねた。

「神が私を訪れた後」と神父は言った。「神が傷の渦で私を苦しめたとき、私は彼らに手紙を書き、言いました、『今、私の足はイグチ*の中に入れられ、私の体は虫に食われた木のように、イガ**に食われた服のようにばらばらになろうとしています。そこで、お願いがあります。砂漠で水を探す者が途上で奔流を見つけたと思ったら、乾いた川床でしかなかった、というふうには、どうかあなた方はならないでください』。しかし、ミディアン***の徒である彼らはこう答えてきた、『われわれには以前、健全で見て快い親族が一人いた。しかし、もう、その者は存在せず、われわれが目を留めて見ることができない者には関知しない』。それで、私は苦痛に包まれ、惨めな状態の中で床に伏せ、あなたが私のところに送られてくるまで、二度と起き上がることがなかった」

＊　食用キノコ。
＊＊　衣服などに害を及ぼす虫。
＊＊＊　ミディアンは、『旧約聖書』に登場するイスラエルの民を迫害した部族。

こう話しながら、気の毒な神父は、病んで血のにじむ瞼《まぶた》から流れ出る涙をぬぐっていた。しかし、すぐに弱さを見せたことを恥じ、声を高めて次のような言葉を述べた。

「私は語ろう、何が起ころうと私はかまわない。何ゆえに、自分の歯で自らの肉を引き裂いたり、自分の手の中で我が魂を圧迫したりしようか？それゆえ、彼《か》の人が私を殺そうとしても、私は彼に希望を持ち続け、彼の前において自分の行動を擁護するだろう。

私から汝の手を遠ざけ、そして、汝の恐ろしさがもはや私を不安にすることがないように。私を呼び給え、さすれば、私は答えよう。あるいは、私が語ろう、そして、汝は答えるがよかろう」

この時、ドアを激しくノックする音が私を身震いさせた。父は非常に動揺したように私には見え、母がドアを開けに行った。黒い服装をした一人の男が入ってきて、テーブルの上に大きな封印が押された封書を置いた。父は震えながら書類を取り、開かずに懐中にしまい、書類を持ってきた者に次のように言った。

「よろしい、……わかっています、……もう、結構です」

見知らぬ男は黙って出て行った。父の顔は青ざめ、大粒の汗が額を流れていた。母は口を開くのを恐れているように見えた。私は父と母を交互に「胸苦しい」注意を払って観察した。しかし、グリゼル師は、ヨブ記の数節に専心する機会を見つけたときには、習慣上、すぐには止めることができなかった。グリゼル師は聖者と自分の苦しみが似ていると思っていたので、ヨブ記は師のお気に入りだった。

そういうわけで、師はなおも続けた。

「女から生まれた人は、生涯短く、悩みに満ちている」

「ああ！」と母は私を悲しそうに見ながら言った。

「人は花のように出現し、手折られる。影のように逃れ、立ち止まることがない。

木は切られても、なお成長し、新芽を持つ。

しかし、人は死ぬと、すべての力を失う。人は息絶え、その後はどこにいるのか？」

「もう、結構です！　もう、結構！」父が手を目に当てながら言った。

しかし、神父には聞こえなかった。

「水の流れ去るがごとくに、川の涸れるがごとくに。

こうして人は大地に横たわり、目覚めることがない。彼らは目覚めないであろうし、天が現われない限りは目覚めさせられることもないであろう。

それゆえに、私は墓の中に隠れていたいと強く願うのだ……」

「天の名にかけて、お願いです」と、立ち上がりながら父が言った。父の表情が非常に暗かったので、私はとても驚いた。「天の名にかけて！」父は言った。「どうか話題を変えてください」

神父は、少し驚いた様子で父を見た。

「あなたのお望みのとおりにいたしましょう」と、神父は優しい口調で答えた。「ですが、私は、これ以上に人間が関心を持つにふさわしい話題を知りません。こうした美しい言葉が私の慰めのすべてです。人生の途上で肉は苦しむことがあり、魂は悩むことがあるということは知っています。しかし、死の使いがやってくるときには……」

この言葉を聞いて、父は顔を覆って出て行った。母は立ち上がり、父の後を追った。私は神父と二人きりになったが、神父は父と母がいなくなったことですっかり途方にくれているように見えた。手に額を当て、数分間、深く考え込んでいた。それから、突然、叫んだ。

「無分別者め！　私の舌は矢のように飛び、私の精神は鉛の足で歩いた。だが、行こう、彼と話そう」

この時、父が戻った。父は、自分が感じている動揺を隠すために、態度と表情を整えてきたように見えた。

「シャルル」と父は言った。「もう休む時間だ。行きなさい、我が息子よ、安らかに眠りなさい」《よく眠りなさい、安らかに眠りなさい》は、毎晩父が私を引き取らせるときに使う習慣的な言葉だった。そして、父がこう言うときはいつも、意図的ではないが、奇妙な感じが込められ、愛情あふれる表現の効果をすっかり台無しにするのであった。父にとっては、これらの言葉は《私よりも幸せでありなさい、もう眠れない私よりも！》という意味だった。しかし、今回は、父の声にはさらに不吉な語調があった。私は家庭教師に会釈《えしゃく》し、退室した。

自分の部屋に上がる途中、半開きのドアから、母がベッドの足元で、一種の祈禱台に納められているキリスト像の前に跪いているのが見えた。私はキスをしに行こうと動きかけたが、足音に気づいた母が振り返り、邪魔をしないようにと手で合図した。母の顔は涙で濡れていた。

私は見たすべてのことに強く心を奪われつつ、その場を離れた。私がお祈りをすませ、ベッドに入ったばかりのとき、神父が自室に戻ってきた。神父の部屋と私の部屋とは、薄い仕切りで分けられているだけだった。神父は一人ではなく、父が一緒だった。

「私は心が収まりません」と神父は言っていた。「あなたは私を恨みには思っていないと、そして、もし私の言葉があなたを傷つけたとしても、それはわざとではないことはわかっていると、あなたが請け合ってくださらない限りは。あなたが私に悪い印象を持ち続けるなどということは、とうてい我慢できません」

「気をお静めください、あなた」と、父は答えた。「そして、そのような考えであなたの心が乱されることがありませんように。私の胸にこれ以上に重くのしかかる重荷がありませんように。そして、今夜も次に続く夜も、私が眠りに恵まれますように」

「こう書かれています、『人々がその場から消えてしまうことを、夜に心配してはならない』。神は悪人を生かしてはおきませんし、苦しめられた人々に報います。いったい誰が悪人に進むべき道を指し示すのでしょう、誰が『おまえは不正を行なった』と言うのでしょう？」

「ああ！　親愛なるグリゼル師、そうした慰めはあなたにはいいかもしれませんが、私には効果がありません」

「こう書かれている、『主《しゅ》よ、私からこの毒杯を遠ざけ給え。その間に、私の意思ではなくあなたの意思が成されますように』」

「神の摂理の命じるところに従うことが人生の苦しみに耐える最良の手段だということはわかっています。ですが、沸き立つ心に、乱れる目に、震える神経に、私があきらめを命じることができるでしょうか？」

「神がイスラエルの子らに『汝らは禁止処分*を受けた町を取り囲み、男たち、女たち、子供たち、動物たちをみな殺せ』と言ったとき、サウルがアマレク人の王を助けたがゆえに排斥されたとき、神は自分の心が動揺していたことを理由にしたとあなたはお考えですか？」

＊　禁止処分とは、教会によって個人、団体、地域に対して下される非常に重い処分。この処分を受けると、宗教的儀式にいっさい関与できなくなる。場合によっては、ここでの例のように、異端として物理的抹殺の対象とされることもある。

「ああ！　その時は、神には彼の名において語る預言者たちがいました。彼らの言葉は聖なる言葉です。誰が異議など唱えましょうか？　しかし、新しい法はもっと穏やかで、血を嫌います。あなたは神父です、慈悲、愛、寛容への祈りと勧めがあなたの性格により合っています。ですが、あなたのご厚意に感謝いたします」

こう言いながら父は出て行き、私は父がゆっくりと階段を降りて行くのを聞いた。今や、私の目にも明らかだった、父は翌日恐るべき使命をまた果たさなければならないのだ。それが私にとって奇妙で思いがけないことでもあるかのように、わたしはこの考えに捉えられた。私の想像力は、処刑の光景、そのもっとも恐ろしい細部をまざまざと描き出した。私には、死刑囚の姿が思い浮かんだ……。死刑囚！　私にとって恐ろしいこの夜の間、死刑囚の苦悩はいかばかりであろうか。この時間には彼は生きていた、感じていた、苦しんでいた、けれども明日は……。父は少しも休息を取らなかった。庭園や中庭や廊下を行ったり来たりしていた。私も目を閉じることができなかった。

人々につきまとわれる

ついに夜が明け、私はベッドから飛び降り、家庭教師のところに行った。彼は祈禱台に跪いていた。夜を徹して祈り続けていたのであった。私は父に会いたかったが、同時に、会うのを恐れてもいた。父は、すでに出かけてしまっていた。父は、日中は戻らなかった。母は食事の時間に少しだけ現われ、食事をテーブルの上に並べると、一言も発せずにすぐに出て行った。喪のヴェールが家中に広がっているように私には思われた。神父だけが、声にも態度にもまったく変わったところがなかった。いつものように私を勉強させ、私がまともなことは何ひとつ言えなかったにもかかわらず、いつもと同じ注意を払って私の言うことに耳を傾けてくれた。同じ正確さ、同じ辛抱強さで私に教えるのであった。この日行なわれていることを知っている気配は、みじんも感じさせなかった。

夕方になって、父が帰ってきた。父は足早に私の前を通り過ぎた。それでも、顔が青ざめ、目が錯乱しているのを認める時間はあった。父は自室に入ったが、そこにはすでに母がおり、もう出てこなかった。いつもの時間になると神父は私を寝かせ、翌日には、少なくとも表面上は、我が家は普段の様子をすっかり取り戻した。しかし、私の精神は不安で悩んでいた。暗い考えを追い払うために、私は新たな熱意を持って勉学に励んだ。進歩はしたが、血が燃えたぎっていた。青白い頬、隈のできた目が、私の健康状態が悪化していることを示していた。

父は、私には気晴らしが、とりわけ、運動が必要なことを見て取った。幸いにして、グリゼル師は外出できる状態にあった。われわれの日課表が変更され、一部は散歩に当てられることになった。初めて外出するとき、一緒に来る気になっている尊敬すべき家庭教師の顔を一瞥《いちべつ》した。これまで、彼がこれほど恐ろしく見えたことはなかった。彼のほうはそんなことは思ってもいないようだった。われわれは、新鮮な野原の空気を吸うためにいちばん近くの門*に行く予定を立てていたのだが、私の案内人が道に迷ってしまった。かなり長い間歩いた後、われわれはサン‐ローラン市《いち》の大道芸人たちの舞台の前に出た。この種の見世物は私にとってまったく目新しかった。先生に少し見物させてくれるように頼むと、難なく承知してくれた。しかし、群衆の中に入るや否や、私は頼んだことを後悔した。グリゼル師に目を上げた人すべてが、すぐに恐怖の身振りをして目を背けたのである。

＊　当時のパリは周囲を城壁でぐるりと囲まれていて、ところどころに門が設けられていた。

「おお、化け物！」と人々は叫んでいた。

「こんな人間を野放しにしておくことが許されるのか？」と他の一人は言っていた。「妊婦さんへの影響を考えただけでも、どこかへ閉じ込めておくべきではないのか？」

グリゼル師には、何も耳に入らなかった。しかし、私には、すべてが聞こえていて、彼と一緒にいることが恥ずかしかった。彼のほうは、突然、考えていたことを口にして、次のように言った。

「確かめておく必要がある」

それから、私のほうに向き直って言った。

「シャルル、われわれはちょうどサン＝ローラン教会の近くにいる。この機会を利用して、聖具納室にあるはずの本を見ておきたい。ここで待っていてください。遠くに行ったりしてはいけませんぞ」

私は、一人になって、ほっとした気分になった。少ししてから、私は一種の屋台のほうへ向かった。その前には、笛と太鼓に引き寄せられて、人垣ができ始めていた。私は最初の一人になろうとして走った。動いていたのは操り人形だった。台詞に表われる嘲弄、嘲笑はイタリア的精彩と辛辣さをそのまま保っており、見物人たち一同の大笑いを誘っていた。

演じられていた劇は単純そのものだった。主役は、巧みに組み立てられた筋書きに従って、六件ほどの殺人を犯すに至る。その所行のすべてが滑稽な冗談で味付けされており、観客を大喜びさせていた。しかし、死者たちの上に座った殺人犯が勝利の歌を歌っている間に、赤いジャケットを着た新しい役者が首吊り台を持ってきて、それを舞台の前のほうに据えた。これを見て、私が感じていた喜びはたちまち消え去った。そして、周囲の賑やかさは倍加していたが、私はその場を去ろうとした。しかし、後ろの人混みがびっしりと詰まっていて、通してくれるように頼んだ人たちが手荒く拒んだために、私はその場に留まらざるを得なかった。

「静かにしていてくださいよ」と周りの人たちは言うのであった。「今から絞首刑に掛けるのがわからないのですか？　いちばん面白いところなんです」

「これから奴を吊すぞ、奴を吊すぞ！　ほら、ほら！」と子供たちが叫んでいた。

そして、全員がさらなる貪欲さで見つめるのであった。私は地下三十メートルのところに身を隠したかった。悪党は、絞首台の下でも嘲笑し続けていた。悪党は、それが何かわからないと言う。ジャケットの男に、死刑囚はどういうふうにしたらいいか見せてほしいと頼んだ。そして、ジャケットの男が滑り結びの中に頭を突っ込むと、ポリシネル（やはり、名前を言っておかなければならない）は男に飛びかかり、絞首台のロープを解き放して男を空中で回らせた。これを見て喜んだ観衆は大喝采した。こうしてみんなが哄笑しているとき、誰かが私の肩を叩いた。振り返ってみると、寄宿学校時代の同級生が二人いた。

「ああ、おまえ、こんなところにいたのか。それじゃあ、おまえの仕事を習いにここへ来たってわけか？」

私は答えずにすぐに立ち去ろうとした。しかし、元同級生の言葉が周囲の人たちに聞かれてしまっていた。二言、三言の説明で私の身元が知られてしまうと、みんなが後ずさりしたため、通り道ができた。絞首台を見て大笑いしたばかりの人たち、絞首台とロープに関する駄洒落《だじゃれ》に喝采したばかりの人たちは、十四歳の子供との接触を怖がっているようだった。私の前からは人々は離れた。けれども、人々は私の後をついてきて、集団は恐るべき早さで大きくなっていった。私は、不用意に巣穴から出た狼の子のようにじろじろと見られた。この侮辱的な好奇心から逃れるために、どこへ行ったらいいかわからなかった。やっとのことで、グリゼル師のことを思い出した。動揺していたため、彼のことは完全に忘れてしまっていた。私は、一人残された場所のほうへ向かった。

気の毒な神父は、私をずっと前から待っていた。私のことを死ぬほど心配していた。私が追いかけられ、走ってやってくるのを見て、彼は非常に驚いた。私は彼の腕の中に飛び込んだ。

「逃げましょう、逃げましょう！」私は彼に言った。「早く私の後についてきてください」

「どうした？　何があった、我が子よ？」

「あの人たちは私の身元を知っています！」絶望の口調で私は叫んだ。

神父は、どうしていいかわからないながらも、私を一緒に教会の中に引き入れ、群衆はこの避難所を尊重した。とはいえ、それはわれわれに捨て台詞として罵声と悪口を浴びせかけた上でのことだった。とくに、気の毒な神父が嘲弄の対象になった。彼が受けた侮辱は、私が受けた侮辱を忘れさせた。

「不幸な人」私は小声で言った。「みんなに嫌悪されて、けれども、こんなに好い人なのに」

「可哀相なシャルル」私の手を握りながら彼は言った。「彼らはあなたに対して非常に不当だ。だが、こう書かれている、『私は隣人たちにとって汚辱にまみれた存在であり、顔見知りの人々に忌み嫌われた。外で私を見かけた人々は私から逃げ去って行った』。こう語っているのは、偉大な王ダヴィデだ」

私たちは教会の中を横切った。内陣の前を通るとき、神父は跪いて短いお祈りをした。私は熱意をこめて彼に倣った。立ち上がったとき、私は巨大な重荷から解放されたように感じた。一瞬前まで私の心を苛んでいた怒り、憤慨、激高は、完全な諦観に変わっていた。

私たちは気づかれずに教会から出、私たちの災難に関する言葉を一言も発しないうちにボルガール街に着いた。

第七章　教会内にも差別が

聖体拝領の日

家に帰ってからは、どのようにして身元が知られ、その後に何があったのかは、私は注意深く両親に隠した。しかし、グリゼル神父の顔が出会ったすべての人たちに与えた印象については、母にこっそりと打ち明けずにはいられなかった。この件に関して、父と母は意見を交換し合い、その結論は、医者を呼び、これほど神父を醜くしている傷から彼を解放する手段があるかどうか尋ねよう、というものだった。そこで、ある腕利きの医師の診断を仰いだ。医師は治療法を定めた。善き神父は、もうほとんど苦痛を感じなくなっていたのだが、治療に服した。しかし、やがて、ベッドから離れられなくなった。それでも、彼は私の教育に取り組むのを止めなかった。さらに力を入れるようにさえなっていた。私が最初の聖体拝領を受けられる状態にしたがっていた。自分の最期が近いことについて私に話していたが、そのことが、彼にとって神聖な義務であるこの仕事をできるだけ早く完遂することを熱望させていた。この義務を果たすに十分なだけの力を残してくれる恩寵だけを天に願っていた。祈りは聞き届けられた。二カ月後、彼は父に、私は不合格になる恐れなく教会に出頭できると伝えた。

宗教上の義務はすべて熱心かつ几帳面に果たしていた父は、これを聞いて非常に喜んでいるようだった。すぐ翌日に、父は私を小教区教会に連れて行った。私は、父と一緒に外出することをほとんど恥ずかしく思ったことを告白する。しかしながら、司祭は大いに尊重されている人物のように父を迎えた。

「ああ、やっとおいでくださいましたね、サンソンさん」と司祭は言った。「もう長いこと、会いに来てくださいませんでしたね。この冬、小教区の貧しい人たちのために送ってくださった義援金について、もう一度御礼を申し上げなければなりません。季節がずいぶん厳しかったですから、あなたのように慈悲心のある方々がいなければ、嘆かわしい不幸がずいぶんと起こったことでしょうよ」

「司祭様、そうした不幸を防ぐのに私なりに貢献できたことを嬉しく思います。ですが、これくらいのことであなたが私に礼を言うことはありません」

「いいえ、いいえ、ありますとも。貧しい人たちは教会の子供たちですから、自分の子供たちを養ってくださる方々に教会が感謝するのは当然のことです。群れの苦しみを和らげることは、牧者に対する本当の奉仕です」

「ところで、司祭様、今度は私のほうからお願いがあって、参ったのですが」

司祭は、一瞬、不安げでびっくりした様子を見せた。

「何でしょうか、サンソンさん？　お話しください」

「ここに男の子がおります。息子です」

「年の割には、ずいぶんしっかりした様子をしていますね」

「この子に最初の聖体拝領を受けさせてはいただけませんでしょうか？」

「それは私の義務じゃありませんか、サンソンさん。それに、あなたがお子さんたちを良きカトリック教徒にお育てしたのを見て、私は大変に嬉しい。それはそうと、この子はもう何か知っていますか？　この子に教理問答を学ばせましたか？」

「この子は十分に知識を得ている、と判断していただけると思います。尊敬すべき神父さんがこの子の面倒を見てくれました」

「本当ですか、それは大変よかった。で、その立派な神父さんのお名前は？」

「グリゼル神父です」

「えっ、ちょっと待ってください。私はその名前を知っています、グリゼル。そうですとも！　不健全で、異端に近いいくつもの命題を提示したために聖務停止処分を受けた男です。あなたはそのような男に息子さんをゆだねたのですか、サンソンさん！　それは重大な過ちだということをご存じですか？　生徒の心を危険な教義ですでに汚《けが》していることはないと、確信できますか？」

「あなたのお許しを得た上で申し上げるのですが、司祭様、たとえ神父が不幸にして教会の譴責を受けたとしても、とても誠実な人ですから、他人を自分の過ちに引きずり込もうなどとはしない、と私は思います」

「よろしいですか、あなた、あの分裂主義者たちは新しい仲間を増やすのに非常に熱心なものなのです。あなたのように慎重で良きカトリック教徒が、息子さんをこのような危険にさらしたことに私は驚きます。それでは、あなたはグリゼル神父の事例をご存じなかったのですね？」

「告白いたしますが、存じておりました」

「それなのに、彼を許容したのですか？」

「私には選択の余地はありませんでした」

「わかりました。でも、この若い精神に与えられた養分が混じり気がなく健全なものかどうか、私自身で少し調べてみる必要があります。——こちらに来なさい、我が子よ。あなたの先生は、きっと、ジャンセニウス博士についてしょっちゅう話したことでしょう。どんなことを言っていましたか？」

「その名前を聞いたのは初めてです」私は恐る恐る答えた。

「ああ、よろしい！　その名前は忘れるようになさい。でも、源泉を知らせないままにあなたに毒を飲ませなかったかどうか、見てみましょう」

司祭は「恩寵」について私にいくつか質問し、私は幸いにして教会正統派の答えしかしなかった。

最後は、それらの質問は私の能力を超えていると白状せざるを得なかった。

「よろしい、よろしい！」司祭は微笑みながら言った。「無知による罪は、いちばん簡単に償える罪です。これで、あなたがお求めのものをご子息に与えることに何の不都合もありません。でも、もう一言だけ、よろしいですか。グリゼル神父は、どこにいて、何をしているのですか？」

「私の家にいます、司祭様。もう希望のない病にかかっています」

「あなたの家に？　それで、病人？　これは天罰の一例です。神は、教会が懐から追放した者を罰したのです。けれども、あなたはこの男を家においておくことはできません。異端者ですぞ。そのことをお考えなさい」

「ですが、明日はたぶん彼はもう生きてはいないでしょうから、彼のために祈っていただくためにお金を持って参りましょう」

「持っていらっしゃい。われわれは、彼が改宗するように祈りましょう。慈善は、サンソンさん、あらゆる汚《けが》れを消し去ります。しかしながら、もし彼が断罪すべき教義に固執するなら、あなたは客人を追い払うと約束せねばなりません」

父は約束し、私たちは教会を出た。道すがら、司祭の要求に同意したことを父に非難せずにはいられなかった。

ある土曜日の朝、「お告げの鐘」が鳴る頃、母は私を教会に連れて行った。まだ誰も来ていなかった。私たちは小聖堂に入った。そこで一人の神父が読誦ミサを唱えていた。キリスト教大共同体の聖別された糧に与《あずか》らせてくれたのは、その神父だった。それから、母は彼に慣例の寄付を渡した。金色のローソク、薄手の織物、銀貨数枚である。そして、私たちはすぐに退出した。

翌日、復活祭の日、私はお勤めをするために一人で教会に戻った。教会の様子はすっかり変わっていた。小教区の子供たちが、最初の聖体拝領のために集められていた。子供たちが一張羅で着飾り、宗教に纏《まつ》わるあらゆる華美に取り囲まれているのを私は眺めていた。圧倒するような厳粛さに彼らは加わっていたが、私はと言えば、集団から切り離されていた。係の人は、命のパンの小片を聖なるテーブルから盗み、急いで、かつ、こっそりと、私に渡しているような様子だった。すべての信者の間に友愛の絆を形成するために創設されたこの秘蹟を、私にはお情けで授与しているように見えた。そして、私が神に近づけるほどに十分に純潔だと思われたとしても、たぶん、饗宴に参加し、祝宴に座を占められるほど十分には、私は純潔ではなかったのだろう。

こんなふうでは、私にとっては、教会においてさえも、いかなる共同体もない。神の前においてさえも、いかなる平等もない。キリスト教徒たちの中にいるキリスト教徒としてさえも、友愛のいかなる希望もない。孤立、これが私の分け前であって、もし私が周囲に張り巡らされている宿命的なロープをあえて越えようとすれば、軽蔑、憎悪、侮辱が私を待っていた。もし私が何人かの人を捕まえて次のように言おうと試みても同じ結果になるのである、「私にも人間の心がある、喜びと苦しみのための心がある、両方を感じる備えができている」と。こうしたことを考えているうちに悲しくなり、涙が出た。私の宗教観が、一瞬、すっかり混乱した――

なんということだ、祭壇の足元でも排斥されるのか！　それなら、聖域の外では、いったいどんなことになるのか？　なんということだ、友情、愛着、相互性、共感が得られる希望はまったくないのか！　わたしがこんなふうに同胞の嫌悪の的になるような、どんな罪を犯したというのか？私の罪？　私は生まれた……、そして、生きているというだけで汚辱の対象になり、この宿命的遺産から私を解放してくれるものは何もないだろう。いいや、私は行こう、名前は言わず、役立つようになろう、善をなそう。そうすれば、彼らは、退けた者を求め、侮辱を浴びせかけた者を敬意で包まざるを得なくなるだろう。その時こそは、おお！　その時こそは、今度は私が声を高めよう。私は偏見を攻撃し、偏見が打ち負かされるまで、休むことなく闘おう。

以上が、人間も物事も知らない未経験と若さに任せて私が頭の中で巡らしていた想念であった。ひと飛びですべての障害を乗り越え、躍動し、自分の力を信じ、軽蔑の一瞥で隔たりを解消しようという、未経験と若さのなせる業であった。

真のキリスト者の最期

自分でもなぜそうなったのかよくわからないままに、私は高揚状態から、人類全体に対する憎しみによく似た感情に移行した。家に帰ったとき、興奮状態を静めるのにふさわしい光景を私は目にした。グリゼル神父が死に瀕していたのである。両親は、敬意のこもった黙想の態度で傍に控えていた。私が部屋に入ってくるのを見ると、神父は両親に語っていた話を中断し、初めて比喩的な言葉遣いを離れて私に言った。

「私は君を待っていた、我が息子よ。君に別れを告げる前に旅立つのを恐れていた。私の生涯でいちばん幸せな時、長い間願っていた終点にたどり着いた時に、あなた方が私の周りに集まってくれているのを見て、私は大変に嬉しい。われわれの別れがあなた方に悲しみを引き起こすことがありませんように。流謫《るたく》の地から最初に呼び戻されて、私はわれわれの共通の父のところへ行くが、あなた方もやがて私に合流するだろう。というのは、あの世では、数年間が数分間ですらないからだ。どんなに長い生涯も、はかなく移ろう一瞬でしかない」

ここで、我が師は疲れ、力を取り戻すためかのように、話を中断した。沈黙の間、私は驚きの気持ちで彼を眺めていた。それほどに、彼はそれまで見てきた様子とは違っていた。傷がすっかり癒合したために顔形が見分けられるようになったのだが、昔は相当な美男子であったに違いなかった。青白かった顔色は明るくなり、目は普段見られなかった輝きを放っていた。苦しみの痕跡は消え去り、不思議な喜びが、これほど長い間苦痛に苛まれてきた顔を活気づけていた。

優しさと憂愁に満ちた視線を私に投げかけた後、彼はいつもの話し方で言葉を続けた。

「しかしながら、君にとって試練の時は長いだろう。試練の時は君の額を鉛の犂《すき》で耕すだろうし、君の頭の上で雪のような翼を揺り動かすだろう。

毎朝、毎晩、主《しゅ》の天使が慈悲の声で君を呼びに来はしないかと、空しく耳を澄ますことになるだろう。

だが、ブドウの収穫時期はまだ来ていない。刈り入れ時期はまだだ。鉈鎌はブドウ栽培者の小屋に掛かったままだ。刈り入れ人は鎌を手にしていない。

君は墓の平安を切望するだろう。君は墓穴に『おまえは私の父だ』と言うだろうし、ウジ虫たちに『おまえたちは私の兄弟だ』と言うだろうが、それも無駄だ。

なぜならば、命を愛する者は命を失うだろうが、この世で命を嫌う者は永遠の生涯のための命を保持することになるからだ」

グリゼル神父は私たちに手を差し出し、私たちは順番にそれを握りしめ、キスで覆った。それから、彼は力を奮い起こして、さらに言った。

「残る者たちは不幸である。だが、自らを慰めるがよい。なぜなら、解放の日は近いからだ……。生きている間に苦しむ者たちは幸せである。なぜなら、死が祭りの服を着、婚約者の冠をかぶってやってくるだろうし、平安のキスをしてくれるであろうから。魂を牢獄から出してくれる永遠者を祝福せよ……。神よ、私はここにいます！」

こう言い終えると、グリゼル神父は、少し起き上がりかけ、再び頭を垂れた。唇から軽い息が漏れた。彼はもういなかった……。彼の目はなお輝いていた。口が開かれたままで、顔の筋肉は何一つ引き攣《つ》っていなかった。一種の微笑み、幸せの表情が顔に印《しる》されていた。しかし、魂は飛び去ってしまっていた。生命は流れ去ってしまっていた。私たちの前にあるのは、冷たくて感じることのない物質でしかなかった。

グリゼル神父は、聖なる場所には埋葬されなかった。クラマール墓地に運ばれ、彼の遺骸を納める墓穴が掘られた場所は刑死者、自殺者、および、当時の言葉で言えば、良き人々が不信心者、異教徒と呼んでいた人たちのための場所だった。私は最後の住処《すみか》まで我が家庭教師について行った。父が一緒で、私たちはそれぞれシャベル一杯分の土を棺にかけた。そこから離れるとき、私は父が何度も次のように言うのを聞いた。

「彼は幸せ者だ」

私は気持ちを楽にするために、これを信じる必要があった。しかし、いったん墓地の外に出ると、涙が止めどもなく出てきて、悲しみは絶望になった。私の教育はやっと始まったところであり、私たちが失ったばかりの人の死は、私にとって最大の不幸だった。私は知の初歩を獲得したにすぎず、補完すべき知を彼は墓へ持って行ってしまった。六カ月の間、私は立ち直れなかった。父と母は、私の悲しみを分かち持ってくれた。私が示した感受性に心を痛めもしたが、同時に、それを好ましくも思っていた。私は両親が泣くのをしょっちゅう見たし、私たちの友に残念さ以上のものを感じている様子で私を見ることも多かった。母はため息をつき、父は呻き声を漏らし、部屋を大股で歩き回っていた。

「可哀相なシャルル！」時々、父は叫んでいた。「なぜ、医者を呼んだりしたのだろう。この責めを、自分は永遠に負わねばならない」

ある晩、父は『メルキュール・ギャラン』誌を読んでいた。突然、読むのを中断した。

「おお、不吉な宿命！　おお、私のシャルル！」

父はそれ以上は言い続けられなかった。雑誌が手から滑り落ちた。私はそれを拾い、記事を声を出して読み上げた。

「アラス発。当地で奇妙な出来事が起こった。昨日、われわれの町の死刑執行人の息子が、初仕事として、若い娘を絞首刑に掛けることになっていた。午前中の間に、彼は絞首台の設置を終えていたが、処罰の時にやって来なかった。彼を待ったが、しびれを切らし、呼びに行った。彼は死んでいた。この件に関して、あらゆる種類の憶測がなされている」

「おそらくは」母が感想を述べた。「何か、恋愛が関係していたのじゃないかしら」

「おお、神よ！」父が私に言った。「どんなことがおまえを待ち受けているか、わかったものじゃない。けっして誰かを好きになったりしてはいけない」

「この無垢な人に、あなたはなんと言ってあげますか？」

「あらかじめ心構えをさせておくのがよい」と、父は答えた。「おまえはアンリ・サンソンの身に起こったことを知っている」

「はい、知っています」

「そうだな、今日、この若者に彼の物語を読んでもらいたいと思う」

父はすぐに大きな戸棚を開き、一巻の書類を取り出した。

「ほら」父は私に言った。「これが、彼自身が書いたものだ」

父から手書き原稿を受け取るやいなや、私は部屋に戻り、以下のような話をむさぼるように読んだ。いくつかの特殊な事柄は短縮し、原形は家族の記念物として保持する配慮をした。

第八章　アンリ・サンソンの手稿

I

ほんの小さな子供の頃から、私は周囲で次のように言われるのをよく聞いたものだった、「今日は処刑があるだろう」

お父さんはどこにいるのか尋ねると、次のような答えがしばしば返ってきたものだった、「グレーヴ広場*に行きました」

* グレーヴ広場はパリ市庁舎前にあり、当時はパリのど真ん中にあるこの広場が処刑場だった。この「アンリ・サンソンの手稿」の時代背景になっているのは主として十七世紀後半、太陽王ルイ十四世の時代だが、日本で言えば江戸時代であり、神田あたりで処刑が行なわれていたようなもの。

夜、大人たちの会話を聞いていると、父が口にする次のような言葉が私の耳を打ったものだった、「昨日、車裂きの刑にかけた男」「絞首刑にした女」「拷問にかけた者」等々。

子供だったので、こうした言葉が私に不快な印象を与えることはなかった。なぜかというと、苦痛とか刑罰をそれに結びつけることはなかったから。ただ、車裂きや絞首刑にかけられるようになる人たちがいるのだな、と思っただけだった。それは、士官の息子だったら、砲弾で死ぬように運命づけられた兵士たちがいるに違いない、と思うのとまったく同じだった。

物心がついたときには、私はすでに父の役職をまったく普通のものとみなす準備ができていた。私は非常に早い頃に、父の跡を継ぐ義務が法によって課されていることを知ったが、この義務は、誰も引き受けたがらない社会的労務としては私に提示されなかった。肉体的強さのためか、あるいは、性格のためか、父は家の者全員に敬意を払われていたが、それは恐怖心に大いに似ていた。私はどうかというと、父の野太い声は私をしばしば震え上がらせた。したがって、私は父の命令への全面的服従の中で育てられ、われわれの職務が偏見によって排斥に曝されていることもまったく知らずに、いずれは父の跡を継ぐことになるという見通しの中で育った。母は私に若干の教育を施してくれたし、本も買ってくれたが、十六歳になってからはそれらの本を読もうとは思わなくなった。私は大変大きな自由を享受していた。それに、母は若者の馬鹿げた楽しみに必要な金を気前よく出してくれ、私は大いに快適な雰囲気のうちに二十歳になった。

自分がなぜそのように行動するのかあまり大して考えもせずに、私は父の職業をかなり念入りに隠した。同年代の若者たちが私たちが住む界隈で公然と私に嫌がらせをするようになってからは、とくにそうした。私のいちばんの楽しみはブルゴーニュ館の芝居を見に行くことで、そのうちに一人の女優に夢中になった。彼女の家では身分を隠したままでいた。彼女は愛想がよく、美人で才気煥発だったので、たくさんの宮廷貴族と町の人々が家にやって来た。

私はそこで世間というものを少し知った。私は、人と見比べてみて、自分がきれいな顔をしており、体形もいいことに気づいた。それで私は自分を高く評価し、おしゃれに情熱をそそぎ、一言で言えば、大領主のように振る舞った。将来、父の役職を継ぐようになってからも、こうした暮らしを続けること以上に簡単なことはあるまいと私は想像していた。

私に好意を持ってくれた女優は、ゴーゴーと呼ばれていた。ごく小さな役を演じていた。しかし、その才気煥発さは劇を大いに盛り上げていた。彼女はゲランという人物の娘だと広く信じられていた。ゲランは悲劇で腹心役をこなしていた役者だった。ゴーゴーは、おそらくは、私が大きな役割を占める将来設計を考えていた。この下心のために、彼女は私の普段の行動を探るようになった。私には何の断りもなしに、私の身分、家族について調査し、真相を突き止めた後、ある朝、姿を消した。その後彼女がどうなったのかは誰も知らなかった。いろいろと真剣に考えさせられたこのアヴァンチュールで、それまで送ってきた私の放蕩生活は終わった。父は私に職務を譲る話をし始め、職務によって私に課される種々の責務について考えるように求めていた。私はかなり暗い気分になり、跡を継がねばならない日のことを考えると、どうしても心に恐怖を感じてしまうのであった。

青春時代の出来事について細部まで語ったのは、私の最初の処刑に伴った事情をわかってもらうのに役立つと思うからである。

ある朝、私はパリを発ち、噴水を見物するためにヴェルサイユ宮殿に行った。その日は、ちょうど国王の守護聖人祝日だった。この催しが行なわれるのは、庭園、城館、オレンジ園の工事が終わってから五度目だった。私はこのおとぎ話のような光景に非常に驚き、これほどの豪華さは、われわれの国王のような偉大な国王と当代のあらゆる資源資産があって初めて実現できるのだと思った。その時に私が感じた思いは言い表わすことさえできない。すばらしい晴天で、太陽が銀と金の祭服に似た広大な群衆の上いっぱいに光を投げかけていた。それほどに人々の服装は豪奢だった。私は、ラトンヌ*の泉水の前に十分間ほど留まったが、居心地のよさに飽きることはなかった。噴水の水は、真珠とダイヤモンドの雨のようだった。そして、その波間を通して、衣服を飾る金の飾り紐や銀の装飾が目を眩ませるのであった。これほどの輝きが地上から来ているのか、それとも、天上から来ているのか、本当にわからなかった。国王に気に入られるために、人々がこれほど豪華な装いをした例《ため》しはかつてなかった。それで、泥棒はいい稼ぎをしたということだ。財布ないしは懐中時計なしで帰った金持ちも一人ならずいた。

＊　ラトンヌは、ギリシャ神話アポロンの母レトのこと。ギリシャ語では「レト」だが、フランス語では「ラトンヌ」となる。

こうして人がごった返す中、私は数歩離れたところにいる若い娘に気づいたのだが、この女性は私の運命に大きな影響を及ぼすことになる。彼女は私と同じ階段の上にいた。ラトンヌの泉水の正面にある大理石の大階段の上のほうである。たった五人か六人の人がわれわれの間にいるだけだった。群衆が、新しく彫られた大理石の白い壺に彼女を押しつけていた。彼女の顔はこの壺のちょうど真ん中辺にあり、緑の影が陽差しから彼女を守っていた。大理石の過度の白さは、見知らぬ女性の容貌を損ねるどころか、生き生きとして血色のよい顔色を引き立たせていた。髪飾りからはみ出た髪は黒かった。彼女は苦しんでいる人間のように頭を傾けていた。私には悲しげに見えた。目は暗い輝きを放っていた。質素な緑色のドレスを着ていた。私は、彼女が美貌ゆえに非常に際立っていたとは思わないが、他の女性たちにはない、ある雰囲気があった。私は、彼女を欲したのかどうか、彼女の顔に印された神秘に惹かれたのか、それとも、彼女に愛される希望を持ったのか、今もってわからない……。私は衝撃のようなものを感じた。そして、我にもあらず、私はもう若い娘しか見ていなかった。私にとっては、彼女が祭りのすべて、ヴェルサイユのすべてだった。

もし数分後に彼女が私に目を向けなかったならば、たぶん私は何事もなくパリに帰っていただろうし、私の感情もそれで終わりになっていたことだろう。その目は間違いなく人間味のある保護を懇願していたし、まもなく絶望に陥ることを物語っていた。私は、運命さえ分かち持つことを拒否できないほど、とても不幸な存在に出会った気がした。この思いが、私の心に何らかの励ましを与えた。

ゴーゴーとの付き合いがもたらした様々な思いが私を不幸にしていた。父に問い質したことによって、私は母が徒刑場で死んだ男の娘であることを知っていた。その時、われわれの職業の人間は孤立して生きなければならないのだと思い知ったものだった。私の悩みの大部分は、将来の見通しに由来していた。いちばんの悲しみの種は、いずれいつの日か私が妻に迎えることができるのは、必然的に、牢番の娘とか、地方の死刑執行人の娘とか、不品行で教育も繊細さもない女たちだけだろうということだった。一方、私は自分の中に繊細さを感じていた。

ゴーゴーは、私にとって不幸なことに、私の贅沢と優雅趣味志向を助長させた。父にはこれを念入りに隠していたが。母と同じくらい優しく善良で献身的な女性に人は二度出会えるものではないと私は思っていた。父を幸せにし、悲しい務めに埋め合わせをもたらしてきた情愛は、私にとっては失われていると思っていた。そういうわけなので、この見知らぬ女性と幸せになれるかもしれないという希望が、彼女の後を追う大胆さを私に与えたのであった。私は欲求を現実と思い、おそらくは幻想が、私の魂を揺さぶった想念への密かな答えを彼女の視線の中に見つけさせたのだろう。

その魅力的な若い娘は年取った女性に腕を貸していたが、その女性は最下層の民衆に属しているように私には見えた。噴水ショーが終わると、二人とも大理石の階段を降りた。それで私は、周りにいる人たちを非常に巧みに肘を使ってかき分け、素早く彼女たちの傍に行き着いた。私たちが大きな遊歩道にいたとき、群衆が非常に荒々しく動いたため、若い女性は一人残されて導き手の女性と離ればなれになった。私自身は見知らぬ女性から数歩のところにいて、押し潰されないように闘い、肘と体を動かしていた。あちこちから悲鳴が聞こえた。この恐ろしい雑踏は、国王と廷臣たちが近づいてきたことで生じていた。

私には体力があったので、若い娘のところに行くことができた。私は緑の髪飾りから目を離さないようにしていた。そして、すぐに自分の体を使って彼女のために防護壁を作った。彼女は、大理石群像の四角い大きな台座に押しつけられて潰されそうな危険に直面していたので、何も言わずに私の助けを受け入れた。彼女の目は、そこで待ち受けていた運命への一種の諦めを告げていた。しかし、私が彼女に腕を差し伸べ、おそらくは死ぬところだった場所から果敢に助け出したとき、彼女の目は私を見ながら光り輝き、それから突然顔色が悪くなった。私が飛びかかった人たちの叫び声にかまうことなく、私は彼女の前の群衆をかき分けた。見知らぬ女性は私についてきた。そして、数分で私たちはほとんど人気《ひとけ》のない場所に出た。私たちは一言も言葉を交わさなかった。私たちは、お互いに戸惑いながらしばらくそのままでいた。しかし、滑稽に見えるかもしれないと感じたとき、私は非常に丁寧に彼女に尋ねた――

「お嬢さん、どこへお送りすればよろしいのでしょうか？」

「わたくし、ヴェルサイユに住んでおりますの」

「それでは、お宅までお連れすることをお許しください。と申しますのも、一緒におられたご年配の家政婦さんを見つけるのは、今は大変難しいでしょうから……」

「あの人は母です」と、私をじっと見つめながら彼女は言った。

この答えは、私にとって、不快であるよりも嬉しかった。というのも、あの母親の服装の貧しさが私の希望を膨《ふく》らませたからである。

「それでは、お好きなように私を使ってください……」と私は大きな声で言った。「お母様を探しましょうか、ここに留まっていましょうか、それとも、あなたのお家に行きましょうか」

彼女は私の腕を取り、私たちは、時には何も言わずに、時には意味はないが感情のこもった漠然とした言葉を交わしながら、行き当たりばったりに庭園の遊歩道を歩き回った。私たちは群衆のほうに向かって歩いたり、群衆から遠ざかったりしたが、私たちを活気づけていた何かわからない密やかな感情に導かれていた。時々、彼女は私に何か打ち明けたいような様子を見せたが、私のほうでも同じように彼女に打ち明け話をしたい気持ちだった。しかし、やがて私と同じように羞恥心に捉えられたため、彼女の言葉遣いは信頼感のこもったものからよそよそしい礼儀正しいものに変わった。あるときは兄弟姉妹のように一体となり、またあるときはお互いの傍を見るともなく見つつ通り過ぎる二人の敵のように切り離されて、私たちの心は、百歩上方で波打っている大群衆の動きに倣っていた。

見知らぬ女性は、確実な死から救ってあげたという私の奉仕に対してまだ礼さえ言っていなかった。私たちはすっかり無口になったが、この沈黙は、おそらくは、どんな言葉よりも私たちをよりいっそう強く結びつけることになった。と、そう思っていたとき、猛禽類よりも鋭い彼女の目、私たちの前を通っていた集団に向けられていた彼女の目は、ある一点に固定された。

「あそこに母が！」と彼女は叫んだ。

それから、彼女は私の腕から離れ、私を残し、急いで老婦人のほうへ走っていった。

私は、彼女のわざとらしい不躾《ぶしつけ》な振る舞いに啞然とした。私のことも見ず、一言の感謝の言葉も言わずに、彼女は私の腕を打ち捨てたのである。私は彼女の後を追った。彼女はブルターニュ街道への出口がある柵のほうへと歩き、私が彼女の傍、柵のところに着いたとき、母親が私のほうへやって来て、密やかに言った――

「娘と私からのお願いですが、あなた様がなさっているように私どもの後をつけるのは、どうかおやめくださいませ」

それから、彼女たちはヴェルサイユ庭園の中に戻っていった。娘は一度しか振り返らなかった。彼女は、柵の外の路上にいる私をじっと佇んだまま見た。私は彼女が歩くのを眺めていた。

私はパリに戻った。二日が過ぎたが、この間中、私はあの見知らぬ女性のことばかり考えていた。三日目の日、私はヴェルサイユにいた。私は、その傍で彼女に出会った壺を見に行った。すると、そこに彼女が一人でいるのを見つけた。彼女は危うく死にかけた大理石の台座の傍にいた……。私は駆け寄った。彼女は目を上げ、私を認めると、急ぎ足で立ち去ったが、私は追いついた。私が傍にいるのを見ると、彼女は真っ赤になった。というのも、私たちは二人ともお互いのことを考えていたということがわかったからである。彼女は急に私のほうを振り向き、目に涙を浮かべて私に言った――

「お願いです、私のことは諦めてください。私はいい家のお嬢様ではありません。私は普通の家の可哀相な娘です。あなたは身分のある方ですから、私にはあなたと一緒になれる何の資格もありません」

「私は身分のある人間などではありません」と私は答えた。

彼女は無意識的な身動きをした。

「それに、むしろ私のほうが」と私は言葉を続けた。「あなた以上に同情を必要としているのです……」

私は言い終える勇気がなく、彼女に腕を差し出した。彼女は腕を取り、私たちはとても心地よい散歩をした。その日、私は彼女の名前がマルグリットであることを知り、私の名前はアンリだと伝えた。私たちは二日後にまた会うことにした。デートが続き、マルグリットはやがて、私が彼女を誠実に愛していることを確信した。

しかし、私たちの幸福の中には、陰鬱な想念、何かよくわからない暗い空間があり、それが絶えず私たちの視線を引きつけていた。私は自分が何者かを彼女に告白する勇気がまだなかった。私が秘密を隠していることを彼女は見抜いているように見え、私たちはお互いになんとも言いがたい気詰まりを感じていた。というのも、私たちの心はすでにとてもよく通じ合っていたので、ある一点において接触を欠いていることを悲しまないわけにはいかなかったからである。マルグリットの愛情を十分に確信できたとき、私はいつか秘密を彼女に打ち明けるという約束のようなものをした。

九月の終わり頃、トリアノンで職人たちが働いているのを見に行った帰りの夕方、私は庭園の門から少し離れた芝生の土手にマルグリットを座らせた。私たちは大運河の澄んだ水や青い空、緑や黄色の草々を見ているばかりで、しばらくの間、黙ったままでいた。私は恐ろしい打ち明け話を始める勇気がなく、マルグリットもまた心配そうな様子をしていた。この長い散歩の間も、彼女はとても悲しそうだった。彼女の大きな黒い目は、一見したところは野原に注がれていたが、こっそりと私を観察していた。私も彼女と同じことをしていた。暗黙の了解によって、私たちは交互にお互いを眺め合っていたのである。しかし、私たちの一方が我を忘れた瞬間があった。それは彼女だった。私たちがじっと見つめ合った深い眼差しが、私たちの運命を決めた。私たちの不安は、我慢の限界に達していた。

「私のこと、本当に愛してる？……」と彼女は勇を鼓して私に尋ねた。

「おお、もちろん！……」

「もし私が極悪人の娘でも、それでも愛してくれますか？」

「もちろん……」

彼女はさらに大胆になった。

「徒刑場にいるような男の……」

「もちろん……」

「背教者の……」

「もちろん……」

「フランスを売ったような裏切り者の……」

私は躊躇した……。

「死刑執行人の……」

この二語を発しながら、彼女は死のように青ざめた。

「だけど、君の出生《しゅっしょう》が、マルグリット、君の美徳の、君の美質のたった一つでも失わせるものかい？……」と私は彼女に言った。

胸の上から大きな重荷が取り除かれでもしたかのように、彼女は大きく息を吐き出した。彼女は真っ赤になり、目を伏せた。彼女の頬を伝って二粒の涙が流れ、光り、地面に落ちるのを私は見た。落ちた涙は二雫の露のように、キラキラする草に掛かっていた。それから、彼女は頭を上げて私の肩にもたせかけ、そのまま黙って幸せそうにしていた。

「私はヴェルサイユの死刑執行人の娘なの……」と私の耳に囁いた。

それから、私の顔に愛の表情が浮かんでいるのを見て、えもいわれぬ声で次のように叫びながら、急に跪いた――

「まあ、なんということでしょう、この人は私を押しのけたりしない！……」

「君を押しのけるなんて、マルグリット……」私は答えた。「どうして、そんなことが僕にできるだろう？　僕自身が……」

「何者なの？……」恐ろしい響きの声で彼女は尋ねた。

「パリの死刑執行人の息子」

彼女は叫び声を上げ、手をよじった。動転した顔は内心の葛藤を物語っていた。

「どうして私があなたよりも寛容でないなどということがあるでしょうか、アンリ！……」

こうして初めて、私は彼女を家まで送っていった。道々、私たちの両親の同意を得て結婚するためになすべきあらゆることについて話し合った。私は、マルグリットが心になお若干の不安を抱えていることに気づいた。彼女は何か悩みを持ち続けているように見え、一方、私は自分が恐れていることを確かめようと決意した。

私は父に恋愛のこと、そして同意してくれるなら結婚したいという意向を伝えたが、それはやっとのこと、震えながらであった。

「家庭を持つには」と父は私に言った。「あなたはまだ若い。けれども、もしあなたがその娘を愛しているなら、われわれの職業には埋め合わせが必要なので、不都合はあるまい。ヴェルサイユの親方は私の遊び仲間だったし、財産がないわけではない。一緒に相談して、話を進めようと思う。こうなると、思っていたよりも早くあなたに職務を譲らざるを得ない。ともかくも、あなたにいい家庭を築いてもらうためには、我が子よ、私は何でもする」

実際、次の日曜日、父と母は私と一緒にヴェルサイユに向かった。私たちは馬車に乗っていた。そして、サトリ街の孤立した小さな家に着いた。私はまだこの家の外観しか知らなかった。

「あー、これは、これは、ムッシュー・ド・パリ！……」父を見て、大柄な男が叫んだ……。「ようこそ、先輩殿！……」と、父が馬車から降りる手助けをしながら、彼は付け加えた。

「ジャン？　コロカント？」召使いと思われる二人の男に彼は呼びかけた。「門を開け、馬車を小屋に入れろ、馬は厩舎へ。あなたはちょうどいいところにおこしなさいました、筆頭執行人殿」*父と握手しながら、彼は言った。「明日、われわれは『兵士』一味の二人を絞首刑に掛けます……。手伝ってくださるでしょうな」

＊ パリの死刑執行人はフランス全土の筆頭執行人とみなされていた。また、すぐ前にあったように、パリの死刑執行人は「ムッシュー・ド・パリ」と呼ばれていた。

「もちろんですよ……」と父は返事をした。「私どもは火曜日までお宅に滞在します。なにしろ、大事なことを相談しなければなりませんからな……」

マルグリットは、玄関先の階段の一段目にいて、二人の話を一語たりとも逃さずに聞いていた。私は彼女が青ざめ、赤くなるのを見た。彼女が父親に影響力を持っているのを見て、深い感動を覚えた。彼女は父親から、いわば、敬意を払われていた。実際、振り向いて娘に気づくと、彼女の前では仕事の話はしないよう警告するかのように、私の父を見つめながら唇に指を当てた。

私は急いで母をマルグリットの傍に連れて行き、二人の旧友には中庭を散歩させておいた。二人は、たぶん、私たちの将来のことについて話していたのだろう。母はマルグリットをとても感じがいいと思い、大いに親しみを示した。

その日の晩のうちに、われわれ二家族は合意に達し、夕食の後は、みんなで昔の歌を歌った。われわれの合意を暗黙のうちに祝ったのである。マルグリットの父親と母親は、私を娘婿として持つ見通しを大変誇りに思っているように見えた。

彼らの娘だけが、われわれの間にあって、慎ましいながらも厳粛な様子をしていた。彼女の容貌の美しさの秘密に通じている私にとって、それは悲しみのヴェールだった……。彼女は、たぶん、翌日のことを考えていたのだろう。私の予測は正しかった。翌朝、彼女は姿を現わさなかった。処刑の日は彼女はけっして部屋から出ないのだと父親がわれわれに教えてくれた。

夕方、さよならを言いに行ったとき、彼女は私を引き寄せ、感極まった声で言った——「アンリ、あなたがお父様の任務を引き継ぐのを知って、父が大変喜んでいることは私も知っています。でも、もしあなたがお父様の代わりを務めるなら……」彼女の声が震えた。「私はけっしてあなたの妻にはなりません……」

私が答えようとすると、愛されている女性たちにとてもよく似合う、あの高圧的仕草で沈黙を課したので、私はこの上もなく深い驚きにとらわれたまま家路についた。

父にこのことを話すと、父は肩をすくめ、叫んだ——

「若い娘たちの考えそうなことだ……。あの子たちは、地球が回るのを止めたいとさえ思うだろうよ……」

この日から一カ月の間、マルグリットはこれまでになく優しかった。われわれの結婚に関して下した決断については彼女はもう何も言わなかった。私は考えを変えてくれたと思っていたが、ある晩、この件について質《ただ》してみると、彼女の決意には何かしら決定的なものがあり、彼女の意思の固さを疑うことはできなかった。

この間、父は私に職務を譲り渡すために奔走していた。われわれは、私がその日の状況を述べようとしている、あの運命的な日に近づきつつあったが、マルグリットを非常に深く愛していたので、最後の努力をせずにはおられず、彼女に「もし私の人生を大事に思うなら、いつものデートの時間にヴェルサイユ庭園に来てくれるように」と人づてに伝えた。

われわれが話をするのにいちばん適した場所は、ネプチューン*の泉水だった。近くの木立や東屋《あずまや》を覆う木々は建設当初に植えられたので、やってくる恋人たちを隠すのに十分な大きさになっていた。トリアノンに通じる道はまだ完成していなかったので、この場所はほとんどいつでも人気《ひとけ》がなく、とくに国王の昼食時はそうだった。マルグリットから返事を受け取ったとき、私は何というじりじりした気持ちでヴェルサイユに駆けつけたことだったろう！　大泉水へと導く長い「緑の絨毯**」を下って行き、横道を飾る大理石の壺の最後から二番目のところに達した、そのとき、私は、突然、一人の男に肩を叩かれた。その男は私の後をつけてきたのだが、私は気づかずにいた。私はすぐに振り向き、大修道院長のフィリップ・ド・ヴァンドーム氏だとわかって身動きできなくなった。

「お若いの」と彼は私に言った。「もしおまえが私のために見張りをしてくれるなら、五十ピストール*やろう。誰かがやって来るのを見たら、咳をするんだ……」と彼は付け加えた。まるで、私の

＊　ネプチューンは海の神。ギリシャ神話ではポセイドン。
＊＊　「緑の絨毯」は王の小道の一つにつけられた名前。今日でも、こう呼ばれている。

風采、服装から、この金額なら申し出を受け入れるに違いないと断定したかのような言い方だった。

＊　一ピストールは十リーヴル。五十ピストールといえば、当時の普通労働者の年収に相当する金額。

「五十ピストールはありがたく思います、猊下《げいか》」私は恭しく答えた。「ですが、誰かが近づいてきましたら、私自身が逃げる必要がありますので、あなた様も自然に警告を受けることになります……」

「あー、あー！……」と彼は答えた。

私たちは二人とも「緑の絨毯」の端に着いた。

私たちは、蹄鉄型の広い砂地を一緒になって眺め渡し、探しに来た二人の人間を見つけた。私は、大修道院長を待っていた婦人にはまったく注意を払わなかった。というのも、私には愛しいマルグリットしか目に入らなかったからである。彼女はごく質素な装いだった。しかし、彼女には着こなしの才があり、いつでも令嬢に見えた。彼女がこの時ほど誇り高く、威厳にあふれていたことはかつてなかった。彼女は、恐怖によってたちまちのうちに顔色を失ったかのように、青白かった。

「おお、私の愛しいアンリ！……」と彼女はうわずった声で言った。「それじゃあ、私の運命が決まるのは明日なのね……」

「どうして？……」驚いたふうを装って私は尋ねた。

「何も隠さないで」ブロンドの頭を動かしながら、彼女は言葉を継いだ。「父が話したのよ……。明日、あなたは……」

「違う、違う、マルグリット」彼女を東屋の脇のベンチのほうに誘《いざな》いながら、私は答えた。私たちはベンチに座った。「まだ、何も決まっていないんだ」

「お父様は、あなたが抗《あらが》うことを予期しているの？……」

こう質問しながら、マルグリットは私をじっと見つめた。私は赤面せざるを得なかった。

「おお！」気持ちのこもった声で彼女は言った。「愛しい人、あなたは嘘がつけない人ね」

彼女は目に涙を浮かべた。

「それじゃあ」彼女は言葉を継いだ。「あなたはお父様に言わなかったのね。言う勇気がなかったのね。それじゃあ、お父様があなたに及ぼす影響力のほうがあなたの愛よりも強いのね……」

彼女は私の手を激しく握った。

「でもね、私なら！」と彼女は言った。「この世の果てまであなたについて行くために父と母から離れるでしょう……。私はあなたの召使いにだってなったことでしょう、すべてにおいてあなたに従うことでしょう……。ああ！　私はあなたにたった一つのことしか求めていないのに、それを得ることができない……。もし、私が不可能なことを求めているのなら……。だけど、私はあなたの手が白いままであることを願っているだけ、それだけよ。このことに私がこれほどこだわるのは、アンリ、自分をよくよく吟味したからだということを信じてちょうだい……。私は苦しみのために死ぬでしょう、私があなたのものになったとして、もし私が口づけした手が……」

彼女は最後までは言わなかった。

「夜寝るとき、何度となく」彼女は言葉を継いだ。「あなたのことを思い浮かべるのよ。あなたが家に帰ってきたときに……」

彼女はまた話を中断し、青ざめた。

「わかるでしょう……」ちょっと間を置いて、彼女は言った。「そう、私は今感じたばかりのことをこれからも感じることになるでしょう……　死のような冷たさを……」

「逃げましょう……」荒々しい力を込めて彼女は付け加えた……。「フランスを去りましょう。あなたは強いし、私は勇気があります。二人して働くのよ……。少なくとも、私たちのパンは涙で濡れるだけでしょう……」

私は、すぐ傍にあった石像のように、身じろぎもせずにマルグリットの言うことに耳を傾けた。これまで、彼女がこれほどの熱意を示したことはなかった。彼女の優しく繊細な容貌にあれほどの魅力を与えていた、普段の慎み深さを彼女に認めることはできなかった。

「マルグリット」私は言った。「君はこれまで僕にこれほどの嫌悪感を示したことはなかった。僕は慰めの言葉が得られるものと期待していた。いったい、君は誰と結婚したいんだ?……　いったい君は、お父さんに対してどんな感情を抱いているんだ?……　君の夫に対しては、もう少し寛容であってくれてもいいんじゃないだろうか?……」

「その二つの感情が私に課す義務に、どんな違いがあると言うの!……」と彼女は叫んだ。「でも、あなたに私の考えを隠してなんになるでしょう?」

彼女は両手で顔を覆った。そのようにして、恐ろしい感情が表情に表われるのを私に見せまいとしているように見えた。

「アンリ?……」

彼女はまた言葉を中断した。

「私は父を恐ろしいと思う。父の職業がわかった日、私は死にそうになりましたし、生まれてこなかったほうがよかったと思ったこともたびたびでした……。私があなた以外の人と結婚するなんて!……」彼女は続けて言った。「おお、アンリ! あなたよ、あなただけよ!…… だけど、私が生きて行けるようにしてちょうだい、あなたを恐怖感なしに私の腕に抱きしめられるようにしてちょうだい……」

私たちは手を取り合い、見つめ合った。この瞬間は、私の人生のもっともすばらしい時の一つ、おそらくは、私の心臓が心おきなく、そして、圧迫する重荷なしに鼓動するのを感じた唯一の時であった。私たちの目は、太陽が鏡のように輝かせていた広大な水面の上をさまよった。波静かであった。マルグリットは大運河を私に示しながら言った――

「あそこで死ぬか、それとも、あなたの妻になるか」

「おお、君は僕の妻になるんだ!……」すべてを忘れて、私は叫んだ。

彼女は私に手を差し伸べ、私は思いきって頰に口づけした。彼女は気を悪くしなかったが、私に言った――

「これがすべての口づけの最初になるか……、それとも、最後になるか」

「そんなふうに考えるのは、君にとってどんなにか辛いことだろう！……」思わず、私は叫んだ。

私たちは黙ったままでいた。

この時、大修道院長が例の婦人に語りかけている言葉が聞こえてきた――

「あの二人の若者がなんと愛し合っているか、ご覧なさい。あの子たちの間には、心を支配するしきたりの専横というものがないのです。あの子たちは宮廷で暮らしていないし、二人を分け隔てる偏見もないのです。ですから、なんてあの子たちは幸せなのでしょう……。さあ、あなたも気持ちを和らげてください」

この時、私は好奇心に駆られて、その婦人を見た。

それがカルドンヌ公爵夫人、ラモット゠ウダンクール元帥の未亡人だとわかったとき、私はほとんど震えそうになった。

「でも、猊下、あの人たちは名誉とセンスを心得ているでしょうか？」と夫人は笑いながら答えた。「もし国王があなたのモレの地所を公爵領に昇格させることに同意し」と彼女は続けた。「と申しますのも、私が床几を失いたくないことはあなたにもおわかりと思うからですが＊、そして、もしローマ教皇があなたに許可を与えるなら……」

＊　公侯伯子男の五つの爵位の最上位、公爵夫人には国王・王妃の前で床几に座る特権が認められていた。

この時、マルグリットが小さな叫び声を上げた。彼女を見ると、サクランボと同じくらい赤くなっていた。

彼女の父親が魔法によってかのように現われ、われわれのほうにやって来た。私は大急ぎでその場を離れ、二つの東屋の間の細い小道を通って逃げた。もう安全と思ったとき、私は立ち止まり、声の大きさのおかげで次のような言葉を聞くことができた。

「こりゃあ、なんとひどいことだ、マルグリット、アンリに会うために庭園にやって来るとはな。公共の場所よりも我が家を恐れるとは、いったいどんな秘密の相談があるというのだ?……　今の状況では、あの若者の訪問は我が家でしか受けるべきではないということは、あなたもよくわかっているはずだ。彼と一緒にいるところを見られるのは、あなたにとって品位あることですか?　恥じらいもなく、こんなふうに行動するとは、あなたはご大層な貴婦人なのですか?……　こんなことは二度とないように。一人前の女性になったときには、好きなように行動なさい。でも、娘身分である限りは、父親に従うことを学びなさい……。さあ、行きましょう……。あなたを探しにここへ来ざるを得なくしたことによって、私をどんな危険にさらしたか、よくおわかりでしょう……」

マルグリットを青ざめさせたこうした言葉を言い終わるやいなや、というのもたぶん父親が彼女を叱ったのは初めてだったからだが、森の管理官がマルグリットの父親のところにやって来た。管理官は国王のお仕着せを着、握りが銀製の杖を手にしていた。管理官は父親に乱暴な声で言った
――

「ここで何をしている?……」

管理官は、最後にひどい罵り言葉を付け加えさえした。

「あなたはよくご存じでしょうが」と彼は付け加えた。「あなたが国王の庭園に入ることは禁じられています……。私は城の管理長官に報告に行きますが、長官はあなたのことをヴェルサイユの司法官に話すでしょう……」

人のいい父親は青ざめ、娘を見た。それから財布を取り出し、こっそりと管理官に差し出すと、管理官はそれを受け取った。すると、この番犬は態度を軟化させた。というのも、番犬は少し苛立ちを抑えた声で、こう言ったからだ——

「ここでもう一度あなたを捕まえるようなことがあったら、その時は覚悟なさい……。さあ、これで終わりだ……。行きなさい、おまえも娘も……」

私は、見えなくなるまでマルグリットを見ていた。彼女は父親に腕を与え、私を見るために二度振り向いた。遠くに見える彼女のぼんやりとした体つき、歩き方、ヘアースタイル、彼女のすべてが名状しがたい感情をもたらした。彼女の動作には悲しさがあった。やがて、彼女は道の上方の一点にしか見えなくなった。その道を彼女は去って行き、それから……すっかり見えなくなった。私は彼女の足跡を見つめ、戻ってベンチに座り、大運河の澄んだ水を眺めた……。私には、明日のことを考える勇気がなかった。

残りの人生の間、この時間がどれほどの心象と思い出の源泉となったことだろう！……

マルグリットが私に見せたばかりの一種の決意、彼女のもの静かだが本当の憂愁が、帰途についている間中、私に非常に強く作用したので、父に抵抗するという考えはもう怖くはなかった。

街道を早駆けしているうちに、まるで馬の動きと私の体の揺れとが私に活力を与えてくれでもしたかのように、いろいろと考えたことが相互に作用しあって力強いものになった。弟のジャックが後を継げる年齢に達するまで、父は仕事を続けられるはずだと私は考えていた。ことは私の人生と幸福に関わることだったし、父の優しさはその激越さと同じくらい大きかったので、確かに恐ろしい嵐を引き起こしはするだろうが、怒りの最初の瞬間がすぎれば、私が一人で思い描いていた家族間の調整が成功するのではないか、という気がした。

セーヴルから……までの間、まるで父の前にいるかのように、一人で述べ立てていたことを私は覚えている。一種の予行演習であった。父は、自分自身を過小評価しないために、自分の職業を名誉あるものと考える必要があった。そして、われわれの社会的位置をよくよく考えてみた結果、私はすぐに、名誉に関わるかどうかが父がいちばん敏感に感じ取ることだと推し当てた。そこで、父を傷つけたり一種の精神的親殺しを犯したりするのを避けるために、私は父に次のように言うことから始めた――子供の頃から跡を継ぐということに慣れ親しんできた、何事もなければ父の意向に逆らうなどという無謀なことはけっしてしなかっただろう、けれども、私の人生と幸福がかかっているマルグリットは、私がこれまでどおりなら結婚よりも死を選ぶ云々。

一人でいるときは非常に雄弁だったので、私はもう何事にも絶望していなかった。しかし、パリに着いたときには夜になっていた。それで、父には会わずに寝た。私はマルグリットの夢をたくさん見た。私たちは結婚していて幸せだった。というのも、私が服すべき必然性について彼女を説得することに成功していたからである。この夢は幸先《さいさき》がいいように私には思われた。

朝、父が私の部屋に入ってきた。満悦の様子で手をこすり合わせ、一種の陽気さを込めて私に言った――

「さあ、アンリ、立ちなさい、息子よ。起きなさい、怠け者。床屋へ行って、早く戻ってきなさい。仕事で消化が妨げられないように、早めに昼食を取る。今日があなたの仕事初めだ。私に名誉をもたらし、師に恥じないようにやってくれるものと期待している」

この言葉を聞いて、私は起き上がったが、これまでに経験したことがない勇気を感じ、前夜どう言おうか思案したのとはまったく別の考えが浮かんだ。私はマルグリットの嫌悪感を思い描き、運河を指し示しながらの動作を思い出して、涙を流した。私は父に言った、あなたの二人の子供の命がかかっているのです……と。

父は私をじっと見つめ、その視線が私を震え上がらせた。父は身じろぎもせず、黙っていた。その眼差しはあまりにも多くの感情を物語っていたので、どんな答えが返ってくるか、見当がつかなかった。

「アンリ」と父は答えた。「あなたの運命を変えるのが私次第というのなら……、私は迷ったりはしないだろう……」

優しい声で語られたこの言葉が、すぐに私の心の動揺を静めた。思いがけない好意的反応に私は驚いた。

「マルグリットはあなたを愛してはいない……」

私は否定の身振りをした。

「いいや、あの子はあなたを愛してはいない。こんな愛が、何だというのか?…… 嫌悪感が愛を壊している。いったい、あの子は王女様にでもなりたいのか? 子供じみたことだ! それでも、私はすべてに同意しよう……あなたの幸せのためなら。だが、高等法院*に対しては、あなたはどうするつもりだ?」

＊ パリ高等法院は最終上級裁判所。司法機関ではあるが、国王が出した法令も高等法院が受理して登録しなければ効力を持たなかった。つまり、王権に制約を加える権限も持っていた。ただし、国王臨席の下に法廷が開かれれば、高等法院は一度は拒否した法令を受理、登録しなければならなかった。死刑執行人は高等法院の管轄下にあった。

「高等法院、ですか?……」私は呆然となった。

「そうだ」ポケットから羊皮紙を取り出しながら、父は続けた。「ほら、これが署名捺印された、あなたの任命書だ。高等法院書記官のデュ・ティエ氏が、昨日の夜、あなたがヴェルサイユに行っている間に届けてくれた……」

私は、なんとも言いがたい不安を感じた。恐怖に似た内的痙攣を覚え、黙って身動きもせずに羊皮紙を見つめた。

「あなたはどうしたいのです？」父は私に尋ねた。「あなたは生涯にわたって権限を付与されている。これは王権や司祭職と同じようなもので、もう誰もあなたからこの権限を奪い取ることはできない。今日《ムッシュー・ド・パリ》なのはあなたであって、私のほうは、もう何者でもない」

私は黙って座った。骨が軟化し、血は蒸発したように思われたからである。この必然性を前にして、私は諦め、父を抱擁した。

「よろしい、息子よ」私の手を握りながら、父は言った。「それでだが、我が子よ、もう髪粉はつけないようになさい。楽しみに浸るために変装していた間は、私は何も言わなかった。今日からは、アンリ、あなたは法に触れることになる。これまでは、私が父親であることをあなたが忘れたとしても、私は我慢できた。しかし、これからは、自分が誰であるかを忘れてはいけない……」

自分の言葉にさらに力を加えようとでもするように、父は私をじっと見つめ、恐るべき羊皮紙をよこすと、私を一人にした。

私は外出し、いつも整髪に行っている鬘師《かつらし》＊の店のほうへ向かった。その店は私たちの地区とは別の地区にあった。なぜその時まで私がそのようにしていたかという理由を理解するのは簡単である。

＊　この頃は、鬘師が理髪師を兼ねていた。

その店はサン＝ドゥニ街にあり、ロンバール街の角を少しすぎたあたり、シャトレ監獄側にあった。店を所有するヴィモンテルという鬘師は大評判を取っていたが、他の商売もしているのではないかと噂されていた。

大司教館に毎年賃貸料を払って経営していた木造の古い家は、ヴィモンテルが身分ある人々と秘密の取引をするのにうってつけだった。サン＝ドゥニ街に面して建っているこの小さな家には、お店、二階、三角形の屋根裏部屋しかなく、屋根裏部屋が入り口を雨から守るように迫《せ》り出していた。ヴィモンテル、その妻、徒弟たちがこの家に住んでいた。

しかし、結構奥行きのあるこの家の後ろには小さな中庭があり、店の奥の部屋から中庭に出られるようになっていた。

けっして陽がささない薄暗い中庭の奥に、やはり木造の小さな建物があった。回廊と黒人の頭のように黒い外階段を通って部屋に上がるようになっていた。張り出した軒桁、手摺、ドアは、小さな子供が怖がるような醜い像で飾られていた。

そして、この小さな中庭と古風な建物には、ロンバール街に出られる扉がついていた。

私がまだ世間知らずだった頃、ヴィモンテルのところに整髪にやって来た貴族たちが店の奥の部屋から出て行き、そのまま戻らなかったのをしょっちゅう目撃したものだった。また、ロンバール街の小さな扉からは、きっちりと閉ざされた駕籠《かご》がたくさん入って行くのを目撃した。ヴィモンテルの大評判と名声が何に由来するか、やがて見当がつくようになった。私も偶然に出くわしたどこかの貴婦人に気に入られる機会があったかもしれないが、それを実行するほど私はまめではなかった。まず第一に、私は長い間ゴーゴーと一緒で幸せだった。彼女と奇妙な別れ方をした後は、私はマルグリットを愛していた。

それに、私がロンバール街の小さな扉の秘密に通じるのを止めたのには、もっと大きな理由もあった。恐ろしい出来事が問題になっていたのである。コルベール氏の息子、セニュレ侯爵の忌むべき所行が噂になっていて、もう少しでヴィモンテルは父の手にかかるところだった。何人かの人物の密かな保護のおかげで、宮廷人の犯罪にやむなく巻き込まれた危険からヴィモンテルは救われた。

ロンバール街を通っていたとき、偶然、ヴィモンテルの神秘的扉に目が行った。扉が細めに開いているのに気づいた。そこで、気晴らしというよりは若者の好奇心で、思い切って通路に入り、店の奥の部屋にたどり着いた。そこには誰もいなかった。ヴィモンテルと妻は二人とも仕事に取りかかっていた。ずいぶんとたくさん客が来ていたから。店の中に入ろうとしたとき、明らかに私を話題にしている話し声が聞こえてきたので、どんなことを言っているのか知りたくなって、その場に留まった。

ガラス越しに店の内部を見ていたとき、後ろのほうで女性が歩くときと同じような物音がした。ロンバール街の秘密の扉が乱暴に閉められ、ドレスの衣擦れの音が静寂の中で響いた。それで、私は急いで振り向いたが、敏捷な見知らぬ女性を見極めるのには間に合わなかった。緑色のドレスの絹地が、上の部屋に導く階段の中で、音を立て、翻っていた。この古くさい螺旋階段の丸くて太い格子越しに可愛らしい足が見えたが、前日私はその足にすっかり見惚れたものだったので見紛いようもなく、見知らぬ女性はマルグリットに違いないと確信した。ドレスの布地は、お祭りの晴れ着用に彼女が用意したものだった。

私は突然血が騒ぎ、謎を突き止めようと決意して、薄暗い一画に座り込んだ。店の奥の部屋の上に中二階のようになっている小部屋があり、そこに当の女性が入るのが聞こえた気がした。やがて見知らぬ女性は鼻をかみ、ため息をつき、泣き、歩き、中庭側のガラス窓を開けに行き、戻って座った。

「今日の夕方四時に処刑がある……」と、服を着終わった商人が言った。「グレーヴ広場じゃ、窓の値段が上がっているだろう。*車裂きの刑にかけられることになっている悪党は、さんざん罪を犯したから、みんな死ぬのを見たがるだろう」

＊　この頃は公開処刑で、大勢の見物人が押し寄せる。広場に面して建っている建物の窓は特等席になるので値段が高い。

「奴をとっ捕まえるのに、ずいぶんと手間取った！」ヴィモンテルが声を張り上げた。「奴の仲間の商人たちや憲兵隊が奴をバーラールート*と名づけたのは伊達じゃない。奴のすばしっこいことといったら、ならず者めが！」

＊　「バラルート」という名を切って言うと、「街道を走り回る追い剝ぎ」という感じがよりよく出る。

「ところで」と貴族が尋ねた。「奴を自白させたのか？……　奴は仲間の名前を言ったのか？……」

「それがね、判事たちは無駄骨を折ったというわけさ」とヴィモンテルが言った。

「まだ、みんな終わったわけじゃない」と色黒の小男が応じた。

この人物は、その言い方で注意を引いた。大物ぶっていたが、確かに界隈で一目置かれているようだった。何か役職に就いていたためらしい。私は彼がシャトレ監獄にやって来るのを何度か見たことがあった。

「もし、あなた方が」男は付け加えた。「処刑台とラ・メルシー団員たちを見ると、あの連中がどんなに考えを変えるかご存じならね！　それに、奴は今日の午前にもまた特別拷問を受けると思うね……」
＊　ラ・メルシー団は囚人の贖罪を図る団体。十三世紀からフランス革命まで存続。
「それで思い出したけど」ヴィモンテルおばさんが隅っこのほうで言った。「この五、六日、褐色の髪の可愛い子が来ないねぇ、あの元気そうな若者よ。決闘でもやったか、誰かきれいなご婦人と田舎にしけこみでもしたのかねぇ……！　私には、あの青年は名うてのお嬢さんたらしに見えましたよ……。ジャン、だから彼の散髪ケープを百二十三番から出しなさい。その番号はヴェルプランさんにあげましょう」

ヴェルプラン氏というのは卸売商人で、半分ユダヤ人、半分ロンバルディア人、半分アラブ人で半分高利貸しといった人物だった。窓の値段の高さに最初に言及したのが彼である。

「どうもありがとう、ヴィモンテルおばさん」と彼は鬘師の妻に言った。「私は帰ります。というのも、ずいぶんたくさん窓を買ったので、ちょっとこれを片付けなければなりませんので。相場はすでに一席あたり六リーヴルになっている。もし、ここにおられるどなたかが席をお望みなら、応じられますが……。あなたは」と彼は色黒の小男に小声で尋ねた。「人出が多いと思いますか？」

「人出が多いか、ですって！…… 屋根が壊れるでしょうよ。* だって、処刑は執行人の息子によって行なわれるのですよ……」と忌々しいおしゃべり男は答えた。「美青年で、ゴーゴーという女が彼のために井戸に飛び込んだということです」

＊ 見物人が大勢詰めかける処刑の時には、建物の屋根に登って見物する人たちもいた。

「ゴーゴーだって！……」貴族が一撃食らったかのように応じた。

「いいえ！ そんな話は嘘っぱちよ。私は知ってるけど、執行人の息子は父親の跡は継ぎません」とヴィモンテルの妻が熱意をこめて叫び、それが私の好奇心をかき立てた。

「これは、また、面白いことを」と小男が引き取った。「私は昨日、任命書を彼に届けに行く執達吏に会いました」

この言葉は店中に響き、順番待ちの人たちの話し声の喧噪を圧倒した。すると、見知らぬ女性は急に中二階の部屋で歩き出し、お店に面している窓の近くにやって来た。真相を突き止めるこの好機を逃さず、私はすぐに店に入り、上を見上げた。しかし、私がたてた物音で、おそらくは、見知らぬ女性は急に後ろに身を仰反《のけぞ》らせたのだろう。というのも、私はせいぜいのところ、髪の上のところしか見られなかったから。でも、それは、マルグリットが普段つけている髪飾りだった。

「ああ、あなたですか、放蕩者！」ヴィモンテルの妻が私に言った。「さあ、こちらにいらっしゃい、私のいい人。――まあ、いったいどうしたのかしら？　決闘でもしたのかしら……。石鹸水よりも白い顔をして……。今朝は、なんて陰気なんでしょう。だけど、あなた、いったいどこから入ったの？」彼女は小声で私に尋ねた。

私は彼女の好奇心を呼び覚ますふうにウインクし、それから、彼女の腕をつかんで店の奥の部屋に連れて行った。

「さあ、言ってください、おばさん、あなたは髪をセットした女の子たちを上に待機させているのですか？」

「いいえ、違いますよ、私の息子ちゃん」彼女は秘密めかして答えた。「今朝着いたばかりの姪しかいません」

「それじゃぁ、ヴェルサイユの方ですか、姪御さんは？」

ヴィモンテルの妻は、この質問に顔を青ざめさせた。しかし、店が暗かったので、彼女は動揺を隠すことができ、私に答えた――

「彼女がどこから来たか、私が知ってるでしょうか？　若い娘にどこから来たか尋ねるのは、ツバメがどこに行くか知ろうとするのと同じよ」

「彼女に会いに上に行きます」と私は言った。

「それはダメです！……」私と階段の間に入って、老婦人は答えた。「旦那様、私の姪はおとなしくて貞節な娘です……。絶対ダメ！　むしろ、侯爵夫人か宮廷女性をお望みください。でも姪は……。姪はあなたを殺すでしょう」

この言葉が上にも聞こえたのだろう、中二階のドアの差し錠をかける音がした。たとえそれがマルグリットだとしても、私に逢うまいと彼女が決意したことを私は悟った。

「さあ、親愛なる叔母さん」笑いを装いながら私は言った。「急いで私の整髪をしてください、他の人たちよりも順番を先にしてください。だって、急いでいるのですもの。私はあなたの甥なので、とみんなに言ってください」

私はお店に入り、椅子に座ったが、椅子を日向ではなく、奥の部屋のガラス窓のほうに向けた。

「なんておかしな考えなんでしょう！」と鬘師の妻は叫んだ。

中二階のガラス窓のシャム更紗のカーテンが閉められた。

「あれはマルグリットだ！」と私は叫んだ。

家の女主人の手が震えているのを感じ、私は彼女を震え上がらせるように見つめた。というのも、何かよからぬ秘密があるのではないかと疑っていたからである。

「私たちを破滅させないでください」彼女は私の耳に囁いた。「もし、姉がムッシュー・ド・ヴェルサイユの妻だと世間に知れたら、私たちは破産するでしょう……」

これを聞いて、私は安心した。

「だけど、どうしてマルグリットはここにいるのです？……」

「わかりません」とヴィモンテルの妻は答えた。

彼女はいかにも悠然とした様子で話していたが、私をあまりにもしげしげと見始めたので、マルグリットが彼女に何か打ち明けたのだろうと思わないわけにはいかなかった。

「あの子は今朝こっそりとやって来ました」彼女は小声で続けた。「というのも、あの子の父親は厳格な人で、彼女の好きにさせるはずがありませんからね。父親は一日中、家を空けるのでしょう。それでも、彼女は今晩ヴェルサイユに戻ります。パリにやって来た目的については、私たちにけっして言おうとしないのです。どこで、あの子と知り合ったのですか？」

「あなたはずいぶんと大胆ですね、ヴィモンテルおばさん！」

彼女は黙った。

「あなたのきれいなブロンドの鬘をつけますか、それとも、髪粉だけにしますか？」

これから言おうとしていることを思って、私は思わず身を震わせた。マルグリットが私の答えに聞き耳を立てているように思われた。私がどう答えるか、その重大さを彼女は私とまったく同じくらいよくわかっていたし、ヴィモンテルの妻もそう思っているに違いないと私に思わせるような目付きをしているのが見て取れた。

「鬘も髪粉もいらない」と私は小声で答えた。「髪を梳《と》いて、平らにし、もし髪粉が残っていたら頭にブラシをかけてください」

「おや、まあ！」と彼女は陽気な声を上げたが、それは、見かけはまじめそうでも悪巧みの気配がする、年のいった女性特有の眼差しを私に投げかけながらであった。「これは、何かの変装ね。たぶん、あなたはバーラールートの車裂きの刑を見に行きたいのね」

整髪を終え、私は立ち上がった。ちょうどこの時、ヴィモンテルの妻と私は中二階から叫び声が聞こえてきたように思った。私は奥の部屋に飛んで行き、中二階に上がって、部屋のドアを強く揺すったが、きっちりと鍵がかかっていた。

「マルグリット、マルグリット！」

返事はなかった。

「ああ、お願いです、あなた、私のところで騒ぎをおこさないでください……」私の叫び声に恐れをなして、ヴィモンテルの妻が言った。

「わかった！　だけど、少なくとも、彼女が今もなお私を愛しているかどうかだけは知りたい」

「後ろに下がってください。私が中に入りましょう」

私はこの厳しい条件に従い、階段の最後から二番目の段に座りに行った。

ヴィモンテルの妻は、姪に、具合が悪いのかどうか、優しく尋ねた。

「叔母さん」彼女は息苦しそうな声で答え、その声を聞いて私は胸が張り裂けそうになった。「私は大丈夫です」

ヴィモンテルの妻はじっとしているように私に合図した。そして、恋人たちの苦しみに関心を持ってきた習慣に促されて、フルートにも似た声で言った。

「開けてちょうだい、私の子猫ちゃん、開けてちょうだい。あの人はもういません……」

マルグリットは、よく反響する階段に泣き声を響かせていたが、叔母を中に入れた。そして、老婦人は、私に上がってくるようにと言うかのように、手を動かした。私は、少しも音を立てずにドアの敷居のところに着いた。

「ああ、叔母さん、私の命なんてなんでしょう！　でも、彼を失うことは……、生き長らえたままで彼を失うなんてことは！……」

「落ち着きなさい、私のかわいこちゃん、そんな考えは、今に消えてしまいます。男は男よ……、年に三万リーヴルと言えば、たいていのことには目をつぶるものよ……」

しかし、泣きじゃくる声が、それは店の喧噪によってある程度は緩和されていたのだが、ヴィモンテルの妻の話を中断させた。

ドアは半開きのままだった。私は思いきってドアを少し押し、小さな部屋に身を滑り込ませた。マルグリットは、中庭に面した窓のそばに座り、私が通るのを窺っているようだった。彼女は振り向き、私を見て、叫び声を上げた。

「まあ、叔母さん、私をだましたのね！……」

私は彼女の足元にいたが、錯乱した私の様子が彼女を怖がらせた。彼女は手を額にやり、ハンカチを目に当てた。そして、突然、空を暗くしていた厚い雨雲に風が吹きつけたときのように、彼女の涙が乾き、静かな表情がついさっきまで青ざめていた顔に生気を取り戻させた。彼女は微笑み、ひたすら私の髪を愛撫し、すべてが忘れられた。

「あなたはまだ、私のアンリ……」と彼女は言った。

彼女は私の手を取り、口づけした。

「この手はまだ汚《けが》れを知らない……そして、この口づけは私のライバルたちの口づけをものともしない……」

「この子は頭がおかしくなってる……」ヴィモンテルの妻が言った。

「そうよ、私はおかしくなってる」マルグリットが答えた。「頭がおかしくなるくらい、彼に夢中なの。アンリ、中途半端に愛して何になるの？　男性には決まった運命がある……。あなたはあなたの道を進みなさい、私たちは二人して幸せになるでしょう……」

「だけど」私は、彼女の声の特別な調子、これほどに急な優しさに恐怖を感じて、言った。「私たちはまもなく結ばれる。君にとって、僕は変わったかい？……」

「いいえ、ちっとも」彼女は笑いながら言った。「いいえ、あなたはいつも同じ。そして、私もあなたにとってずうっと同じでありたいと思っている。もうすぐ、私たちはもう離れられなくなる……」

彼女は私の唇にキスをし、私は予期せぬ感動にとらわれたようになった。それからマルグリットは軽く飛び跳ね、姿を消した。彼女の叔母も私も、逃げるのを止める間もなかった。私は稲妻のような早さで階段を駆け降り、ロンバール街の扉にたどり着いた。彼女はそこから出て行ったに違いなかった。というのも、彼女のドレスの衣擦れの音が小さな中庭で反響するのが聞こえたからである。サン＝ドゥニ街の一角で彼女のドレスが翻っているのに私は気づいた。そこへ駆けつけたが、彼女の姿はなかった。どこを探せばいいのか？　逃げたのはフェロヌリ街か、クルタロン街か、ガスティーヌ広場か、サン＝ドゥニ街か、アポール＝パリのほうか、それとも、墓地のほうか？　至る所を走り回ったが、どこにも彼女の髪飾りも緑のドレスも見当たらなかった。

「あの子はいつも少しおかしかった」私ががっかりして戻ったとき、ヴィモンテルの妻が言った。

「この方がシャトレ監獄にやって来たのを見たことがあるような気がする」色黒の小男が私を指して言った。

「そんなところへは一度も行ったことがない！」私は勢い込んで叫んだ。

こんな嘘をついた後、私は急いで外に出、家路についた。

道すがら、私は様々な理由付けを行ない、マルグリットが私の決断を知ったのは非常によかったのだと自分に納得させようとした。明日になり、私が前の日よりも愛情深く、優しくなっているのを見れば、彼女の恐れも消えるだろうと私は期待した。

「結局のところ、あれは若い娘がよく考えることだ」と私は自分に言い聞かせ、私の心は彼女が恐れるすべてのことから解放された。

Ⅲ

家に帰ってみると、母が非常に不機嫌そうにしていた。仕立屋が私の仕事用の衣服をまだ持ってきていなかったのである。私は不適切な服装で人前に出る羽目になるかもしれなかった。

そうこうしているうちに、父の二人の助手の一人が仕立屋に様子見に行かされていたが、その助手が戻ってきて、遅くも一時間後には、赤褐色の内着とゆったりめの上着が届けられるだろうと確言した。

父には二人の助手がいた。今朝から、この男たちは必然的に私の公的生活の共犯者になった。そこで、私はこれまで以上の注意を払って二人を観察した。

年上のほうは「パシアンス」と呼ばれていた。厳《いか》つい容貌とは奇妙な対照をなす、優しく人間的な様子で、受刑者たちに「もう少しの辛抱《パシアンス》だ」と言う習慣があったところから、このあだ名がついた。背が高く、やせぎみ、神経質で非常に青白かった。

もう一人は「メルクルディ」という名前だった。小柄で太りぎみ、ずんぐりして、極端に陽気だった。彼はしばしば聖職者たちよりも上手に不幸な犯罪者たちを慰めるのに成功した。下層民や泥棒たちの間で一種の評判を獲得しさえした。

車裂きの刑にかけたある男の機転に父が驚いたことがあるのを私は覚えている。この街道筋の追い剝ぎは、「夜の紳士たち」と呼ばれる一味に属していたが、自分には非常に機知があることを処刑台の上で見せたがっていた。この男は、死ぬ直前に笑いながら言ったのである、メルクルディに会うときにはパシアンスを失う、と。つまり、処刑台の上では辛抱《しんぼう》しきれなくなる、と名前にかけたしゃれを言ったのであった。

一方、二人の助手たちのほうでは、朝から一種の好奇心を持って私を見ていた。私は彼らの主人になるわけだが、果たして私に父の代わりが務まるものだろうかと思っているようだった。彼らが密かに私に抱いていたこうした関心に、私はショックを受けた。彼らは私に敬意を示すために、いちばん清潔な服を着ていた。私は後に彼らの心配の理由《わけ》を知った。彼らのことを見ないようにするため、彼らが私のためにしてくれようとしている作業のことを考えないようにするため、私は彼らに倣って、母が食器を並べる手伝いをした。十一時で、昼食の時が近づいていた。

「あらあら、アンリ、あなた何をしてるの？」と母が言った。「さあさあ、静かに座っていなさい。処刑の日は、あなたのお父さんは静かにしていましたよ」

「そうですよ、アンリさん、自分の身をいたわらなくっちゃ……」メルクルディが言った。「とくにあなたは、今日が仕事初めなんですから」

「それじゃぁ、私たちにごちそうしてくれるんですか？……」と私は母に尋ねた。

実際、テーブルクロスは真っ白だった。そして、台所からはおいしそうなローストの匂いがした。

「どうお、意外ですか？……　あなたは今日初めて職務に就くのでしょう？……　何があなたを苦しめているのか、なぜあなたはそんなに悲しそうにしているのか、私にはわからない。あなたは一生、食べるのに困らない。あなたの弟のジャックがボルドーかリヨンにいい職を見つけてくれればいいと私は思っています……。でも、ジャックはまだその年齢に達していないし、それに、陰謀屋もたくさんいます……。ムランの職には三十人の希望者がいたとお父さんが言っていました」

この時、玄関でノックする音がした。パシアンスが応対に出てみると、……公爵の使い走りの少年だった。

「どうしたんだ、おまえ？」とメルクルディが聞いた。

「はい、閣下が左の腿全体をリューマチにやられました。ところが、医者たちにはどうにもできませんので、執事がお宅の膏薬でマッサージするように閣下に勧めたのです……。その軟膏をいただきにまいりました」と秘密めかして付け加えた。

パシアンスがもったいぶった様子で台所に行ったが、すぐに戻ってきて、母に次のように言っているのが聞こえた――

「奥様、間が悪いことに、フライ用の油壺が空《から》です……」

「なあ、おまえ、おまえ」すべてを察したメルクルディが使いの少年に言った。「もし倍払うと言うのなら、おまえは新鮮な油を手に入れられる。それを生暖かく保てば……、おまえのご主人様は治る……」

少年が十枚ほどの金貨を見せたので、メルクルディは台所に飛んで行き、焼いているガチョウの下から取った油でいっぱいの小さな壺を持って戻ってきた。

妙薬を手に入れた少年は、われわれが食人種だと想像して、恐れおののいて帰って行った。

「あなたには本当に献身的な人たちがいます」二人の助手を私に示しながら母が言った。「そして、誠実なことといったら！　あの人たちは子供からは一銭だって取りはしない」

「これが、かの有名な商売の一分野だ！……」メルクルディが大笑いしながら叫んだ。「絞首刑になった人間の油を信じるほどに馬鹿な人たちがいるとはね！……　でも、閣下の執事は、耳の病気が治ったのはわれわれの油のおかげだと思っている」

「われわれの軟膏で五千エキュ*もうかった年があった。われわれの貯金箱には二百エキュ入っていたものだ」とパシアンスが言った。「覚えているかい、メルクルディ？……」

＊　一エキュは三リーヴル。フランス革命前後の頃は、一リーヴルは現在の日本円にして約千円ということは前に述べたが、リーヴルの価値は時代によって異なる。一リーヴル金貨に含まれる金の含有量が違うからである。この「アンリ・サンソンの手稿」の時代背景になっているのは太陽王ルイ十四世の時代だということも前に述べたが、太陽王の時代の一リーヴルは、革命前後の時代よりも数倍価値が高かった。したがって、五千エキュは、現在の日本円にして億を超える金額だったかもしれない。

「あれは伝染病の年だった。人が蠅のように死んだものだった……。俺があのときのことを覚えているか、だって？……　当たり前だろう！　なんてことを考えるんだ……。軟膏の効用を信じたために助かった人が三十人以上もいたもんさ……。あなたの最初のお仕事で不都合なのは、アンリさん」私に話しかけながら彼は言った。「死体が手に入らないことです……。車裂きの刑の時は、死体よ、さようならです……。絞首刑だったら、あの元気者から、あなたは少なくとも三百リーヴル得られたでしょうし、われわれは十エキュの酒手を得られたでしょう。なんせ、あれは大した男です！…… あのような男を解剖すれば、いろいろなことがわかって有益ですよ……。われわれは二週間前に奴を拷問にかけました。ああ！ 奴は本当に苦痛によく耐える男です……」

「肉屋さんに行って脂身をたっぷり仕入れるのを忘れないように……」と二人に母が言った。「あなた方の新しいご主人はお金を貯める必要がありますからね……」

「お父さんはいったいどこですか？」と私は母に尋ねた。

「あなたのお父さん？…… いい質問！…… 庭でチューリップの世話をしています。お父さんは頭が少しおかしくなっています。今朝から庭いじりばかりしている。あなたの弟妹《きょうだい》のおかげで苛々しているでしょうよ。だって、あの二人はいつも花壇を走り回っているもの」

私が家の脇にある庭に入ると、嬉しそうな叫び声が聞こえた。みんなの顔に浮かんでいる喜びの表情を見て、私は自分が非難されているような気がした。

「いったい、どうしたんです、お父さん？」父が手をすりあわせているのを見て私は尋ねた。

「ああ、アンリ、来なさい、ご覧なさい……。あそこにあるチューリップはアムステルダムなら千エキュで売れるだろう。* きれいだろう？…… 今朝咲いたんだ。何という色だ！…… こうした色合のチューリップはどんな愛好家のところに絶対ないはずだ。コーマルタン氏なら、一時間も座って眺めるだろうよ。ご覧よ……、黄色の点々によって分けられた、この褐色と赤はすばらしいじゃないか。そして、この金地、この色彩、このオレンジの線、何という傑作だ！ 生きた工芸品だ！

……だけど、これで全部じゃない。ここに咲いたばかりのキンポウゲの花が七つある。背を向けてバラを掘り起こしている間に咲いたんだ。なんてきれいなんだ！……まったく、花というものは美しいものだ。なあ、アンリ、私がこれほど幸せなことはないと思うのは、この子たちが叫び声を上げるのを聞くとき、この子たちが蝶の後を追いかけるのを見るとき、そして、同時にこの一群の花々全体を眺め渡すときだ。みんな被造物だからな……。それに、この庭は何といい香りがすることだろう。ここでは、心静かでいられる……。ああ、このアヤメの周りに悪い雑草が生えている。こん畜生め！……」

＊一六三〇年代にオランダで「チューリップバブル」と呼ばれる現象があった。チューリップがとんでもない値段で取引されたのである。「チューリップバブル」はほどなくしてはじけたが、その記憶は残っていた。

「それは処刑です……」父が雑草を引き抜いたとき、私は言った。

「お黙りなさい！……」と父は答えた。「ここでは、われわれの職業を思い出させることはいっさい言ってはいけない。ここでは、私は空の下におり、木々と花々に取り囲まれ、静謐と平和の中にある。私とあなたの母親は自然の中に帰っている……」

「パパ、きれいな小鳥！……」ジャックが捕まえたナイチンゲールを見せに来ながら、妹が叫んだ。

「とてもきれいだ……」小鳥を受け取り、それを空に放ちながら、父が言った。「もう一度、小鳥を捕まえに木立の巣に行ったりしたら！……」ジャックを厳しい目でにらみながら、父が叫んだ。

「人が巣に触ると、母鳥はもう巣に戻らない。小鳥たちがいなくなったら、私は絶望するだろう。

小鳥の歌声は、朝に聞ける、最も美しい音楽だ。小鳥たちは私たちの友達だ……。小鳥たちは、ここでは怖がらずに散歩できる。冬には穀物の餌をやり、むこうも私に親しむ……。私の歳になれば、アンリ、あなたも鳥たちを愛するようになるだろう。とくに、ほら、あそこ、いちばん手前の菩提樹のところに小さなアトリがいる……。あの小鳥の音楽には、地獄行きの人間でさえも慰められるだろう」

私は、我にもあらず身を震わせた。というのは、これほど単純に言い表わされた思いは、父の心の中にある秘密の感情を明かしていたからである。人々から切り離されていると感じるときに味わう悲しみを、これ以上に強く表現するようなことは父はこれまで言ったことがなかった。父が私の年頃に強く感じたに違いない苦しみを思い出したのは、おそらく、職務を離れたからなのだろう。

私たちは、四人で黙って歩いていた。弟と妹が私たちの前を歩いていた。ジャックは手に棒を持っていた。私たちは花壇に沿って歩いていたのだが、ジャックは花壇の端に大きな芥子の花を見つけ、その年頃の子供たちの習慣に従って、花を叩き落とした。父はジャックの肩を乱暴に揺さぶった。

「今度、私の花を落とすのを見たら」父は怒って叫んだ。「二週間、パンと水だけだ。素質があるのかも知れない、この悪ガキは……」父はぶつぶつとつぶやいた。

この時、母が庭の入り口のところに姿を現わし、私たちに来るように合図した。

「服が届いていますし、昼食の用意もできています」

「そろそろ準備に取りかかるとするか」と父が私に言った。

私は服を試着した。

「すばらしく似合っているじゃないか、アンリ、王子様のようだ！」

こう言い終えると、父は私に深い眼差しを投げかけたが、それが私を震えさせた。というのは、私がいろいろ考えて苦しんだことを父は見抜いていると思われたからである。マルグリットの傍を離れて以来、彼女の様子、彼女が言ったことを思い出して、私はずうっと恐怖を感じていた。

「さあ、食卓についた、ついた！」父が大声で言った。

私は立ったままでいた。

「どうしたの、アンリ？……」と母が言った。

「おなかがすいていないんだ」私は答えた。「なぜかわからないけど、今日は何も食べたくない」

「好きになさい、ムッシュー・ド・パリ」父は言った。「だけど、受刑者たちのために感受性を使い果たすなら、あなたの家族、妻、子供たちのために、何が残るのです？……　外科医が病人の足を切断しに行くために食事を中断するのを、あなたは一度も見たことがないのですか？　大砲のように腹一杯詰めこんだ医者が、瀕死の人の病床に投薬しに行くため、胃の上で脱脂綿を燃やすために、デザートのところで立ち上がって眉一つ動かさないのを一度も見たことがないのですか？　それは患者のためだ、と医者たちは言う。それでも患者たちは大声でわめき、切断手術を受けた者たちは足を失う……。そうなんだ、われわれは社会の外科医なんだ……。それだけのことさ」

私は立ったまま暖炉に寄りかかっていた。この陽気な部屋の光景を眺めていた。私たちの普段の暮らしぶりと、私たちが役者となる恐ろしい舞台との対比を、これほど強く感じたことはかつてなかった。父はテーブルの端に一人で座っていた。母は右手の長椅子の最初の位置を占め、私は左手の長椅子の最初のところに座っていた。妹は母の横に、弟は私の傍に座っていた。家族と使用人との間はかなり空いていた。メルクルディとパシアンスは左側に、従僕と料理人の女は右側に座っていた。この時、マルグリットの思い出が心に優しい思いをよみがえらせ、私はこの光景に何かしら家父長的な穏やかさを見出した。父が「食前の祈り」を唱え終わったところだった。各人がその場に跪き、神に祈った。それからみんなふたたびテーブルについた。食べて、飲んで、みんなで親しく話をし、父がガチョウを切り分けた。私が鉄の棒で人を打ち砕くことになっていることなど、誰も考えていないようだった。「マルグリットは正しい」と私の若い良心は思うのであった。「こんな生活は受け入れるべきではないのだ」

揺り動かされていた感情をコントロールできずに、私は父の考えに次のように反論した――

「ですが、もし、ある人間があまりにも感受性がありすぎて、社会の外科医に課された激務に耐えられないとしたら？……　刑罰は犯罪人で終わりますが、車裂きの刑、絞首刑、斬首刑を執行する善行の人もまた犠牲者なのだということを、人々が考えてくれたことがあったでしょうか？　この犠牲者には、自分が与える死のすべての結果が降りかかるのです」

父は何も答えず、私に深い眼差しを投げかけた。

二人の助手は、まるで私が中国語で話したかのような様子で私を眺めていた。

この時、誰かがかなり荒々しくドアをノックした。料理人の女がドアを開けに行き、シャトレ監獄の執達吏を招き入れた。執達吏は、私が監獄に赴くべき旨の命令書を持ってきた。刑の執行前に犯罪人を拷問にかける命令が下されていた。最後の試みを行なおうというのであった。執達吏がわれわれに語ったところからすると、シャラントン施療院*に収容されている者たちの中にバーラールトの共犯者がいるのではないか、ということらしかった。裁判官たちは、彼が生きている限りは新事実を得ようとしていた。

＊ シャラントン施療院は一六四一年に貧民救済病院としてスタートしたが、その後、精神病院になり、思想犯など、国家が危険人物とみなした者も収容されるようになっていた。この物語から百年ほど後のことだが、かのサド侯爵もここに収容され、ここで死亡した。

「われわれと一緒に一杯やって、一口召し上がったらいかがですか、クラポーさん？」父が執達吏に言った。「これはムッシュー・ド・ディジョンから送られてきたブルゴーニュワインです。そうですとも！　アンリが職務に就くんです……。おかけなさい、そして、私が息子に指示を与えている間に、一杯やってください。それほどお急ぎでもないでしょうから」

「でも、ノンクレール氏は、私が使いに出るときには、食卓についていて、デザートにかかっていました。ですから、それほど時間があるわけではありません」

「そんなこともないでしょう。デザートには思いのほか時間をかけるものです」

執達吏がテーブルにつくと、父は私についてくるように合図した。

父は、私が一度も入ったことがない部屋へと連れて行った。念入りにドアを閉め、私を黙って見つめた。父は厳粛な様子をしていた。私は拷問器具、こう言ってよければ、われわれの職業が必要とするすべての道具があるのに気づいた。

「アンリ」父が語り始めた。「あなたは、今日、初めて公《おおやけ》の場に出る。名誉ある振る舞いをし、第一歩から過ちを犯すことがないように気をつけなさい。よく聞きなさい、我が子よ……。私は若かったし、意気阻喪させる思い、迷いがあった。しかし、まもなく、私は自分を、犯罪人を罰するために神様が使う道具だと考えるようになった。われわれは大変に高度な作業を行なうのだ。なぜなら、人間の命を絶ち切るのは、神の権限によっているからだ。他の言い方をすれば、あなたは王だ。なぜなら、処刑台の上のあなたは、玉座にある国王と同じだからだ。つまり、あなたは社会全体を代表している……。要するに、裁判官たちはあなたに依拠している、ということだ。私自身、今ではあなたの保護下にあるのだよ、アンリ。あなたがなければ、もはや王国もないのだからな。また、あなたは品位と良心を持たなければならない。犯罪人が罪を悔いているときには、私はいつでもすぐにとどめの一撃を加える配慮をした。苦痛を感じる間もなくただちに死に至らしめるように、棒で首に一撃を加えるやり方がある。あとはもう、民衆のための見世物だ。今日、あなたは車裂きの刑を執行しなければならないが、どうするのが適切かは、いずれわかるだろう。処刑台に上ったら、断固たる態度を保持しなさい、誰のことも見てはならない、怖じ気づいてはならない。もし、あなたが受刑者の叫び声を聞く勇気がないと感じるのなら、耳に蠟を詰めなさい。私が初めて車裂きの刑を執行しなければならなかったときに、大変役立った方法だ」

それから父は鉄の棒を手に取った。そして、一種の敬意の念をこめて、それを私に示しながら、「これが我が家に伝わる棒だ……」と父は言った。「このことを思いなさい、アンリ。この棒には汚《け》れ《が》がない。立派にこれを使いこなしなさい。この棒のように強く、この棒のように無感覚になりなさい……、処刑台の上では。その後では……、われわれはまた普通の人間に戻るのだから」

父は私を見つめた。涙が彼の目を濡らした。悔しそうにそれをぬぐった。

「ともかくも、われわれは血も涙もない虎ではない」

この言葉が私の全身の筋肉を弛緩させた。私は父の腕の中に飛び込んだ。私たちは理解しあった、と感じたからである。そして、私たちは抱きしめあった。

「勇気を出すんだ」父は言った。「そして、私のように若い女性を火炙りの刑にかける羽目にならないよう、神があなたを守ってくれますように……」

それから、話題を変え、幅の広い三日月刀に私の注意を向けた。

「このサーベルは、身分の高い人々の斬首刑に使用されるものだ。ビロン元帥、ラ・モール伯爵、ココナス氏、マリヤック元帥、シャレー大公の首を刎ね、私もモンモランシー家のブートヴィル侯爵のためにこれを使った。アンリ、われわれが目隠しをする権利があるのは、国家反逆罪で断罪された貴族たちに対してだけだ、ということをよく覚えておきなさい。というのも、他の罪の場合は、貴族たちには目隠しなしで斬首刑を受ける権利があるからだ。われわれの職業では、斬首刑がいちばん難しい。だから、そのような事態が予測されるときは、羊で練習を重ねるのがよい。そして、もしあなたが羊の頭を十分すみやかに落とせるようになったなら、貴族たちの刑の執行もうまくできると確信してよい。これが」と話を続けながら、父は言った。「鉛を溶かすのに使うスプーン、こっちは、真っ赤に灼熱させるヤットコ……。あそこにあるのが、焼き鏝の百合の花だ。そして、この手書きの文書にはわれわれの身分に関する法的規定と慣例が記されている。この上もなく難しい場合も想定されている。すべてに備えがなされている……。これはあなたが継ぐべき遺産なのだよ、アンリ……。それに、私はあなたによく仕込んだ二人の人間を残している。パシアンスとメルクルディは、猿のように巧妙で、狐のように知恵がまわる」

父がこう言い終えたとき、二人の助手が部屋に入ってきた。二人は父を訳《わけ》ありげに見つめ、父が合図すると、私が犯罪者の車裂きの刑執行に使う棒をメルクルディが脇下に抱えた。

「それでだが」父が二人に言った。「ほんの少しの合図ですべてがうまく行くように、そして、息子が初仕事で何かヘマをしたりしないように見守ってくれるよう、くれぐれも頼む」

二人の助手は、非常に意味ありげに首を振った。

私たちが食堂に戻ると、執達吏がグラスを掲げて言った――

「さあ、新しい執行人のために乾杯しましょう！」

助手、執達吏、弟、妹、母、みんながグラスをかちんと合わせ、父がワインを一杯飲み干すように私に強制したが、その味は苦かった。

「一杯飲まなければならん、アンリ、そうすれば気力が出る」

「パシアンス、彼は父親並みになるだろうよ……」とメルクルディが同僚の耳元で言った。

「父親並みになること……」メルクルディは小声で続けた。「棒をこんなふうに操っていた人間と同じようになること……」

彼は右手をすばらしく器用に動かしながら言い終え、ため息をついた。

「俺はそれを願っているよ……」と付け加えた。

「さあ、出かけましょう」執達吏が叫んだ。「われわれは思いどおりには歩けないでしょうからね。シャトレ監獄のあたりはすでに大混雑で、もうペルティエ岸は通れません……」

「さあ、アンリ!……」と父が言った。

「私は心配でたまらない!……」母が叫んだ。「ああ!　この子が無事に帰ってくるのを見たいものだわ。何事も起こらなきゃいいんだけど」

母は、常にない優しさをこめて私を抱擁した。

私たち、執達吏、メルクルディ、パシアンス、そして私は出かけた。途中、私は足が震え、声がおかしくなっているのを悟られるのが怖くて、話ができなかった。

サン゠ドゥニ街の端に着くと、あまりにもたくさんの群衆が詰めかけていたので、私たちはもう前に進めなかった。下層の民衆が波のように行ったり来たりしていた。人々は波打っていた。それを見て、パシアンスが私と執達吏の前に出た。そして、死をもたらす棒をよく見えるように掲げ、当たったら怖いと思わせるようなやり方で、頭の上で棒をぐるぐると回した。

「執行人に道を空けろ！……」雷のような声で彼は叫んだ。

荒々しく興奮していた群衆が、突然、奇跡でも起こったかのように、二つに割れた。

「奴らを殺しちゃだめだぞ」メルクルディが彼に言った。「このろくでもない連中は値以上の代価を払わせようとするだろうからな……」

「あー、あー！　あれがメルクルディだ！……」というざわめき声が上がった。

「こんにちは、諸君。どうやら、われわれのお客さんがいるようだ」

やがて人々は私に気づき、ひしめき恐れる二つの人垣の間にできた道を通って、私はシャトレ監獄の門にたどり着くことができた。行くところどこでも、私は怖々《こわごわ》とした沈黙に迎えられた。あえて言うなら、恐怖は一つの権力だと私は感じた。恐怖には尊厳さがある。私は、ほんの一瞬、驕りを抱いた。私は君臨していたのである。

Ⅳ

群衆のせいで、われわれは「藁くず連中」の中庭と呼ばれる場所からシャトレ監獄に入らざるを得なかった。そこは、借金のため留置され、自費独房代が払えない者たちが収容される場所だった。

彼らは、ベッド代わりに藁が敷かれた小さな掘っ立て小屋で寝泊まりしていた。私は、この時まで、この恐るべき光景を名称でしか知らなかった。*

＊ 一般的に言えば、借金で収監された者たちは犯罪者よりも待遇がよかった。借金を払いさえすれば、ただちに釈放され、それなりの資力と才覚のある者たちは、その後もそれなりの社会的地位を保持して生活できた。そういう〝恵まれた囚人〟は監獄内でも有料の独房で暮らしていた。借金を返済する目途が立たない者たちは、以下に描かれているような悲惨な境遇になった。

われわれがそこに数歩足を踏み入れたとき、私はひどい悪臭で息が詰まりそうになった。それは小さな四角い中庭が発散する悪臭で、中庭に面して掘っ立て小屋が建ち並び、不幸な人たちが中庭を散歩していた。全員がぼろをまとい、不潔で、嫌悪を催させ、貧困に印づけられていた。地獄でもこれほどひどい光景は見られまい。やつれて青白く、全員が情念の印を帯び、自由への欲求に苛まれ、無為にさまようこれらの人々は、人類には属していないように思われた。

これらの不幸な人々には、ある種の並外れた陽気さがあった。ある者たちはさいころ遊びをし、他の者たちは取っ組み合いをし、またある者たちは何かを食べていた。しかし、猛獣と同じように、彼らには研ぎ澄まされた驚くべき勘が備わっていて、普段暮らしている広大な石の檻の中に何か常ならざることが起こると、それをすべて察知した。そういうわけで、われわれが姿を現わすやいなや、執達吏と私の名前がこだまのように繰り返された。しかし、それが非常に粗野でばらばらな調子だったので、私は嫌悪で体が震えた。悪魔のような顔つきの人たちが幽霊のように一斉に立ち上がり、波のような動きでわれわれのほうに迫ってきた。私は急いで執達吏の後に続いた。執達吏は、この陰気な一群の人々の中に地獄行きの人物を一人ならず認め、その連中の短刀と復讐を恐れ、素早く小門に到達した。われわれはやっと牢獄管理人のところに着いたのであった。

「あら、あら、あなたですか、アンリさん？」牢獄管理人の娘が言った。「あなたがお父様の代りを務めるということを、今朝知りました。それでは、もう決まったことなのですね？……」

私は悲しい気持ちで頭を垂れた。

「おお、私にとってなんて嬉しいことでしょう！」娘は続けて言った。「だって、そうなれば、私たちはもっと頻繁に会えるようになるじゃありませんか、そうでしょう？……」

礼儀正しいとは言いがたい、問いかけの無邪気な調子に、私は驚いた。私がシャトレにやって来るときには、それはかなり稀なことだったが、牢獄管理人の娘と笑い、冗談を言い、子供に対するように接していたものだった。ところが、知らないうちに彼女は大きくなっていた。それで、私はこれまで以上に念入りに彼女を見た。

カトリーヌという名前のこの若い娘から私がまず最初に感じたのは、愛想がよくて陽気な様子、軽率さと同時に親しみにも満ちたフランス的率直さだった。無意識的に、私は彼女とマルグリットを比較した。一方については、ヴェルサイユの壮麗さの中にあって陰鬱で心配そうな姿が思い浮かんだ。他方は、シャトレ監獄の悲惨さの中で、にこやかで、愛にあふれていると言ってよかった。

カトリーヌはスタイルがよく、すらりとし、色白で、可愛らしかった。目は、大きくはないが、何かしらいたずらっぽさがあった。この身分の娘にしては、すばらしい装いをしていた。とくに、とてもいい靴を履いていた。私が彼女の足が小さいことに驚いて眺めていると、

「こんなふうにいい靴を履いているのは、これからダンスのレッスンを受けるからなの。お父さんはとても優しいの。何もダメとは言わない。クラヴサンだって、弾けるのよ。あなたに会わなくなってから、進歩したわ。すらすら読めるし、やっと書けるようにもなった。デッサンもかなり上達し、囚人の横顔を書けるようになったわ……」

こうした話は、打ち明け話のように語られた。話は告白のように次々に続いた。しかし、謎めいたことは何もなかった。というのも、民衆階層のこの娘には、誠実さ、信頼感があったからであり、その無頓着さは慎み深さを損なうものではなかった。

こうした努力はすべて私に気に入られるためになされたということをわざわざ言う必要はなかった。なぜなら、表情、身振り、言い方、嬉しそうな様子に密かな思いが表われていたからである。私が黙って見つめていることに気づくと、彼女はそっけない態度になって目を伏せたが、そこにはわざとらしさはまったくなかった。彼女が自由に話し、本当のことしか言っていないことが見て取れた。そして、目が合ったときに彼女の頬がさっと赤くなった意味がわからないというのであれば、よほどの愚か者でなければならないだろう。彼女は黙り、小型ヴァイオリンを調律していた、きちんとした身なりのやせた小男のほうを振り向いた。

この時、シャトレ監獄管理人、ヴァドゥブ父さんが姿を現わした。

「やあ、やあ、やっと来ましたな、おまえさん！」親愛の情をこめて私の手を叩きながら彼は言った。「それで、あんたは今日職務に就くのですな！　おめでとう。あんたはとてつもない地位を手にしたわけだ。王国中でいちばんすばらしい職務だ。わしはどうしてあんたのお父さんが、あんたのお父さんはわしの昔の同級生だ、というのも、わしはストラスブールでは九歳だったからな、このわしがだ！……　わしはあんたのお父さんがどうして職務を離れる決意をしたのか、わからん。あんたは、金をたっぷり貯め込むことになるんだ！……　あんたのお父さんは年にだいたい二万五千から三万リーヴル稼いでいたこと、間違いない。死体があれほど高く売れたことはなかった。あの連中の一人が死ねば」彼は藁くず連中の中庭をなんとも言いがたい呑気な様子で指し示した。「今でも」と彼は言った。「医学生たちに百五十、二百リーヴルで売れる……。なにしろ、解剖が大流行だからな！……　かてて加えて、高等法院が二人の生徒を墓を暴いた罪で断罪した……。この判例はわれわれにひと財産もたらすぞ、おまえさん……、ほんのちょっとした死体でも、百エキュで売れるだろう。――カトリーヌをどう思います？……」急に話題を変え、彼は私に尋ねた。

「魅力的だと……」

「ああ、そうかい、その調子で行ってくれ！……」

そして、彼は私の腕を取った。

「おまえさんの男はメルクルディとパジアンスの手の中にあり、彼らが段取りをつけている。二人とも甘いことを考えている。ノンクレール氏はまだ来ていない」

「なんて気位が高いんでしょう、アンリさんは!……」カトリーヌが非難するように言った。「口が縫い付けられているんだと思うわ」

「おまえのお母さんは病気だ……」ヴァドゥブ父さんが言った。「お母さんは床についたところだ。おまえは今日はレッスン無しだ……。お引き取りください、ラフロットさん……」

この名前を聞いて、私は男を見た。自分の技術に非常に自惚れているので、相手が疫病神であろうと悪魔であろうと死神であろうと、かまわず技術を伝授するだろうということは、一目で見て取れた。

「あら、どうして彼を追い返すのよ? 私はシューズを履いています。私たちを記録保存室に行かせてくれない?……」

「行きなさい」とヴァドゥブ父さんは言った。

「さようならは言わないわ、アンリさん!……」私をあだっぽい様子で見、バレリーナふうにちょっとかがんで挨拶しながら、カトリーヌが叫んだ。

「あの子はなんて可愛いんだ!」父親が叫んだ。「信じられるかい、アンリ、わしが娘に十万リーヴルの持参金をつけると聞いて、シャトレのある検事と徴税事務所の筆頭事務官が、娘を嫁に欲しいと言ってきおった……。なんとおぞましいこった! 奴らは娘と結婚して、あとは放っておくつもりだ……。わしはカトリーヌに幸せになってほしいんじゃ。彼女を軽蔑しない男を旦那にしてほしいんじゃ。娘婿と一杯やりたいんじゃ、わしは……。あの黒服の連中は、四分の一エキュのために地獄にだって親しむだろうよ。奴らはわしの金庫の匂いを嗅ぎつけとるんじゃ。そうさ、アンリ、わしの地位はおまえさんと同等だ……。――おー、おー、お静かに！」外を眺めた後で彼は言った。「ノンクレール氏と書記官がやって来た。さあ、部署に着きなさい、あんた。拷問部屋は記録保存室の隣だ。行きなさい……」

ノンクレール氏が書記と一緒に現われた。私は彼の後につき、私たちは三人して運命の部屋のほうへ行った。その部屋で私は職務を開始することになっていた。ガラス窓には覆いがついていた。野次馬が牢獄のどこにいようとも、この恐るべき部屋の秘密が見られないようにするためである。窓の上部から入る弱い光が、受刑者がいる場所に落ちていた。パシアンスとメルクルディがすでに囚人を拷問台の上に据えていた。

囚人はかなりの美男で、まだ若かった。私には三十二歳以上には見えなかった。肌は白く、なめらかで、最下層の民衆出身ではなく、いい家の出であるようだった。この頃は、そういうことも珍しいことではなかった。顔は憂愁の表情によって特徴づけられ、それが私に強い印象を与えた。非常に美しい黒い髪をしていた。誇り高く、燃えるような目が、われわれに冷笑的な視線を投げかけていた。冷静だった。しかし、彼の目が楔《くさび》、ハンマー、あるいは、樫の板にすでに挟まれていた自分の足に落ちたとき、侮蔑の笑いを浮かべていた。私は、これほど美しく、これほど力強い容貌を、かつて見たことがなかった。それはまさしくリーダーの相貌だった……。彼はわれわれに命令を下したがっているように見えた。

彼の正面に緑の机があり、書記がそこに座りに行った。ノンクレール氏は立ったままで、行ったり来たりしていた。メルクルディは身動きせず、腕を組んで窓の傍に控え、ちょっとした合図で私の手助けをする用意ができていた。私は彼の近くにいたので、彼は私の肘を押し、私は彼を見た。彼は私に犯罪者を指し示した。

「どうです、奴は四十ピストールの値打ちがあるでしょうね……。奴に白状するようにお言いなさい、車裂きの刑にかけられないですむ、と……。そうなれば……」

私は、メルクルディに計算を止めるように目で言った。

書記が型どおりの調書を作成している間、ノンクレール氏は室内を二、三周した。それから、彼は以下のような事項を口述筆記させた。

次いで、われわれはシャトレ監獄に出向き、ジョゼフ・ピトルッチ、通称バーラールート、元ロワイヤル＝モンフェラ連隊精鋭部隊歩兵を出頭せしめた。次いで、当受刑者に共犯者を申告するよう命じた後に、その拒否に基づき、われわれは当受刑者をただちに高度作業執行人による問い質し*に付せしめた。

* 裁判所は拷問を「問い質し」と呼んでいた。

「さあ、やりなさい！……」と彼は冷然と私に言った。

私は驚いてこの司法官の厳しい顔を見た。もともとの冷酷な性格が、おそらく、こうした場面に慣れてさらに冷酷になったのだろう。

「私もこんなふうになるのだろうか……」と私は思った。

「何を待っているのです?……」彼は私を見ながら急《せ》き立てた。

隣の部屋でラフロットがか細いけれども鋭い声で次のように言っているのが容易に聞き取れた

――

「かがんで、起き上がって。かがんで、起き上がって。よろしい、もう少し低くかがんで、優雅に。起き上がって、膝の裏側をもう少しなめらかにして」

私はハンマーを手に取り、最初のいくつかの楔《くさび》を力一杯打ち込んだ。それは犯罪人の足と腕を弱めに締め付けるものだった。板が彼の足と腕をより強く締め付けるにつれて、皮膚が赤くなり、ぎらぎらしてきた目と雪花石膏《せっかせっこう》の白さを帯びた額から判断するに、極度の緊張状態が必然的に起こった。彼は苦痛とは別のことを考えているように見えた。

しかしながら、判事の命令により、私が大きな楔を打ち込む段になって、バーラールートは合図をした。私は作業を中断し、判事が近寄ってきた。

「あー、あー! 話す気になりましたか?……」と判事が言った。

「はい、判事さん!」

判事、書記、そして私の三人はピトルッチの周りを取り囲んだ。彼は頭を上げ、判事を見て微笑み、そして言った。

「私は、ただこの青年に頼みかかっただけです」彼は私を指し示した。「壁の向こう側でヴァイオリンを弾いている人と調子を合わせて楔を打ち込んでくれるように、と。お許しください、私はイタリア人ですので、耳に障るのです……」

その時、私は実際に小型ヴァイオリンの音を聞いた。それまでは、ハンマーの打撃音がヴァイオリンの音を打ち消していた。私は、我にもなく、この男の感覚の鋭さに感嘆した。というのも、われわれの誰もラフロットの小型ヴァイオリンの甲高《かんだか》い音を聞き分けられなかったからである。

「カトリーヌさんに踊るのを止めるように言いに行きましょう……」

「なぜです？……」ノンクレール氏が言った。「それが受刑者にとって支障がないなら……」

「逆です」判事の言葉を遮って彼は言った。「私には楽しいんです。あの子は食べてしまいたいほど可愛い！……　あの子の歌声は、とても陽気で透き通っているので、私はしょっちゅう慰められました。ですので、もし判事様が反対なさらないのなら、私の魂のために定期的にミサをあげるという条件で、あの子にちょっとした贈与をしたい……」

「それでは、あなたはお金持ちなのですか？……」と判事が言った。

「私が持っているものを国王に贈れば、国王は私に恩赦を与えるでしょう……」

「それで！……」とノンクレール氏は叫んだ。

「私は仲間を裏切ることはしません！……」犯罪人は大きな声で答えた。

これが、彼の最後の叫び声だった。というのは、会話の間に楔がすっかり打ち込まれたために、ピトルッチの足と腕が恐ろしく締め付けられ、気を失ってしまったからである。

「もし正道を歩んでいたら、この男はずいぶんとすごい人間になったことだろうに！」と私は言った。

「あなた……」ノンクレール氏が苦々しい口調で答えた。「あなたは教訓を垂れるためにここにいるのではない……」

彼は自白を引き出せないことに非常に不満そうで、次のような言葉が口から漏れた――

「ヤットコを使わねばなるまい……」

メルクルディが急いで板を外した。そして、すっかりその用意ができていた簡易ベッドに受刑者を運んだ。それから、彼は部屋を出て、監獄付きの外科医を連れてきた。人間の苦痛を判定することにかけてはその道のプロである医師は、受刑者の脈を取り、足と腕を調べ、これ以上問い質しを続ければ、処刑台に行くことになっている犠牲者を失う若干の危険性がある、と宣告した。少なくとも一時間の休息が必要、と医師は診断した。

そこで、私はメルクルディと一緒に部屋を出て、隣の記録保存室に入った。

「ああ！　カトリーヌ」私は彼女に言った。「どうしてあなたは、拷問が行なわれている場所のこんな近くでダンスができるのですか？」

彼女はやりかけていたステップを中断し、おどおどした様子で私を見た。ラフロット氏は動ずるふうもなく小型ヴァイオリンを胸に押しつけたままで、空中の弓はすぐにも動きそうだった。「いけないことだって言うの?」とカトリーヌは私に尋ねた。その顔には驚きの表情が浮かんでいた。

「あなたの心がそう言いませんか?」外見はとても優しそうな若い娘がこれほど感受性を欠いているのに唖然として、私は言葉を続けた。「それでは、あなたは青銅でできているのですか?」

彼女の目に涙が浮かんだ。しかし、涙は突然乾いた。急に様々な思いにかられたとみえ、顔には交互に厳しそうな色、陽気な表情が広がった。それから、彼女は優しい声で私に言った――

「ちょっと、いらっしゃい……」

彼女は私の腕を取り、窓の近くに導き、藁くず連中の中庭を指し示した。

「ここには」彼女は続けて言った。「毎日拷問に苦しむ何千という不幸な人たちがいます……」

彼女は、建物の別の箇所を指さした。

「あそこには、絞首刑か車裂きの刑にかけられる犯罪者たちがいます……。私はここに来て十二年になります。私はここに住み、ここで食べ、ここで飲み、ここで寝ます。ほんの子供の頃にここに来て、ここで大きくなりました。アンリさん、もし私が、この鉄格子や壁を磨り減らしてきたすべての苦悩を自分のこととして感じてきたとしたら、私は今どんなことになっていたでしょうか?……愛する人に捧げるべき心が私に残っていたでしょうか?……私の心は萎れ、擦り切れていたことでしょう。私は死んでいたことでしょう。逆に、私が歌うと、囚人たちは私の歌を聴きに来て、静かにしているのです。みんな嬉しそうな様子をしています。ここには私を憎む人は一人もいません。私は不幸な人たちに同情しています。でも、もし、しかるべき態度を持ち続けなければならないのなら、自分の感情を押し殺すほうがいいのです。そうでないと、ひとかけらのパンも口に持っていけませんし、鼻をかむことも、笑うことも、眠ることもできないでしょう。だって、私たちは、飢えで死にかかっている人たち、自由を奪われている人たち、眠れぬ夜を過ごすか死を待っている人たちに取り囲まれているのですもの」

「あなたは病院で慈善修道女を一度でも見たことがありますか?」一瞬黙った後に、彼女は私に尋ねた。

私は答えなかった。

窓の下枠に大きな苔《こけ》があり、その中にきれいな小さい野の花が咲いていた。美しいブルーの釣鐘型の花の輝きにカトリーヌは目を奪われ、にっこりと笑い、花を指し示しながら――

「なぜ、ここに咲いているのでしょう?……」

彼女はもの思わしげになり、ラフロットのほうを振り向いた。

「ラフロットさん、お引き取りください」と彼女は言った。「もう踊ることはできない気分です」

ダンス教師はお辞儀をし、帰って行った。

「生きている人間を車裂きの刑にかけるには、どうするのですか?……」

私は身を震わせた。彼女は興味深げに私を見、私は一言たりとも付け加えないように頼む仕草をした。マルグリットの姿、愛への希望、人生、日々、この恐ろしい問いかけの前ではすべてが色あせた。

「どうしたんですか？」カトリーヌは私に言った。「あなた、様子がおかしい！……　私があなたに苦しい思いをさせたのでしょうか？……」

私は彼女に微笑みかけようとした。

「あなたは本当に賢明で、あなたの言うことは全部正しい！……」と私は彼女に答えた。「私たちの心は、不思議さに満ちている……」

「私の聴罪司祭も、そう言ってました」と彼女は付け加えた。

それから、私たちは彼女の父親がいる部屋に戻った。

私はそこで、ノンクレール氏は新事実を得るために車裂きの処刑用具の光景にしか期待していないこと、市庁舎で報告を待っていること、を知った。この時、だいたい三時頃だった。メルクルディは荷車に馬をつなぎに行き、パシアンスはしかるべく準備が整っているかどうか見にグレーヴ広場に行くと私に言った。

監獄の教誨師がヴァドゥブ父さんのところに立ち寄った。彼を見て、私は体が震えた。私は、処刑は行なわれないだろうと私に告げる何かを自分の中に感じた。それは声だったのか、予感だったのか、幻覚だったのか？　今日《こんにち》ではなんとも言いようがない。しかし、私が感じた苦しみを思い返すと、今でも血が凍る。

シャトレ監獄の時計が三時半の時を告げたとき、待ち構えている下層民たちの叫び声によるものすごいざわめきがわれわれに聞こえてきた。憲兵隊の士官が、荷車は門のところにあり、着くまでに時間がかかるだろうからすぐに出発する必要があると思う、と私に言いに来た。書記が独房の扉のところまでわれわれに付き添った。犯罪人の引き渡しをするためである。

バーラールートは司祭に寄りかかり、*メルクルディがすでにしかるべく囚人を縛り上げていた。われわれは廊下を歩き始めた。小門に着くと、中庭に騎兵の一隊が配置についているのが見えた。私は目を伏せ、メルクルディの横を歩いていたが、彼は心配そうな様子で私を見守っていた。犯罪人と聴罪司祭は、荷車に乗る階段の役割をする短い梯子を、私よりもすばしこく上がった。バーラールートは長椅子にメルクルディと司祭に挟まれて座った。私は、規定により、前のほうにある椅子に一人で座ることになっていた。中庭でわれわれを見物しているのは、貴族と町の上流夫人たちだけだった。ヴァドゥブ父さんは、牢獄内で犯罪者たちを見る権利を高値で売っていた。囚人たちも、折り重なるようにしてわれわれを見ていた。見事に着飾った宮廷の若い女性は、私を受刑者と取り違えた。

* 拷問で足を痛めつけられていたため、一人では立てなかったから。

しかし、御者が馬に数歩歩ませ、馬車がシャトレの古いアーケードの下から外に出、憲兵隊がサーベルを振りかざしながらわれわれに場所を空けるように求めたとき、私は外の大気に打たれて目眩がし、サンールーフロワ街を通っている間中、何も見ることができなかった。

われわれが牢獄の横を曲がり、荷馬車がジェーヴル街を進んでいるとき、私は思いきって目を上げてみたが、自分が別の世界にいるかのように感じた。パリの街は、本来あるべき光景とはまったく違っていた。あれほど広く見えていたこの通りは、狭くなってしまっていた。人間の顔の海だった。太陽光線が、透き通った半透明の金色の仕切りによるかのように、街路を二つに分けていた。しかし、この輝きはどこにも反射していなかった。それほどに、黒い帽子だらけだった。私は、自分が海の中にいて、波のうねりの音が聞こえる気がした。

「帽子を脱げ！――ほら、奴がやって来たぞ！――彼だ！……　――おお、なんて若いんだ！……――怪物！……　――車裂きにかけるぐらいでは足りない。――奴は、自分でもその程度のことはやってる！――人の足を焼いたんだ。――生皮を剝いだ。――極悪人！――奴はイタリア人だ。――白状したのか？――百人以上殺した。――きれいな男！――なんてふてぶてしいんだ！――怖がっていないからだよ！――そう思いますか？――なんということだ！　彼を車裂きにかけるのか？――こんな美青年を！――帽子を脱げ！――おや！――あだ名に違《たが》わぬ男だ！――ママ、これから死ぬのは誰なの？――こんな男には魂などない！――なんて冷静なんだ！――帽子を脱げ！……　――盗まれた。――泥棒！――静かになさい。――おお、怪物！――もし神が存在するなら、奴は地獄行きだ！――何という悪党だ！……」

こうした叫び声は、すべて同時にわれわれの耳に届いた。それは、コンサートのすべての音と同じように、何千という声からなる、一つの声だった。しかし、強力なバスバリトンにも似た、ぶんぶんいう大きな音が、奔流のように繰り出される罵り、叫び、間投詞に伴奏のような役割を果たしていた。満足のつぶやき声が、劇場での演劇の見せ場の時のように、至る所で発せられていた。男性よりも女性のほうが多かった。

「間違いなく」と私は思った。「この人たちは私よりも野蛮だ。だって、べつに強制されてもいないのに、ここにいるのだから」

しかし、この地上の喧噪は、われわれの頭上数ピエ*のところでは消えるだろうと思ってはいたが、ついには私にとってあまりにも耐えがたいものになったので、私は頭がぼーっとして、何が何だかわからなくなった。この古びた黒い家々、波打つ頭、頭を縁取る窓、家々を取り囲む無数の頭、沈黙と声。これは地獄の光景だった。かつて見たこともないこの情景には慣れが必要だ、ということを私は理解した。メルクルディは、そんなことを考えている様子さえなかった。

＊ 一ピエは約三十二センチ。

われわれがペルティエ岸に入ったとき、セーヌ川の冷たい空気が私に幾分か力を与えた。それで、私だけが全然見ていなかった受刑者を見るために振り向いた。彼は冷静だった。貪欲な群衆に大胆な視線を投げかけ、少しも怖がっている様子はなかった。

グレーヴ岸のほとりに立てられている大きな十字架は処刑台が設置される場所を示すものだったが、それを見てバーラールートは聴罪司祭に言った——

「私はいつでも紳士として仕事をしてきました、神父さん。悪事を働いたのは、やむを得ず、身を守るためにのみ行なったことでした。ですから、もし神様にこの群衆の呪詛の声が聞こえるなら、もっと寛大な他の声も神様に聞こえるはずです」

馬車が何かわからない障害で止まったとき、私は河岸に冷たい感じの背の高い男がいるのに気づいた。その男はバーラールートに意味ありげな一瞥を投げかけたが、皮肉な笑みを受け取っただけだった。そして、イタリア人は目で処刑台と憲兵隊を指し示した。すると、見知らぬ男は、処刑台の足元に控えているメルシー団の団員たちを指で示した。荷馬車がまた動き出すと、彼らはもうお互いの姿を見ることができなくなった。

グレーヴ広場が人混みで黒くなっているときに、広場の光景を見て感じた印象を表現することは何をもってしても不可能である。私は自分の内に一種の神経的興奮を感じ、それが私に行動する力を付与した、と告白しよう。私は、見知らぬ男の合図に若干の希望を抱いてもいた。パシアンスは、車輪とバーラールートの四肢が打ち砕かれることになっている台の用意をしていた。* 処刑台の段を上るとき、私はよろめき、顔面蒼白で意気阻喪していた。私はメルクルディに寄りかかった。私が目を開けたとき、受刑者は立って、階段を降りていた。

* 受刑者の体のあちこちを鉄の棒で打ち砕いた後に、水平に据えた馬車の車輪の上に死ぬまで放置するというのが、車裂きの刑である。受刑者は長時間苦しむことになる。

群衆は、私には喜びの叫びと思われた叫び声をがなり立てていた。

「奴は時間稼ぎをしたがっている」とパシアンスが私に言った。「奴は市庁舎に行きたいと言ったんだ」

「彼は恩赦を得たのだと私は思っていた。それであの連中はわめいているわけだ……」

「連中を待たせているから」パシアンスは何かしら不気味さを感じさせる笑いを浮かべながら、私に答えた。

彼は、人間の顔をした虎の集団を軽蔑し、この人々の喜びの中にわれわれの職業の弁明を見出しているようだった。

修道士たちは処刑台のまわりで祈りを続けており、騎馬監視兵たちが、私の治世が始まろうとしている広場の周囲を取り囲んでいた。やがて、二人の憲兵に守られた書記が市庁舎から出てきて、処刑台のほうに向かってきた。

「ああ！」と私は叫んだ。「今日は処刑がないんだ！……」

私の喜びはすぐに恐怖に変わった。バーラールートが私と話がしたいと言っているのだという。私は体が震えた。判事と書記がいる部屋にわれわれが着いたとき、イタリア人は笑みを漏らした。「あなたは何か事件に関わりがあるのですか？……」と司祭が私に言った。「あなたがいるところでしか話ができない、と彼は言い張るのです」

嫌悪感が私を震えさせた。私は赤面したが、ノンクレール氏が私に投げかけた深い視線によって顔に上った血は突然引いた。剣で体を刺し貫《ぬ》かれたとしても、これ以上ぞっとすることはなかっただろう。私はイタリア人のほうへ歩いた。

「いったい、何です！　あなたは私のことを前から知っていたとでも言うのですか？……」と私は彼に尋ねた。

「おやおや！」とノンクレール氏が叫んだ。

この判事の叫び声は、私にとってノコギリのきしりの効果を持った。

恐ろしい沈黙があたりを支配した。

メルクルディとパシアンスは青ざめ、私は二人が私に抱いてくれている関心のほどを理解した。

「あなた」バーラールートは軽い皮肉な調子で私に言った。「元気を回復し、あなたのお仕事をする気になっていますか？……」

「ええ」と私は彼に答えた。「それが私の義務ですから」

「よろしい、判事さん」嘲笑的な笑いと共に彼は裁判官に言った。「私が時間稼ぎをしたいと思ったのは、執行人さんが弱っているのに気づいたからです。私は、私のような男が」（誇りに満ちた態度で彼は立ち上がった）「怖じ気づいた者に処刑されることは望みません！……」

判事は面食らった。

「これは、大した奴だ！……」と兵士の一人が言った。

私は、より自由に呼吸できるようになったことを告白する。われわれは、また歩き始めた。市庁舎の階段に着いたとき、パシアンスとメルクルディが私に棒を差し出した。棒にはリボンがついており、大きな花束で飾られていた。

「困った奴らだ！……」二人に私の財布を渡し、引きちぎった絹リボンと花束を足で踏みにじりながら、私は叫んだ……。

彼らは目でものを言うことを心得ていた。

「彼は気前がいいだろうか？」というのが、彼らが考えていたことだった。

「執行人さん、なんとかなりますよ」バーラールートが冷静に私に言った。「私が喜んであの世に持って行く、最後の初物になります」

われわれが再び姿を現わすと、ものすごい拍手喝采がわれわれを迎えた。

「さあ」少ししてから私は自分に言った。「いよいよ、義務を果たすべき時だ！」

私は棒を振り上げ、棒は受刑者の腕に落ち、血が飛び散って顔にかかるのを私は感じた。

「さあ、どうだろう？　父親並みになれるだろうか？」

パシアンスがメルクルディに言ったこの言葉が、群衆のどよめきの中で私が聞き取れたすべてだった。その一撃は非常に激しいものだったので、バーラールートの腕は完全に打ち砕かれていた。

私が初めて流した人間の血に染まったとき、耳の鼓膜が一つの叫び声、一つの言葉によって破れたかのようになった。

「アンリ！……」

私の名前はマルグリットによって発せられていた。私は目を上げ、処刑台の上にいる彼女を見たように思った。彼女は立ったままでいた。彼女は死人のように青ざめていた。彼女の衣服は濡れているように見えた。彼女は目を閉じながら逃げ去った。私はばったりと倒れた。

V

目を開けたとき、私は服を着たまま自分の部屋のベッドの上にいた。

「息を吹き返したわ！……」母が喜びと不安を込めて叫び、その声で私はすっかり目が覚めた。

周りを見回して、私は椅子に座っている父に気づいた。父は胸の上で腕をがっちりと組み、その様子は陰鬱だった。妹と弟が心配そうに私を見ていた。パシアンスは暖炉の火を掻き立て、メルクルディは何かわからない万能薬を私のこめかみに塗りつけていた。

「ムッシュー・ド・ヴェルサイユがおいでになりました……」ドアを半開きにして料理女が言った。

そして、マルグリットの父親がずかずかと入ってきた。

「なんということです！」彼は言った。「あなた方の仕事ぶりは大したもんですな！　それでは、パリではあなた方はこんなふうに仕事をなさるのですか？」

「ああ、友よ！」と父がうわずった声で叫んだ。

父は立ち上がり、同僚の手を握りに行った。

「私の名誉は汚《けが》された、名誉は汚された！　もうおしまいだ！　もう君しかいない……、われわれを救えるのは。あの災いの男を処刑するという友情を見せてくれ……、少なくとも正義は成就されねばならない！」

「受刑者のことですか？……」パシアンスとメルクルディが同時に叫んだ。

「そうだとも！……」父は恐ろしい声で答えた。

二人の助手は、まだ全部を告白できないでいたのだった。メルクルディがそれを引き受けた。

「受刑者のことですか？……」メルクルディは調子外れの甲高い声で言った。「そのことでしたら、もっと驚くことがあります……。彼は逃亡したのです……」

一同、呆然自失の極に達した。

「こう言ってはなんですが」メルクルディは言葉を続けた。「アンリさんは、最初は父親にふさわしく振る舞ったのです。バーラールートの肘を、聖母様のご加護により、一プス*以上も凹《へこ》ましました……」

＊　一プスは約二・七センチ。

私の父とムッシュー・ド・ヴェルサイユは、顔を見合わせた。

「〈よし！〉と私は思いました。ところが、若旦那は後ろ向きにパシアンスの上に倒れ込んだのです。〈これはまずいことになった〉と私は思いました。パシアンスがアンリさんを看ている間、私はあの忌々《いまいま》しいバーラールートを見張っていました。奴は群衆とわれわれの様子を窺っていました。奴は歌い、叫び、悪魔のように身をよじり始めました。突然、〈おー！　おー！　おー！〉という声がグレーヴ広場の奥底から沸き起こり、それがどんどん大きくなり、ついには大混乱の合図になりました。あの群衆全体が蟻の集団のようにうごめきました。〈何かよくないことが起こりそうだ〉と私は言いました。実際、メルシー団員たちの中に、サン－ジャン－デコレ信心会の連中が紛れ込んでいて、憲兵たちの馬の尻に乗っかかり、馬たちを飛び跳ねさせました。〈彼を助け出せ！彼を助け出せ！　彼を助け出せ！　逃げろ！〉――その叫び声はあらゆるところから起こり、しかも非常にものすごいものだったので、王太子誕生を告げる大砲の近くにいた日のように、パシアンスと私の耳はキーンとしました。私には聞こえました、〈彼におまえたちの服をやれ！　おまえたちの聖職者用衣服を！　彼を助け出せ！　彼を解放しろ！〉。それから、何頭もの馬が飛び跳ね回っているにもかかわらず、群衆は押し合い圧《へ》し合いをし、すべてを侵《おか》しました。それは洪水のようでした。人間の頭が波のように押し寄せました。なんという、ろくでもない連中でしょう！　連中は奴を車裂きにしないことで文句を言っていた。ところが今度は、奴を解放しようとする。民衆というのは、なんて馬鹿なんだ！……　何をしたいかわからないときには、公共のために働くがよかろうに。突然、三人の男が処刑台の上に現われました。まるで、天からでもやって来たかのように。一人は冷たい感じの色黒の大男でした。三人を迎え撃ってくれた二人のメルシー団員がいなかったら、パシアンスとわたしたちの主人は簡単に投げ飛ばされていたことでしょう。サン－ジャン－デコレ信心会の二人が、下の方から車輪を壊していました。ほんの三分で、バ－ラ－ルートは二本の足で立ち上がっていました。彼は鬨《とき》の声を上げ、たちまちのうちに地獄のような騒ぎになりました。憲兵隊の士官が、処刑台の周囲で押し寄せる群衆に勇敢に対処していたのですが、バ－ラ－ルートが立ち上がっているのを見て、馬から下り、階段を上って、受刑者を逃がさないように果敢に捉《つか》まえようとしました。ですが、あのろくでなしのバーラールートは右手で車輪の上にあった左腕をつかみ、それで中尉の顔面を殴りつけました。この時、民衆が解体に取りかかっていた処刑台が崩れ落ちました。私は下に落っこち、立ち上がったときには、バーラールートの影も形もありませんでした。それは混乱、大騒動でした……。あらゆる方向に押されていた群衆は、目的もなく行ったり来たりしていました。私は処刑台と車輪を探しましたが、もう処刑台も車輪もありませんでした。すべてが解体され、破壊され、持ち去られ、ごちゃごちゃになっていました。監視兵、憲兵隊が四方の街路から広場にやって来て、群衆を羊の一団のように追い払っていました。私がなんとか窮地を逃れたのは、私の拳《こぶし》のおかげです。コキイユ街を通っていたとき、私はメルシー団員たちに運ばれている若主人に会いました。パシアンスは、彼は死んだと思っていました」

「このざまだ！……」マルグリットの父親が叫んだ。「もう、処刑台も、車輪も、道具一式がダメになった！……」

「おお！　失ったものがそれだけならよかったのだが！……」絶望した父が応じた。「うちの息子は叱責を受けるだろう、公安当局から、市から、シャトレから、高等法院から。息子は罰せられ、職務を解かれるだろう！　受刑者を逃がすとは！……」

「ああ！　彼に娘はやれない！……」マルグリットの父親が叫んだ。「私は娘をムッシュー・ド・パリにやったのであって、気骨も職もない男にやったのではない。――これが、挙げ句の果ての結果だ」彼は父をじっと見つめながら続けた。「あなたは息子さんが本に鼻を突っ込むのを放置し、観劇に行くのを、社交界に出入りするのを、女優や貴族や金持ち連中と付き合うのを、放置した。息子さんは理屈をこねるようになった。たぶん、自分の身分についてあれこれと文句を言ったことだろう。国王の息子か公爵夫人の私生児のほうがましだと思った。パリの富裕市民の子供であることしか願わないようになったのだろう。……そして、肝心な時に、仕事に就くべき日に、堂々と年に四万か五万リーヴル稼ぎ始めるべき日に、彼の手から棒が落ちた……。聖ジベの名にかけて申し上げよう、ムッシュー・ド・パリよ、あなたは子供たちを諌《いさ》め、彼らを正道へと導くべきだった。あまりに甘やかすと、彼らはわれわれを馬鹿にするようになるのです……」

「なんということです！　あんた」怒った父が叫んだ。「この騒動の原因はすべてあんたの娘さんにあるというのに、われわれにお説教とは、あんまりだ！」

「私の娘ですって！……」

「いかにも。彼女はアンリが私の仕事を継ぐことを望んでいなかった……、この一連の出来事のすべてに彼女が関わっている、と私は断言してもいい……。あなたはいつ彼女に会いましたか？」急に父は私に尋ねた。

「グレーヴ広場の処刑台の上で！」と私は答えた。

「あれあれ、われわれのご主人は少しおかしくなってる……」とメルクルディが言った。

「この子は錯乱状態にあります……」母が私の脈を取りながら言った。

「いいえ、マルグリットは、今日、ヴィモンテルおばさんの家にやって来ました……」と私は答えた。

「そんなことはあり得ない！……」マルグリットの父親が叫んだ。「私は、ことのほか、あの曖昧宿に行くことを娘に禁じていた」

ひどく怒っていることを告げる調子で彼が語り終えたとき、パシアンスが入ってきて、マルグリットの手紙を私に渡した。私は急いで手紙を開き、読んだ。

マルグリットのアンリへの手紙

アンリ、あなたが下した決断について、私にはあなたを非難する権利はありません。以前よりも冷静になった今では、非難されるべきは私だと認めます。これは強さなのでしょうか、弱さなのでしょうか？……　それは神様だけがご存じです。私があえて期待した幸福は、たぶん、私には無理だったのです。私たち自身のことを知らずに生き、私たちが愛し合っていた間中、頭の中で幸福を享受しただけでも、すでに大したことでした。何を嘆くことなどありましょうか？　私が何者であるかをあなたに明かした後ではねつけられなかったときに、私は全生涯を生き尽くしたのではなかったでしょうか……。私は天にいる心地がしました。残念なことに、幻想は少ししか続かなかった。私は自分の運命から逃れられない、と定まっていました。私は自分の中に何かしら高潔なもの、純粋なもの、父の職業ともあなたの職業とも相容れないものを感じていた。これが、子供の時から私の人生を乱してきた悲しみの秘密です。私は、愛が生まれたときのまま、愛を天に持って行きたい。私は、アンリ、地上であなたを恥ずかしく思ったりはしたくない、夫としたあなたを。私が取った手段を責めないでください、それで苦しんだりしないでください。これはとても単純なことです。私の体は長い年月衰弱し続けることになったことでしょう、私は言うに言われぬ苦しみを味わうことになったことでしょう、おそらくは、あなたを軽蔑することになったことでしょう……。私はこうしたことすべてを考え、苦しみを回避しようと思いました。今朝、私は告解し、聖体拝領をしました。私の魂がただひとつの罪しか負わないようにしました。でも、神は定めの時よりも前に神の元に行きたいと思ったことを罰しはなさるまい、と期待しています。私の聴罪司祭は、すべての考えは神に由来すると私に言いました。それならば、私の心を占める考えは神が私に課す命令だ、と私は思いました。これを神のせいにするのは、おそらく、間違いなのでしょう、だって、この行為は罪とみなされると聞いたことがありますから。だから、アンリ、私はあなたの友情を頼りにしています。私の魂の救済のためにミサをあげてください、すべてあなたに捧げられ、神が許すなら、天においてもあなたの面影を保持し続ける魂なのですから……。

私が鋭い叫び声を上げたのは、手紙のこの箇所を読んだときだった。

マルグリットの使いの者がやって来た。彼女の父親の下僕、ジャンだった。

「何があったんだ？……」みんなが彼に尋ねた。

「マルグリットお嬢さんがヴェルサイユ庭園の大運河に身投げしました！……」

「いったい、いつだ？」私は非常に驚いて尋ねた。

「四時頃です。私は何か起こりそうな気がしていました。お嬢さんが取り乱した様子をしていたからです。残念ながら、間に合いませんでした。アンリさん、お嬢さんはあなたのことを考えていました。と申しますのも、国王の厩舎番が、お嬢さんが身投げするときに〈アンリ！　アンリ！〉と叫ぶのを聞いたからです」

「知っている！」と私は答えた。「叫び声はグレーヴ広場まで届いた、そして彼女も」

われわれは、全員、黙りこんだ。父は、ムッシュー・ド・ヴェルサイユにあえて何も言わなかった。というのも、彼は雪のように白くなっていたから。私は、かつてない怒りの感情に駆られた。

私は、急に立ち上がった。

「棒はどこだ？　受刑者はどこだ？　こうなったら、メルクルディ、王子だって車裂きにかけてやるぞ！……　パリを焼き払うこともしよう！……　俺は、本来あるべき者になった！　すべてに無感覚に！……」

「もう受刑者はいない……」メルクルディが悲しげに言った。

「辛抱《パシアンス》だ！」メルクルディの相棒が言った。「人間は、まぐさ束の中の針のようなものじゃない」

われわれは門のところに一台の馬車が止まる音を聞いた。そして、間もなく、カトリーヌが非常に陽気な様子で部屋の中に飛び込んできた。

「ご安心ください！……」と彼女は言った。「バーラールートは捕まり、今、独房に閉じ込められている、と皆様にお伝えするように父に言われました。彼は手当てを受け、腕に包帯を巻かれているところです」

「アンリさん、あなたはお怪我をなさったということですが」と赤くなりながら彼女は私に尋ねた。

それから、彼女は、自分が沈黙で迎えられたのを見て――

「安心してください」と言った。「アンリさんは職務を失うことはありません。父が言うには、過ちを犯したのは監視兵、憲兵隊、修道士たちだ、彼らが偽の修道士たちを紛れ込ませたのが悪いのだ、ということです。みんなに罪があるときには、誰かを非難することはしないものです。それに、うまいことバーラールートを解放しようと企んだ共犯者たちがベルシーで兵士たちによって逮捕されたのですから、ノンクレール氏に至るまで、みんなが喜んでいます……」

「さあ、我が子よ」カトリーヌを抱擁しながら父が言った。「あなたは今、たくさんの不都合を解決してくれました。残りを仕上げるのは、あなた次第です……」

次いで、母が二言、三言でカトリーヌに情況を説明した。美しい牢番の娘は同情の様子で私を見た。

「可哀相なアンリさん！……」と彼女は何度も言った。

「また明日！」と父が言った。
私はその意味を理解し、同じ言葉を繰り返した――
「また明日！」

訳者後注

サンソン家には、初代当主シャルル・サンソン・ド・ロンヴァル（一六三五―一七〇七）が書いた『手記』が伝えられていた。これは私の推測だが、バルザックは初代サンソンの『手記』を読んで創造力を刺激され、この「アンリ・サンソンの手稿」を書いたものと思われる。両者には共通点も多い。たとえば、初代サンソンは死刑執行人の一人娘と恋に落ちたために死刑執行人になったのであったが、この娘の名前もマルグリットだった。こちらのマルグリットも非常に若くして死亡している。また、初代サンソンも初めての時は処刑台の上で失神した。

この「第八章　アンリ・サンソンの手稿」部分は、『サンソン回想録』から抜き出されて『ジュルナル・ド・パリ』紙の一八三九年十月二十一日号～二十五日号に「二人の死刑執行人」という題で掲載された。したがって、第八章I～Vはバルザック自身によって決定されたテキストと考えてよい。

第九章　死刑執行人を巡る美談・挿話・噂

シャルル－アンリの感慨

私はアンリ・サンソンの物語に強く興味を引かれたが、ひどく悲しい考察を巡らすことになった。彼の立場にあったら、私は絶望から生じるあのような勇気をけっして持てなかっただろう。あれは、いわば、諦めの代わりになり得るものだった。私は可哀相なマルグリットに同情し、ほとんど先祖を嫌悪した。彼女が大運河で溺死したという知らせを受けたというのに、あれほどすぐに方針を決めることができたということを恨めしく思った。私は彼を嫌悪したが、しかしながら、まだ彼に哀れみを感じてもいた。

「彼は父親の意向に従ったのだ」と私は思った。「愛した女性よりも長く生きないために、彼は自分の魂を殺したのだ。おお！　彼を追い求めたあの呑気者のカトリーヌは、もちろん、彼の肉体しか得られなかったであろう。それにさえも彼女は値しなかった」

私は、アンリは牢番の娘とついには結婚した、と推測していた。というのも、物語の最後の部分からすれば、そういう結末になるのが自然だと予見して当然だったからだ。

ある日のこと、私はこの点をはっきりさせたいと思い、アンリ・サンソンの胸に飛び込むことを恥とも思わなかった、あのずうずうしい女、カトリーヌはどうなったのかと父に尋ねた。

「おまえは、何をもってずうずうしい女と呼ぶのか？」と父は私に言った。「言い方に気をつけなさい。おまえは自分が誰のことを話しているか、わかっているのか？」

「ごめんなさい」私は答えた。「でも、あなたの気分を害するつもりはありませんでした」

「よろしい！　もう二度とこのようなことがないように……。私の母は」父はため息をついた。「とてもいい人だった。神よ！　私はいつまでも母を懐かしみます」

父がこのように言っているとき、父の瞼《まぶた》から涙がこぼれ、震える手に落ちるのを私は見た。

「お父さん」私は言った。「あなたを悲しませてしまいましたが、今後は、彼女の名前を引き合いに出すとき、必ず敬意の念を込めることを約束します」

「そうしなさい。そうでなければ、われわれは友達になれない」

この時、私たちは暖炉の傍にいたのだが、父は立ち上がり、何も言わずにしばらくの間歩き回った。母は外出していた。父が沈黙を破ったのは、母が戻ってきてからだった。

「それで、どうだった」父が母に尋ねた。「今日も無駄足を踏んだのかね？」

「ありがたいことに、そんなことはありませんでした。皆さん全員が地代を払ってくれました。全員と言っても、古布商いの女性だけは別ですが。でも、こんなに景気が悪く、みんなこんなに貧しく、財布の紐はこれまでになく堅く、誰も売らず、誰も買わず、誰も服を新調しないのですから、まったくのところ、新品がうまくいかなければ、中古も出ないというわけなのですよ」

「まったく、おまえの言うとおりだ」と父は答えた。「われわれは難しい危機の中にある。高等法院の貴族たち、宮廷、そして教会の間にあって、本当に、どうしていいかわからない状態だ。痙攣派信徒たちとはいったんは決着がついていた。ところが、今や、ウニゲニトゥス教書でまた始まったのじゃないか？*」

* ここで問題にされているのはジャンセニウス派信徒たちである。痙攣派というのは、ジャンセニウス派の中の急進派。ジャンセニウス派は、とくにフランスで十七世紀に勢力を伸ばした。これに危機感を抱いたルイ十四世は一七〇九年にジャンセニウス派の本拠地ポール‐ロワイヤル修道院を根刮《ねこそ》ぎ破壊し、一七一三年にはローマ教皇クレメンス十一世がウニゲニトゥス教書によってジャンセニウス派の教義を厳しく弾劾した。ジャンセニウス派を巡る騒動がほぼ沈静化していた一七五二年に、パリ大司教がジャンセニウス派に追い打ちをかけようとして再度ウニゲニトゥス教書を持ち出したのだったが、これがジャンセニウス派信徒たちの反感を買い、かえって騒動が再燃化することになった。シャルル‐アンリの家庭教師グリゼル師がジャンセニウス派として教会から追放されたのはすでに見たとおり。なお、ジャンセニウス派信徒は現在も存在する。

「そして、これは長引くでしょう」

「かなり長引くだろうな。おまえにもわかるだろうが、誰かが国王の目を開かない限り、われわれはけっして終点にたどり着けないだろう」

「その場合、民衆の苦労が続くわけね。そのうちに、きっと、ひと騒動あるでしょうよ」

「私もそれを恐れている。だって、いつも騒動の代償を支払わされる人たちがいるのだからな」

「暴動が起こるでしょう。あなた、中央市場やその辺り一帯で、どんな話がされているか、聞いてごらんなさいよ。こんなことが続くと、ひどいいがみ合いになるでしょう。物価がとんでもなく高騰しています。パンがまた二リヤール値上がりし、卵は六ブランです。バターなんか、近づけもしない。パセリは、六スー払っても、ほんの少ししか手に入らない。あなたにエイをご馳走してあげたいけど、あまりに高すぎる。シャルトル会修道士たちのお腹に入るだけよ。秘蹟拒否、モリニズム派、ジャンセニウス派、イエズス会、みんなが騒ぎ立てている。まったく、どんなことになるやら！」

「連中は、われわれをそっとしておくべきだろうに。あのような論争はフランスの破滅だ」

「乾物屋のマルタンさんは、論争をけしかけているのはイギリスと私たちの教皇様だと言ってました……」

「マルタンさんはたぶん間違っていないが、私が心配なのはそのことじゃない。私が恐れているのは、この冬の労働者たちの運命だ。あの不幸な人たちはどうするのだろう？　もう仕事もない、すべてが沈滞している。独り身の者はまだいいが、家族がいる人たちは？　それに、貧しい人たちは豊かな人たちよりもたくさん子供をつくる。パンもなく、仕事もなく、施し物もなくなったら、あの人たちはどうなるのだろう？　もう慈善事業も行なわれていないのだから、黙って顔を見合わせるしかなくなるだろう」

「今年は厳しい冬になるでしょう。アーケードやヌフ橋の下に一万二千人以上の人たちがいます。まるで縁日のときみたい」

「それで、おまえ、今日はどれだけ集金できたか？」

「九十七リーヴル十二スー六ドゥニエです」

「二ルイ*はこの界隈の貧しい人たちにあげよう。貧窮者たちの生活を助けることは、よからぬことを考える者たちの数を減らすことになる」

＊　一ルイは二十リーヴル。したがって、二ルイは四十リーヴルで、現在の日本円にしてだいたい四万くらい。

「で、残りはどうしましょうか？」

「十二リーヴルはマイヤール神父に送り、われわれの母カトリーヌの魂の安息のためにミサをあげてもらおう……。おまえは、彼女がどれほどおまえを愛し、お産の間、どれほどおまえの世話を焼いたか、覚えているだろう」

「私がそのことを忘れることはけっしてありません。あの人がいなかったら、シャルルは百日咳で死んでいたことでしょう。何日も寝ずにシャルルを看病し、ミルクをあげてくれました」

「ああ、そのために母は死ぬことになった」

こう言いながら、父は私に憂愁に満ちた眼差しを向けたが、そこには、愛情のこもった非難が読み取れた。

「これでわかったろう」父は私に言った。「赤ん坊のおまえを揺すってくれたのは彼女だが、おまえは覚えていない。彼女はおまえを膝に乗せ、秘蔵っ子シャルロ*のことばかり見ていた」

＊「シャルロ」はシャルルの愛称。

「彼女はシャルロを食べてしまいたいくらい可愛がっていた」母が言葉を継いだ。「シャルロがこんなに大きくなり、しっかり学問も修めた今の姿を見たら、どんなに喜ぶことでしょう！」

「大きくなり、しっかり学問も修めた、だって！　彼の頭に虚栄心を吹き込んではいけない。学ぶべきことは、いくらでもある」

「そのとおりです」私は父に言った。「グリゼル神父はあんなに早く死ぬべきではありませんでした」

「それはそうだが、彼は死んだ」と父は答えた。「われわれにはどうにもできない……。彼が耐え忍んだ苦しみに神が報いてくださるように！」

「聖ジュヌヴィエーヴ！」母が叫んだ。「あの方はすでにこの世で十分に煉獄の苦しみに遭いましたから、すぐに天国に行ってしかるべきです*」

＊キリスト教（カトリック）によると、神の恩寵を受け、天国入りを約束された人でも、生前の悔悛が十分でない場合は、罪を清めるために煉獄に行き、試練を受けるのだという。

「彼のためにミサをあげてもらうのに十二フラン寄進しようと思う。それから、不運なマルグリットの魂の平安のためにもう十二フラン出そう」

「彼女の魂は、たぶん、ひどく苦しんでいることでしょう」

「自分の子供を簀《す》の子に乗せて引き回さなければならないというのは、父親にとってなんと辛いことだろう！」

「えっ、何ですって！」私は叫んだ。「マルグリットは簀の子に乗せて引き回されたのですか？」

「なあ、おまえ、それが自殺者の運命なのだよ」と父は答えた。「それは見せしめのためだ。しかもだな、宣告文には、死体の胸の所に杭を打ち込むべし、と書かれている」

「それでマルグリットの父親は」と私は言葉を継いだ。「その執行を取り仕切ったのですか？」

「そうせざるを得なかった」

「なんということです！」母が意見を述べた。「彼はそのような光景に抗《あらが》うことができたはずじゃないですか？　自分の娘の体に杭を打ち込むなんてことができたのですか？　アンリさんの父親が、代わってあげるべきでした」

「自分が代わってやろうと申し出たと思う。だけど、アンリがそんなことはしないように、跪いて父親に懇願したんだ。そこで、口実を見つけ、申し出を撤回したんだ」

「これは苦境などというものではありません。これは、ご両人にとって、実に過酷な業務でした」

「そうですとも！」私は母に続いて繰り返した。「それは実に過酷な業務でした。お父さんなら、マルグリットの父親のような蛮勇はけっして持たなかっただろうと私は確信します。なんと過酷なことでしょう！　お父さん、あなたならできはしなかったでしょう、違いますか？……」

父は身を震わせた。顔は陰鬱になった。一瞬、非常に苦しそうな様子で私を見たようだった。そして、唇の動きから、父が非常に低い声で二度「ブルータス」*の名を口にしたように私には思われた。突然、父は私のほうにやって来て、私を腕に抱きしめた。

＊「ブルータス、おまえもか」で有名なブルータスのことではない。フランスでは、紀元前五〇九年にローマの王政を倒したブルータスもけっこう有名で、ここではこちらのブルータスを指す。このブルータスは、王政復古を企てた自分の息子たちの処刑を取り仕切った。

「そうだよ、おまえ」この上もなく感動した口調で、父はやっと私に答えた。「私にはけっしてできなかっただろう」

父の優しさがはっきりと表われたこの場面の後で、父は私に教えてくれた、アンリは私が想像していたほど早く慰めを得たわけではなかったこと、それどころか、生涯にわたって悲しみを抱え続け、アンリを幸福にすることしか願っていなかった祖母は、ありとあらゆる労苦を厭わなかったけれども彼の心を晴らすには至らなかったこと、を。

「マルグリットが」父は付け加えた。「彼の心を離れることはなかった。彼が二度とヴェルサイユに足を踏み入れようとしなかったのは、そのためだ。死の床で、断末魔の幻影の中に現われたのは、グレーヴ広場の時と同じように、マルグリットだった。彼は息も絶え絶えにマルグリットの名を口にしたのだったが、それは、可哀相な母にとってさらなる悲しみだった」

父は、こうした細部を私に語ることに満足感を感じているようだった。

「あなたらしいと思うわ」と母が父に言った。「いったん私たち一族の話を始めると、もう終える理由がないのですものね」

「息子に一族の人たちの話をしておく必要がある。実際のところ、この世で息子が知っておくべき人間は一族の人たちだけだからな」

「この子に幸先の悪い話はおよしなさいよ」母が言葉を引き取った。「人生は長く、この子は若い。もし神様のお気に召すなら、この子にもチャンスがあるでしょう」

「息子が少しラテン語を知っているから、いつか大貴族になるなどと想像していないか？ 前にそんな人がいた。もちろん、息子が出世することを願っているが、たとえ落ち目になっても、彼には私と同様、晒《さら》し台の封土*がある。そして、おまえと同じように、彼の妻は地代を徴収しに行くだろう。結局のところ、これはまっとうな人間として生きることと矛盾しない。数々の勅令や行政命令にもかかわらず、人々はわれわれを処刑人と呼ぶのを止めない**。だが、呼び方がなんだと言うんだ？ どんな身分にも救いはある」

＊【原著編者注】晒し台があった場所、中央市場周辺の露店売り場に店を出す商人たちは、パリの死刑執行人に年間地代を払っていた。市の日にしかやって来ない農民たちは、現金ないしは現物で負担分を決済していた。農民たちは執行人の取り分はべつに分けておき、執行人ないしはその使用人は割り当て分を取り、残りには手を触れなかった。パン屋は、パンの上側の皮が下になるように執行人用のパンを置いた。パンがひっくり返っているのを見て、「元に戻しなさいよ。処刑人が持って行くでしょう」と言う習慣は、これに由

来する。かつてパリには複数の晒し台があり、すべて執行人のために封土化されていた。中央市場の晒し台がいちばんよく知られていた。それは八角形の石積みの建築物で、回転軸で動く木製の大きな頂塔がついていた。この頂塔の中に詐欺を働いて破産した者たちを晒し、見物人は誰でも晒し台を回転させる権利があった。一五一五年に、死刑執行人の第一助手、ロラン・バザールが晒された際、彼に不満を抱いていた商人たちが台に火を放ち、彼は焼死した。ロスチエールという名のパン屋が逮捕され、放火犯の一人として絞首刑に処された。

＊＊　「処刑人」のフランス語原語は「bourreau（ブローと読む）」、複数形は bourreaux（読み方は単数形と同じ）」。次に掲げる原著注は bourreau という言葉の語源について考察したもの。

【原著注】上級裁判所から bourreau という言葉を巡って数多くの判決が出された。たとえば、ルーアン高等法院からは、一六八一年十一月七日と一七八一年七月七日に。パリ高等法院からは一七六七年に一度出されているが、一七八七年一月十二日にもう一度出されている。これらの判決は、禁令よりも後に出たものだが、刑事判決執行人を bourreaux という名で指すことを非常に明確に禁止している。

何人かの語源学者は、bourreau という言葉はケルト起源、あるいはガリア起源であると主張している。他の者たちは、この語はイタリア語の sbiro ないしは biro（フランス語では sbire「悪徳警官、やくざ」）に由来するとしている。複数の著述家は、bourreau という名称の起源を一二六〇年までさかのぼらせている。初期の書記官ジャン・ド・モンリュックによって編纂された『パリ高等法院判例集』によれば、司法官たちは、この名称はリシャール・ボレル Richard Borel という聖職者の名前が変形したものにすぎないと考えていた（従来、この聖職者の名前は Bourette あるいは Bora だと主張されたこともあるが、これは間違い）。この聖職者は、ベルコンブに封土を所有し、この地域一帯の窃盗犯を絞首刑に処する任務を負っていた。ベ、ル、コ、ンブの土地において盗人どもを絞首刑にさせてきたような隷属状態によって（傍点部はラテン語）。しかし、彼は聖職者であり、教会は時には流血を嫌うことを証明したがるものなので、彼は金を払って俗人に処刑をさせていた。国王は、この任務のゆえに、彼に年間毎日の食糧を支給しなければならなかった。理論上は、国王みずからがこの任務を遂行するものとみなされていたからである。リシャール・ボレルがベルコンブに封土を獲得するとすぐに、人々は彼を「ル・ボレル le borel」、犯罪人を処刑する者たち全員を「ボローboreau」と呼ぶようになった。その後、ボレルという固有名詞が変形して、「ブローbourreau、bourreaux」と言うようになった。この名称は、当時は侮蔑的なものではなかったが、十六世紀から侮蔑的なものになった。

以上の bourreau という言葉の系統図はかなりよく出来ているが、我がフランスの大部分の貴族の家系図と同様に、それほど確かなものではない。それに、こうして組み立てられた学識の構築物は、ある一つの事実の前にすっかり崩れ落ちる。フランス王家に繋がり、ブルゴーニュ公爵であった、オドンないしはウード一世が、一〇九七年に「ル・ブローle Bourreau」とあだ名されていたのは確かな事実である。そうあだ名された理由は、身ぐるみ巻き上げるために通行人を捕らえ、その後に殺害していたからであった。そうであれば、リシャール・ボレルとベルコンブ封土の話はどうなるのか？　もし、もっと学識をひけらかすために外国語が必要だというのなら、bourreau という言葉の起源をピエモンテ方言の borra に求めるほうが簡単だった。学識をひけらかす必要がないのなら、フランスのいちばん古い言葉の一つである bourre に起源を求めるのが簡単だった。この言葉は、とくにわれわれの家禽飼育場の鳥たちを襲う猛禽類を指すのに使われる。

評判になった死刑執行人たち

「二週間とたたない前のことだが」と父は話を続けた。「私はシャトレ監獄にいた。拷問部屋の中、私の近くで、レンヌ高等法院の検事がパリの検事総長ジョリ・ド・フルーリ氏と話をしていた。レンヌで長年、執行人を務めたジャック・ガニエの美徳について、彼がどれほど感動の様子で語ったかは、実際に聞いてみないとわからない。〈この人物は〉とレンヌの検事は言っていた。〈犯罪人を死に至らしめる前に、いわば、これから行なう行為を償うために、必ず聖体拝領をした。高等法院の司法官たちは、町の外れ、ル・マイユの正面にある彼の家によく球技をしにやって来たものだった。そして、彼はゲームに加わらなかったけれども、司法官たちは大いに敬意を払い、ゲームで諍《いさか》いが生じたときはいつも彼に判断を仰いだ。ガニエは必要最小限以上のものはすべて貧しい人たちにあげていた。彼の死は、本当に町にとっての厄災だった。恩を受けた人々は泣き崩れ、この上もない悲しみの口調で『私たちは父を失った』と叫びながら町を練り歩いた*〉。ジョリ・ド・フルーリ氏は、これほどまでに模範的な生き方に意外そうな様子をみせた。〈あなたは疑り深い方ですね〉検事は言った。〈レンヌの住民なら、誰でも、ジャック・ガニエについて私があなたに話したことを肯定します。彼が死んで、もう間もなく十年になりますが、今日でもなお、人々は聖人の墓のように彼の墓を訪れています〉」

* 【原著著者注】ジャック・ガニエの子孫たちは、彼と同じ道を歩んだ。彼らは、ジャック・ガニエが享受

していた敬意に恥じない暮らしを続けた。一八〇一年に、レンヌに駐屯していた砲兵連隊のある大尉は、当時職務に就いていた死刑執行人の娘、ガニエ嬢と結婚したが、べつに身を落としたとは思わなかった。この士官は少しも仲間から非難されなかった。この少し後、ある処刑の際、受刑者が抵抗し、一般見物人が法への協力を求められるということがあり、一人の砲兵が上官である大尉の義父に手を貸すために処刑台に上がった。この砲兵の仲間たちが帰りを待ち受け、制服を汚したと砲兵を非難し、制服をずたずたに引き裂いた後に砲兵を足蹴《あしげ》にして追い払った。

「私たちの教皇様が」と母が思いを述べた。「いつか彼を列聖してくれたら、愉快なのですが」

「教皇は、その価値もない人間を何人か列聖してきた。あの悪党の聖ドミニック*の例を挙げるだけで十分だろう」

＊ プレイヤッド版編者注によれば、聖ドミニックはドミニコ修道会の創設者で、一二三三年以降、異端審問はこの修道会にゆだねられた。異端審問はやがて「魔女裁判」となり、数百年間にわたってヨーロッパ中に猛威を振るうことになる。「魔女裁判」の犠牲者は女性とは限らず、男性でも「魔女」と認定されれば処刑された。犠牲者の総数は数百万人に達するのではないかという説もあるし、数十万人、数万人程度だったという説もある。サンソン家の人々は一般人よりもはるかに信仰心が厚かった。シャルル－アンリの父親が聖ドミニックを「あの悪党」とまで言っているのは、「魔女裁判」を念頭に置いてのことだろう。

これを聞いて、母は唇に指を当て、私がいるということを示すために目で合図をした。

「おお！」と、一矢報いて自尊心が満たされたかのように父は話を続けたが、普段は、自尊心が満たされた思いをすることなどなかった。というのも、父が自分の宿命を嘆くのに私は何度となく気づいていたからである。「われわれの律儀なガニエは、評判になった唯一の人物ではない。おまえ、覚えているかい」と父は母に言った。「いつかの晩、読んであげた、あの話を？」

「覚えていません」

「おまえは記憶力が弱い。シャルルなら、きっと思い出すぞ」

父が私に発言を促したので、たぶん、自分の手首を切断したスペイン人のことではないかと私は答えた。

「ブラヴォー！」父が叫んだ。「それだ、そのスペイン人だ。王様が彼を貴族に取り立てた。不公正な判決を執行するよりはと、彼は三日月刀の一撃で自分の手首を切り落としたんだ。* これは崇高な行為だ！　だが、人間愛が、もっともこの感情にほど遠いと思われている人間の心に存在することも多いということを確認するには、わざわざスペインまで行く必要はない。ギャンガンで起こったばかりのことも、その証左だ」

＊【原著編者注】サンソンが語っている話はどこにも見つからなかった。たぶん、彼は他の出来事と混同しているのだろう。父親を打つよりはと自分の手首を切断した死刑執行人に関する古い年代記と叙事詩が存在する。最近、フランスの植民地で一人の黒人が事例を提供した、この種の英雄的行為が、クララ・ガジュル劇場の最も美しい演劇のひとつのテーマになっている。

「ある風車小屋で窃盗事件が起こったのだ」と父は話の続きを語った。

「この犯罪の下手人と目された四人の男が逮捕された。四人は裁判にかけられ、絞首刑の判決を受けた。その中の一人が、命を長引かせたいと思ったのか、それとも、悪意によってか、何人かの無実の人を共犯者として告発した。その中に、二人の若い娘が含まれていた。マリー・レスコップとエリザベト・レスコップという姉妹で、田舎の市を巡り歩く、しがない小間物売りだった。二人は、風車小屋の持ち主とその家族全員と対質《たいしつ》させられた。このまっとうな人たちは、窃盗一味と一緒にいた女性は一人だけで、その女性は対質された女性の中には見当たらない、と明言した。レスコップ姉妹も、自分たちは無実だと抗議したが、判事は、二人は有罪と認められると主張し、同じ事件に関わった四人の男とともに刑に処せられるべき旨の判決を下した。

絞首台に連行される時になって、四人の男の中の二人が、聴罪司祭に罪を告白した後に、首席判事に最後の言葉を聴いてくれるように求めた。真実に敬意を表するために、彼らは、二人の若い娘は窃盗とは無関係であり、彼らだけが刑を受けるべきである、と確言した。しかし、判事はいっさい聞こうとはしなかった。この野蛮な拒否を知った証人たちは、刑の執行を延期するように判事に懇願した。判事は、頑として聞かなかった。そこで、この忌まわしくも信じがたい拒絶を世間に明かすことによって、判事に再考を余儀なくさせることができるだろう、と証人たちは期待した。証人たちは、二人の受刑者の宣言内容を急いで人々の間に流布させた。すでにほんの数カ月前、情け容赦もないこの判事は、無実が証明されていたにもかかわらず一人の不運な人を執拗に追及したことで広く反感を集めたことがあった。この判事が新たな犠牲者を生け贄にしようと心に決めたことが人々にはわかった。人々の間から大きな不満の声が上がった。しかし、運命の時が鳴り、受刑者たちは牢獄から引き出され、刑場へと向かい、やがて、憤った群衆の抗議の叫びにもかかわらず四人の男は亡き人となった。中止命令を期待して、死刑執行人は少しの間、恐るべき職務を中断した。無駄な心遣いだった。判事の怒りに満ちた視線が中断を非難していたので、執行人は不運なマリーに手を掛けるのを余儀なくされた。彼はマリーをゆっくりと吊り上げた。ついに、いちばん上に達すると、彼はマリーを永遠の中に放り投げた。彼女はもういない！　悲痛な叫び声が居合わせた人々全体からあがった。後悔などすることのない判事は、エリザベト・レスコップを死に至らしめるように合図を送って命じた。人々の困惑は頂点に達し、すすり泣きが嘆く群衆の声を圧倒した。執行人自身が感極まっていた。そして、執行人がエリザベトに手を掛けたのを見て、人々は身を震わせた。すでに、執行人はエリザベトに梯子を登らせていた。しかし、この娘を救おうと決意していた執行人は、妊娠していると申告するように彼女の耳に囁いた。姉の死体を見て茫然自失の状態に陥っていたエリザベトには、何も見えず、何も聞こえなかった。執行人は、妊娠申告の忠告を繰り返した。しかし、彼女から一語も一音も引き出せなかった。そこで、彼は、みんなに聞こえるように叫んだ――

〈そう言わなければならないのは私に対してではない。あなたが妊娠していると申告しなければならないのは、（聴罪司祭と執達吏たちを指さしながら）あの方々に対してだ〉

策略が成功し、首席判事は、渋々ながらも、エリザベトを牢獄に戻すことを余儀なくされた。急いで報告書が作成され、国王に届けられ、猶予が与えられた。再審をゆだねられたブルターニュ高等法院は、死刑判決を破棄し、不運なエリザベトは無罪放免となった」

エリザベトの解放を物語りながら、父はギャンガンの同業者の機転に対して非常に強い賛嘆の念を覚え、目に涙を浮かべていた。しかし、私は、父の同業者はマリーを絞首刑にする前に方策を思いつくべきではなかったか、と父に言わざるを得なかった。

「遅きに失しても、何もしないよりはましだ」と父は私に答えた。「それに、重要なのはそういうことではない。あのように行動したとき、ギャンガンの執行人はずいぶんと自分を抑え、実際には誤りの中に身を置くことになったのだ。人はいろいろなことしようとするが、決めるのは神だ。息子よ、何が起ころうと、常にわれわれの職業の規則となるべき、この原則を肝に銘じておきなさい。つまり、われわれにとっては、判事たちは教皇のようなもの、誤りを犯さない存在だ、ということだ。事件の中身に立ち入ることはわれわれには禁じられており、正しい裁きと信じるように命じられている。たとえ、全然そうではない場合でも、だ。それが、今もなお時々私が享受している平静さの秘密だ。それは信仰であり、もうひとつの宗教とまったく同じように、ひとつの宗教だ。腕は、頭がすることに干渉してはならない。われわれの救いとなるのは信念だけだ」

「これ以上の真実はありません」と母が述べた。

「そこでだ、シャルルは早くからこのことを心に留めておくのが賢明だろう。われわれは父から息子へと引き継いで、人を殺めるけれども、魂の平安を完全に奪われているわけではない。これがなければ、人生はおぞましいものでしかないからな。仕事をべつにすれば、パリ中がわれわれを行ない正しい人間とみなしているし、もし息子サンソンが何らかの低劣な行為を犯せば、父親自身が真っ先に裁きを下すものと広く信じられている。われわれはいつでもボルガール街に家を構えていたわけではない。かつては、サンテチエンヌ＝デュ＝モン教会近くのエストラパッドに住んでいたこともあった。この頃は、パリの追い剝ぎと窃盗事件のことばかりが話題になっていたものだ。とくにヌフ橋が通行人から外套を強奪する者たちの本拠地になっていた。お仕着せを着た従僕、フランス衛兵隊員、巡査たちがこうした所業に関わっていた。非常に高い身分の人物も、これらの追い剝ぎたちと同一視されても恥じない、とまで言われていた。確かなことは、アルクール伯爵、ルヴェル侯爵、リュー騎士、他の複数の貴族が現行犯逮捕された、ということだ。もちろん、名前を名乗ると、すぐに彼らは釈放された。* 貴族たちが盗みを働くことは身を落とすことではないと信じているときには、死刑執行人の息子が実直さに関して貴族以上に良心的ではなく、羽目を外したいと思ったとしても、驚くには当たらない。そして、ある噂がパリに広がることになった。この噂は新聞にも載ったと思う。それどころか、六週間の間、フランス中がこの話で持ちきりで、他のことは話題にならないほどだった」

＊【原著編者注】当時の回想録に、この手のいたずら行為がいくつか報告されている。D.L.C.D.R. の回想録には次のような一節がある――「偶然がきっかけで私はアルクール伯爵と付き合うことになり、ある日、乱

痴気騒ぎに加わった。いやというほど飲んだ後、ヌフ橋に盗みに行こうという話になった。私は行くのは嫌だと断ったが、ついて行かざるを得なかった。リュー騎士と私は青銅の馬の上に乗った。他の者たちは通行人を狙い、五着か六着の外套を奪い取った。しかし、盗まれた者の一人が被害を訴えたため、警官がやって来て、仲間たちは逃げた。同じように逃げることができなかったため、私と騎士は捕まり、シャトレ監獄に連行された」。判事はいたずら行為を面白がった。高貴な泥棒たちは釈放された。普通の民衆なら絞首刑になったことだろう。

サンソン家当主が息子を処刑⁉

父親は、かつてパリはおろかフランス中に広まった、次のような話を物語った——

高度作業執行人、父サンソンは、息子がしょっちゅうとんでもなく遅い時間に帰るのに気づき、何かよからぬことをしているのではないかと疑い、この生活の乱れに大きな不安を感じた。何度か、息子の後をつけたり、様子を探らせたりもしたが、息子の行き先を突き止めることは一度もできなかった。

普段、父サンソンは、サン＝ルイ老騎士とトランプをして夜を過ごすのが常だった。サン＝ルイ老騎士はサンソンの相手をし、暖炉の傍で時間を潰す助けをしに毎晩やって来た。二人は嗅ぎタバコをやりながらゲームをし、十分に負け、嗅ぎ、勝ったときに、翌日のためにカードを整理し、別れた。セーヌ川を渡らなければならない騎士は、長剣を腰にゆっくりと家に向かい、高度作業執行人はベッドにつく用意をするのであった。ある晩のこと、次々に面白い局面が続いたため、そしてたぶん、規則上の何らかの異論が生じたためもあって、二人は普段よりも長時間ゲームをすることになってしまった。騎士が帰ろうと思ったとき、真夜中の十二時近くだった。これほど遅い時間になったことに驚いた騎士はいとま乞いをし、サンソンは騎士を門まで送った。それからすぐに取って返し、息子が戻っているかどうか確かめるために部屋に行ってみた。青年はまだ戻っていなかった。

「どこにいるんだ？　何をしてるんだ？　賭博場に入り浸っているのか？　ろくでもない女どもを相手に品行と健康を台無しにしているのか？　オペラ座のお嬢さん方、あるいは、放蕩に引き込もうとする若い貴族たちと付き合っているのか？　もしかして、あの連中の仲間に加わっているのか……？」

父サンソンは、どう考えていいのかわからず、様々な予感に心を乱された……。そこで、起きたままでいて、息子が帰宅するまで聞き耳を立てることにした。深夜二時頃、誰かが音を忍ばせて階段を上がる足音を聞き分けた。それは息子に違いなかった。息子は休息を必要としており、すぐに眠り込むはずだった。父は、その瞬間をじっと待った。息子の寝室のドアの前の踊り場に控えていると、やがて、深い眠りに落ちたことを告げる鼾《いびき》が聞こえた。鍵は鍵穴に刺さったままになっていた。室内に入ると、ほの暗いランタンの明かりで、衣服が散らかっているのがわかった。衣服をかき集め、それを室外に運び出し、すぐに戻ってきて、息子のベッドにまっしぐらに行き、息子の肩を乱暴に揺すった。

「なに？　なに？　なんですか？　それは僕じゃない」まだ半分寝ぼけている若者は口ごもって言った。その動転した表情は、何か後ろ暗いところがある良心の困惑を物語っていた。

「さあ、あなた！」父サンソンは、不吉な厳格さをこめて、言った。

「いったい、何だというのです、お父さん？」

「起き上がりなさい、とあなたに言っているのだよ。目をこするのは、その後になさい」

若サンソンは言われたとおりにし、服を探した。

「僕の服、僕の服は？」と彼は尋ねた。「盗まれたんだ！」

「いいや、盗まれてはいない」

「あなたが服を取ったのですか、お父さん？」

「あなたにはもう服は必要ない」

「ああ、僕はもうおしまいだ！」

「そのとおり、あなたはもうおしまいだ。これらの品物の出所はどこですか？」

父サンソンは、財布、時計、銀の靴止めを息子に示した。

若サンソンは、呆然としたままだった。

「情けないやつだ」と父は言葉を続けた。「それでは、これがあなたの仕事なのか！　あなたは老人を襲った、あなたは私の親友を選んだ」

「騎士のことですか？　なんということだ！」

「よく肝に銘じておきなさい。われわれ一族には、いまだかつて、汚点がなかったということを、これまで、サンソンの名は汚れ知らずだったということを。あなただけが……」

「お父さん！」と、顔を両手で覆いながら、若者は叫んだ。

「顔を隠したのは、よろしい」

「ああ、お父さん」悲痛な口調で彼は言った。

「あなたは厚かましくも、父親を引き合いに出すのですか？　あなたはもう私の息子ではない。私はあなたを呪う」

「許してください！……」

「私に許してほしいだって、情けないやつ！」

「私は確かに罪を犯しました、それはわかっています」

「そのとおり、あなたは罪を犯した」

「これが最初で最後です」

「あなたの言うことは信用できない」

「あなたにどんな誓いをしたらいいのでしょうか？　私が受けた洗礼にかけて、私の守護聖人聖ルイにかけて、天にましますの神にかけて、天国のすべての聖人と聖女にかけて、私の血にかけて……」

「もうよい、もうよい、偽善の徒よ。あなたの誓約など、どうでもよい」

「聖体のパンにかけて、もっとも神聖なことすべてにかけて、誓いましょう。これが最後です」

「そう信じよう」

こう述べられたときの、陰鬱で皮肉たっぷりの重々しい口調が、若サンソンを震え上がらせた。寒さと恐怖のために打ち震える彼の様子は、見るも哀れだった。というのも、石も割れんばかりの寒さだというのに、彼はシャツ一枚で、哀れな受刑者のように裸足でタイルの上にいて、その一方、父親の言葉に伴った視線の中に、揺るぎない、恐ろしい決意が読み取れるように彼には思われたからである。

「おお、よき天使よ」と彼は叫んだ。「私を見捨てないでください、私に助けとなってください、私の後悔を哀れんでください！」

「あなたは後悔している。そのことであなたが地獄落ちから免れることを私は望む」

「もう、私を呪わないのですか？」

「呪わない。跪きなさい」

彼は父の言うとおりにした。

「もしシャトレに召喚されたら、どんな刑罰を受けるか、あなたは知らない」

彼は答えなかった。

「よろしい！　私はあなたがグレーヴ広場に連行されるのは見たくないし、我が一族の中に法の裁きによって死んだ者は一人もいないので、私はこの恥辱をあなたにも、私にも免れさせたい。同業者の誰かがあなたを手に掛けたと言われることはないだろう」

息子サンソンは、髪を引きむしり、家中に叫び声を響かせながら、床を転げ回った。

「お許しを、お許しを！」と彼は繰り返した。

「さあ、あなた」父は彼に言った。「子供じみたまねは止めなさい。公道で襲うのは、大人がすることだ。今、三時だ。あなたの魂の救済を神に願うがよかろう。二十分、時間をあげよう」

いくら頼んでも無駄だと悟り、青年は諦めて、最後の審判者にのみ祈りを捧げることにした。彼はお祈りを始めた。ついに、二十分たった。部屋の片隅に座ったままでいた父親は、さっと立ち上がった。息子のところにやって来て、騎士の時計を見せた。

「おわかりだな、あなたの時間が来た。今際《いまわ》の祈りをしなさい」

すぐに、彼はポケットからピストルを取り出し、銃口を罪人の耳に当て、頭を撃ち抜いた。

その夜の内に、彼はヴェルサイユ宮殿に行き、国王に謁見を求め、自分の行為の動機と状況を述べ、同じようなことは二度としないという条件で交付された赦免状を手にして戻った。翌日、パリ中が、高度作業執行人が息子を殺し、国王が恩赦を与えたことを知ったが、事件の詳細はまだ知られていなかった。

サン＝ルイ騎士は、お悔やみを述べるために、友人である高度作業執行人の家に非常に動揺の面持ちでやって来た。家に入ってみて、騎士は、自分の悲しみとはまったく対照的な陽気な雰囲気があふれていることに驚いた。普段は陰気で物思いがちな父サンソンは、快活と言っていい様子をしていた。食事が用意され、サンソンは食卓につこうとしていた。ロール焼き肉を眺めながら、手をこすり合わせ、早くナイフを入れたがっていた。

「いらっしゃい」と彼は騎士に言った。「もしわれわれと同じようにしたいなら、席につきたまえ」

「食事をする気分ではない」

「どうしてだい？　君の年金の四分の一が削られでもしたのかい？」

「少しも削られていない」

「それじゃあ、ダイエットする理由でもあるのかい？」

「あなたにはわかっているはずだ」

「ひょっとして、今日は何かの前夜祭断食の日かな、それとも、四季斎日かな？　そうではあるまい。私は君と同じくらい良きカトリック信者だが、私のカレンダーには節制の日とは書かれていない」

「あんなことがあった後なのに、私にはわからない……」

「何がわからないと言うんだい？　レクイエムの祝宴の日だ。気をもんで、何になる？　死者たちと一緒には生きられない。さあ、我が友よ、ロール焼き肉の一切れでワインを一杯やるんだ」

「できない」

「君は、これは神聖な肉、聖アントワーヌ修道会の豚の肉じゃないかと心配しているのか？　安心したまえ。これは放浪豚の頭部肉で、しっかりと認証されている。パリ市立病院に豚を丸ごと持って行って、捕獲は問題なしと認められた＊」

＊【原著注】かつてパリでは数多くの豚が敷石道やそうでない道で草を食む光景が見られた。複数の王令が、これらの豚の捕獲を許可していた。警察官は、これらの豚のうち、放浪豚、つまり、持ち主無しの豚を屠殺することを許されていた。豚をパリ市立病院に運んだ後に頭部を自分のものにできた。後に、この権利は高度作業執行人に与えられた。ただ、聖アントワーヌ修道院の豚には手を触れないように命じられていた。修道院の豚は十二頭いて、首に鈴をつけていた。

「お好きなだけ、捕獲は問題なしとおっしゃっていなさい。私は食べはしません」

「ご馳走を食べてもらうために、お願いして、かつ、こんな目に遭うというのでは、あんまりじゃないですか」

　サンソンは騎士にコップを差し出した。

「さあ、悩みを飲み下しなさい」

「君には臓腑がないのか？」

「ありますとも。今も臓腑が叫んでいるのを感じます。早く食べ物を補給してくれと言ってます」

「虎のような心、無情な父親、恐ろしい魂、サンソン！　サンソン！　君は息子さんをどうしたのですか？」

　この厳重な詰問に、高度作業執行人は大声で笑い出した。

「あー、あー、あー！　これで、またもう一人だ。騎士殿も、他の人たちと同じようにひっかかった。なんということです、君、君の歳で、こんな与太話にだまされるとは！　――ルイ、ルイ」と父サンソンが呼んだ。

「何かご用ですか、お父さん」

「私たちの友人に、私はおまえを殺していないと言ってほしい」

騎士は驚きからさめやらぬ様子だった。

「君は死んでなかったのか？　これは夢か？　本当に君か？」

「確かに、彼だ」と父が答えた。「他の人間ではない」

「でも、噂では、ずいぶん確実なこととして……」

「彼が盗みを働き、私が彼の頭を撃ち抜いた、というのだろう？　ところで、君、彼は誰のものを盗んだと非難されているか、知っているか？」

「考えたこともない」

「君だよ。彼は君の時計、靴の留め金、財布を盗んだことになっている。たぶん、今頃は、川浚いをして君の死体を探してるだろうよ」

「ああ、それはすごすぎる話だ！　いいや、私はここにいる、そう感じる、確かに私だ。私の時計は、ほらここにある。私の留め金は、ちゃんと靴についているのが見えるでしょう。財布はと言えば（騎士は財布を取り出し、空っぽであることを示しながら）親愛なる君」と、私の手を愛情を込めて握りしめながら言葉を続けた。「君は大していい獲物《えもの》は得られなかっただろうね」

「どうだね」と父が言った。「私は虎の心の持ち主かね？　私は無情な父、恐ろしい魂かね？　今でも私を恨みに思うかね？」

「彼は生きているのだから……」

「われわれと一緒に食事したまえ」

「嬉しすぎて食欲がなくなったが、甦《よみがえ》りを祝して、喜んで乾杯しよう。本当に、親愛なるサンソン、私は君を祝福する……。こんなふうに言うケースだな、『あなた方が殺す人たちは、元気にやっている』とね」

「うまく選ばれた引用文句だ！」父は眉をしかめながらつぶやいた。

「私としたことが、どうしたことだったろう？」騎士は自問した。「うっかりして、馬鹿なことを考えたものだ。でも」と、私の膝に手を起きながら、急いで付け加えた。「あの状況では、私が取り乱したのもしかたがなかった。幽霊の脇にいたのだもの。それにしても、どこのどいつが、こんな出鱈目《でたらめ》な話を思いついたんだ？」

「旧友よ」父が騎士に答えた。「君にはまったく罪がない。たぶん、君は戦争の策略に通じているのでしょう？」

「その自負はあります。フロンタンとフォラール騎士を読めば、策略に関しては詳しくなります」

「そうでしょうとも。けれども、警察にもそれなりの策略があります。民衆を罠に掛けようとするとき、民衆に蝶々が飛んでいると言うのです。そして、民衆がそっちのほうを振り向いた隙に……。

君、僕の言ってることがわかるかい？」

「わかります。政府が何らかの悪巧みをしているとき、他のことが話題になるように計らうのです。陽動作戦！　ペテン師たちはわれわれのポケットに手を突っ込んでいる間に、仲間に由《よし》もないことを触れ回させるんだ」

「それだよ」父が続けた。「今日、パリで息子と私のことばかり話題になっているのは、間違いなく、何か策略が巡らされている、ということだ」

「つまり、賭博台の上にちょっとした小細工がある、ということですね」と、これからは、自分で確認しないうちは何も信用しないと厳かに誓った後で、騎士が答えた。「今後は」騎士は続けた。「私は二度とだまされはしない。聖トマスのように、不信の教徒になろう」

　しかし、われわれに関して流された嘘を真《ま》に受けたのは騎士一人だけではなかった。おまえがアルディ氏の寄宿学校にいた間、おまえの世話を頼んだ人の父親、フェレ氏は、私が本当に生きているかどうかを確かめるために、わざわざパリまで旅行してきた。父の同業者や友人の何人もが、手紙を書いてよこして、ある人たちは父に同情し、またある人たちは私に対して厳しすぎると父親を非難した。この人たちの心遣いは、大いに父を面白がらせた。父は、みんなに、私は元気だ、しかも、非常に元気だと答えたが、無駄だった。反対に考えるほうが刺激的だと思ったのだ。だから、親愛なるシャルル、これ以上の真実はないと主張しつつ、出鱈目なことを一所懸命になって話す人たちがまだいるのだよ。結局のところ、清廉潔白さについてのサンソン家の極端なこだわり、ということしか確実なことはない。このことが、インチキ話に本当らしさを与え、今日まで語り継がれることになったのだ。その結果、これが時代から時代へと、アーメン、受け継がれる伝承になっている。だから、話を新しくするために、騎士から盗んだのはおまえ、シャルルで、裁きを下したのは私、と言うことを誰かが思いついたとしても、驚くほどのことでもあるまい。*

＊ 今、ここで述べられたばかりの物語と同じような話が、シャルル゠アンリの孫、六代目当主アンリ゠クレマンが書いた『サンソン家回想録』に載っている。バルザックは、「アンリ・サンソンの手稿」と同様にここでもフィクションを交えているが、話としてはこちらのほうがずっと詳しく、迫真性がある。フィクションを交えたほうがより真実に迫れる、という努力と考えたい。

第十章　父親の心配り

死刑執行人に対する敬意と偏見

しばらく前から父がなにかにつけ同業の人々について私に話そうとしていることに私は気づいていた。あるときは、父はリヨンの執行人、リペ親方を引き合いに出した。父が言うには、彼は住民から好意的に見られ、治癒する技術について大評判を取っていたので、この地方の人々は三十里四方から診てもらいに来た、ということだった。彼はすばらしい治療を施し、貧しい人たちは無料で診察し、自腹でブイヨンや肉を与え、医学部や高名なプチ博士に見放された数多くの人たちの健康を回復させた。プチ博士は、非常に巧みな医者だったのだが。またあるときは、父は、施術において並ぶ者なきムッシュー・ド・ディジョンの外科手術の上手《うま》さを褒めそやした。

またあるときは、父は新聞に載っている記事を私に読ませた。エタンプの司法官たちがこの町の判決執行人デモレ氏*の葬儀に参列したことを報じる記事だった。記者は、偏見を乗り越えたと司法官たちを褒めていた。三十年前**なら、彼らは辛辣に非難されたことだろう。

* 【原著著者注】一七九〇年に、他の市民たちが享受している特典を分かち持たせてくれるようにわれわれが国民議会に訴えたとき、エタンプの司法官たちは、議会がわれわれの要求の正当性を認めるのを待ちはしなかった。

「つい最近」と、息子デモレが早くも二月二十六日に私に手紙を書き送ってきた。「私はわれわれの司法官諸氏のところに行き、われわれの陳情書の一部を提示した。司法官諸氏は、われわれの要求はまったく正当なものと認め、これが受け入れられないことはあり得ない、と私に語った。司法官諸氏は、われわれに戸籍上の身分を拒否することは人権侵害にほかならないと強く確信し、地区集会でわれわれの陳情書を朗読したところ、司法官諸氏の意見はまったく正当なものと認められ、ただちに私は兵士・市民の資格で登録された。仕立屋が現在私の制服を制作中で、私はすでに国民衛兵隊に組み入れられている。署名、デモレ」

** 原文では「三十年後」となっているが、これだと辻褄が合わない。《自由と平等》を謳うフランス革命が勃発して初めて、死刑執行人にも市民権を認めようという動きになったのだから、「三十年前」の誤記と判断した。

サルグ氏とヴィルテルク氏が、デュイブールの司法官たちが同じような行動を取った際に『フランスの観察者』紙（革命暦十二年霧月二十二日付*）に書いた、私にとって侮辱的な記事を私は今もよく覚えている。この町の執行人が死んだばかりであった。隣人たちは彼を埋葬したがらず、墓掘人夫たちは彼の埋葬を拒否した。埋葬拒否の噂が町中に広まった。すぐに、町中の学者、思想家、偏見から自由な人々が故人の家に集まった。そして、司法官、商人、大学博士たちがいそいそと故人に対して最後の義務を果たした。棺を担ぐ名誉を我先にと申し出た。棺の周囲に荘厳な葬列ができ、人々は、高度作業執行人の亡骸を取り巻く盛儀と彼に捧げられた特別な栄誉に驚いた。

＊　革命暦（共和暦）というのは、共和国宣言がなされた翌日、一七九二年九月二十二日を共和元年元日とする暦。フランス革命の人々は、これまでの世の中とはまったく違う新しい世の中にするという意気に燃えていたので、これまでの古い暦を使うことを潔しとせず、新しい暦を作った。革命暦十二年霧月二十二日は普通の暦で言うと一八〇四年十一月十二日になるが、これだとナポレオンの時代になってしまうので、この年月日は明らかに間違っている。この数行後に引用されているのが、サンソンが「私にとって侮辱的」と言っている記事だが、内容は革命初期のことである。

父の存命中にこのようなことが起きていたなら、これが報じられている新聞を必ず私に見せたであろうこと、間違いない。しかし、父は、以下に引用するような種類の言説は私の目に触れないようにしっかりと気をつけたことだろう――

「われわれを取り巻く革命の混乱の最中《さなか》において（と、サルグ氏とヴィルテルク氏はお上品ぶった怒りにまかせて語っていた）錯乱、狂信、血に対する飢えがあらゆる頭脳を興奮させている時期に、処刑人を持ち上げる法令が裁可された。処刑人と付き合い、一緒に飲んだデュケスノワという名の国会議員がいる。クラブや委員会の長たちが処刑人の職務を分かち持ち、首を断ち切ることを名誉と心得ている。こうしたことすべては、不幸な時代の狂気がなせる業《わざ》である。とはいえ、司法官、大学博士、誠実で人望ある市民たちが、突然、礼節の弁《わきま》えを忘れ、祖国に栄誉をもたらした主《おも》だった司法官、戦士、学者たちにはめったに与えないような名誉を処刑人に付与するに至ったことをどう考えればいいのだろうか？　もちろん、処刑人といえども埋葬されなければならない。しかし、埋葬の決まりを定めるのは法である。その職業が同胞を絞殺し、首を刎ねることである人間を糾弾する世論は、偏見ではない。憲法制定国民議会において市民の諸権利を定め、平等を打ち立てることが問題になったとき、それまで世論に糾弾されてきた処刑人は擁護者に事欠かなかった。ミラボーは、もっとも熱心に処刑人の利益を擁護した人物だった。彼は偏見を論駁《ろんばく》し、処刑に立ち会うイギリス人の考え方を称揚し、人間を絞首刑にする行為の中に非常に正しいことしか見なかった。彼は、処刑人に司法官の称号を与えるアリストテレスの例を引いた。彼は、高度作業執行人が身近にいなかったために、自分が判決を下したばかりの受刑者を自分自身の手によって鞭打ち、焼き鏝の刑を執行したロンドンのある判事の話を報告した。モーリー神父は、他の市民たちが享受していた権利を処刑人に与えることになる法案に反対した。彼は同僚たちに尋ねた、自分たちの間に処刑人が席を占めるのを望むのか、この自称司法官に議長になってもらいたいのか、この者と縁戚関係を結ぶことを望むのか、と。彼は次のような強い言葉で締めくくった――

『いいや、違う、処刑人を社会から排除するのは偏見ではなく、自然の情だ。命を奪うために同胞に挑みかかり、動き回り、もがく人間を、私はけっして冷静な気持ちで見ることはできない』

にもかかわらず、法案は採択され、以来、パリの処刑人が堂々と国民衛兵隊に入り、私の思い違いでなければ、革命軍*の一隊を指揮する光景が見られることになった」

＊「革命軍」というのは、外国と戦争する軍隊のことではない。一応武装はしていたけれども、教宣活動を行なう集団であった。

父は、自分の生活環境の惨めさを私の目から隠すヴェールの一端を持ち上げることしかしなかった。しかし、父は、侮蔑と孤立が自分の運命であることを私に隠すことができなかった。そしてまた、そのような消極的な態度のゆえに、卑劣さによって捏造《ねつぞう》された誹謗中傷を退けることができないという事態が生じるのだということを私に警告しはしなかった。父は私に次のように言いはしなかった――

「法は、表面上、他の市民と同じように私を保護することになっているにすぎない。私が不当な攻撃を受けても、私の訴えは受理されないし、もし受理されたとしても、取るに足りない結果しか得られない」

父は私に次のように言いはしなかった――

「私はまっとうな考えの持ち主だが、誰でもそれを否定しても不都合とはみなされないだけでなく、私がまったく逆のことを考えていると想定できる」

それどころか、父は私に言っていた――

「私が法の腕であるがゆえに人は私を糾弾するが、法は必要なものであり、陵辱された社会のために復讐する腕は間違っていない。私の使命に恐ろしいところがあるので、人は私を糾弾する。しかし、私が為している善に対して人は感謝しており、私に美徳があれば、人はそれを考慮する。人は表だっては私を評価しないが、内心では私を尊重している」

その後、私がバイイ氏とラファイエット氏に対して陰謀を企んでいると非難されたとき、そしてさらに少し後に、サルグ氏とヴィルテルク氏が、彼らの罵詈雑言に反論する機会は私に与えられないと確信して、私が革命軍の一隊を指揮したとでたらめを言ったとき、私ははっきりと悟ることができた、父の職業を私がひどく嫌悪することを恐れて、父はこの職務を担う者にとって永遠の苦役となっている苦悩の数々の大部分を私に黙っていたということを。

環境に慣れさせるために

父は、知らず知らずのうちに私が父の職業に馴染《なじ》むようにしようとしていた。その一方、もし私が簡単にそうなってしまったなら、父の私に対する評価はひどく悪いものになったことだろう。父の職務に伴ういろいろな義務に段階を追って慣れさせようと父が考えていることは、私にはわかっていた……、そして私は父が手心を加えてくれていることをありがたく思っていた。ある朝のこと、父は早い時間に私のベッドの枕元にやって来た。疲れているようだった。憔悴した顔、落ちくぼんだ目は、眠れぬ夜を過ごしたことを物語っていた……。

「なあ、おまえ」と父は言った。「泳ぎを覚える必要がある」

「冬のまっただ中に、そんなことを考えてはいけませんよ」

「すぐにやろうと言っているのではない。その季節になったらだ」

「お父さん、なぜ泳ぎを習うんですか？」

「川に落っこちても、誰も助けようとしないこともあり得るからだ」

「そういうことなら、お父さん、泳ぎを覚えましょう」

「よろしい」父は続けて言った。「急に冷たい水に飛び込むと、非常に苦しく感じるものだ。だが、まず最初に手足の先を冷たい水に浸せば、体の残りの部分を入れても、もう大したことはない。なあ、おまえ、人間が耐えられない温度など、ない。もし、何か不思議な巡り合わせで、おまえがいきなり熱帯地方、ないしは、北極に投げ込まれたとしたら、おまえは確実に死ぬだろう。逆に、もしおまえが旅行者のようにゆっくりと土地を巡ってそこに辿り着くなら、おまえの体は間違いなくこの変化に対応する。精神と肉体、魂と体も、同じように適応する。

おまえは、まだ刑の執行を見たことがなかったな？」

「ありがたいことに、ありません、お父さん。そして、全然見たいとは思いません」

「ところで、今日、車裂きの刑がある。おまえが執行に立ち会ってくれても、わしは悪い気はせんがね……」

「それはご容赦ください、お願いです」

「おまえは、ただ見ているだけでいい。おまえに提案しているのは、見習い修行ではない。おまえが刑の執行に立ち会ったからといって、おまえが何かしなければならないというわけでもない。だが、いつの日か、仕事をよりよく行なうことがおまえ次第ということになるのなら、少なくとも、それがどんなふうに実行されるのか、知ることにはなるだろう」

私は父に、あなたは私を絶望的にさせている、と答えた。

「そうだと思う」父は答えた。「私もまたバラの花の上にはいない。けれども、私はおまえに来てほしい」

「あなたはそれをお望みです」私は父に言った。「あなたの言いつけは守られるでしょう」

そして、父に従順さを示すために、私はただちに服を着た。

第十一章　科学者たちとの交流

奇妙なドイツ人科学者

　ギヨタン博士*の主催の下に行なわれた生理学的実験に、私は足繁く通った。この実験の結果は大げさに語られすぎもしたが、それでも、私の精神に非常に嘆かわしい確信をもたらしたことに変わりはない。つまり、生命と思考は、体組織の崩壊が始まったときにしか停止しない**、という確信である。これが真実であることは、その後、非常に学識ある複数の医師、とりわけ、その最近の死が非常に惜しまれた有名なビシャ、そして、その理論が現在大いに話題になっているガルによって確認された。これほどに優れた学者諸氏とどうして私が関わりを持つようになったかについては、改めて説明する必要もあるまいと思う。それに、学者諸氏が私と会うことにどんな利点があったかは容易に見当がつくだろう。ガル博士の講義に通った人たちは、頭蓋骨の収集において特別な標本を私から手に入れたことが一度ならずあったことを彼から聞いた。今は人々は、彼が唱えた頭蓋骨の突起とそれに呼応する脳の部位を笑いものにしているが、この点に関する彼の考えは、論敵たちが主張しているほど突飛なものではないだろう。***

*　ギヨタンは高名な医師で、フランス革命初期には国会議員も務めた。ギロチンの主唱者として知られるが、彼の意図は「できる限り苦痛少なくして死に至らしめる」という人道的なものだった。その後、ギロチンが猛威を振るい、残酷さの象徴となったことは周知のとおり。

**　人はギロチンにかけられた瞬間に死ぬのではなく、ごく短時間だがなお生きている、ということ。

***　このドイツ人科学者ガルは、殺人者の頭蓋骨には独特な突起があるという説を唱えていた。この仮説は誤りであったが、その後、脳の各部分には、言葉を司る部位とか感情を司る部位とか、それぞれ固有の機能があることが明らかになり、ガルの仮説はこうした近代的発見の先駆けになったとも言える。だから、サンソンがガルを擁護したのは正しかったのである。

ガル博士が初めて私の家にやって来たとき、私の頭に殺人者の突起が見られないことに彼は非常に困惑した。彼は言葉遣いの独特さのおかげで、少なくとも、科学上の意見と同じくらいは聴衆を集めていたが、気を取り直して、おかしなフランス語で私に次のように語った――

「サンソンしゃん、あなたの体、死刑しこ人にふさわしくできてないこと、大きな不幸でしゅ……。あなたのころしゅ行為、それ、教育には、そう、まひゅさせる器官にとてかわれるよな力があるという証拠。その時には、ぽうりょくが能力の代わりしゅる」

ある日、彼は私を自分の書斎に連れて行ってくれた。

「ここに」と、幾列にも並んだ頭蓋骨を私に指し示しながら、彼は言った。「私、犯罪と美徳の頭蓋骨、たくしゃんもてる」

　それから彼はそれぞれの人物の生涯を、墓碑銘のように、つまり、非常に簡潔に語った。「番号1をぎょらんくだしゃい。なきゃなきゃのワル、何人かの女性を殺害。小脳、三倍に肥大……。番号2、これ、若い娘、十五しゃいにもなていなかた。自分の子供を殺したため、ペルリンで処刑された。きゃわいそうな不幸なむしゅめ。ハシバミの実ほどの小脳もない。そこに何のいちょうも認められないだけでなく、ちょじょ帯もあった。たぶん、ちょじょだった……。番号3、これ、わたしゅの親友だた。フレテリック・キヴィエ氏のたいの仲良しだた。私、そこのピンに彼の小脳もてる。すごい天分。四リーヴル重さある……。番号4、マッケンジーしゃん、みんにゃの友、たれにもしゅんせつ、本当の中国頭、なみらかで、でこぼこない……。番号5、ああ、こりは大盗賊、シンデルハネス氏！　快男児だた。盗み、殺人、たくしゃんした。横にあるの、こそ泥、九歳でちぇんねんとうで死んだ。十しゃいすぎには、シンデルハネスになったことたろ、この子は。それと、音楽的頭骸骨。ナイチンゲール頭の兆候ある……。番号6、老婦、水頭症の女王。この頭を調べるのに十年かかた。費用百クローネ。彼女のおかげで死にそうになた」

　私が報告したよりもずっと長かった説明の後で、博士は深い溜め息をつき、それから言葉を継いだ。

「しかし、このコレクションには宝物欠けてる。それ、親殺しのちれいな頭蓋骨。ああ！　サンソンしゃん、もしあなたがいい親殺しを私にくれたなら、あなたはなんとごしゅんせつなことでしょ……。手に入れるため、努力してくだしゃい……。ああ、もしあなたの管轄で親殺しが犯されたなら、なんと幸せなことでしょ！」

博士は、恋人が愛する人の好意を渇望するように、親殺しの頭蓋骨を渇望していた。ジョルジュ・カドゥダール＊の処刑の翌日、博士は家にやって来て、相変わらずじりじりとした思いで欲しがっている親殺しの頭蓋骨の話をした。

＊ カドゥダールは反革命王党派の頭目の一人。ナポレオンの暗殺を狙い、パリに潜入しているところを捕まった。処刑されたのは一八〇四年。

そこで、私は一七九四年から保有している頭蓋骨を彼に見せた。

「博士」私は彼に言った。「これは恐怖政治の犠牲者の一人の頭部です。前貴族で、死んだとき、三十歳以上ではありませんでした……。この人物以上に優しく、感じのいい顔、善良さにあふれる顔はあり得ませんでした。同じく革命裁判所で死刑判決を受けた十七人の仲間と一緒に死にました。亡命の罪で起訴され、有罪とされました」

「おー、おー！」と博士は叫んだ。「サンソンしゃん、あなた、私を馬鹿にしてる。このしとの頭、いみゅべき悪党！」

「おっしゃるとおりです」と私は彼に答えた。「しかしながら、この人は聖者のような諦観で処刑台に上がりました……。表情にやつれたところはありませんでした。良心に一点の曇りもない、といったふうでした。頭部が切断された後では、これ以上に醜悪な顔を見るのは不可能でした。後悔の念と最高度に達した苦しみが、そこにそのまま表われていました。助手たちがこの男の衣服を探り、書類を見つけ、私に持ってきました。それは『我が告白』と題された書き物でした。私はそれを保管しています。もし中身をお知りになりたいのなら、ほら、これです。まだ大勢いる家族に配慮して、名前だけ削ってあります」

博士はすぐにこの遺言書を読んだ。その後博士は講義の中でこの文書について何度も語っているので、私が渡した写しが真正なものであることは保証されている。

ある告白の手紙

父と子と精霊の御名において。かくあれかし。

犯しもしなかった罪の償いとして間もなく社会から切り離される時にあたって、神の前において許しを得るために、私の人生を汚《けが》してきた前代未聞の悪行の数々を、私は世の人々に告白しなければならない。今日に至るまで私は刑事罰は受けずに来たが、悔悛の念が贖罪なきままになろうとしているこの時に襲いかかる無数の後悔と恐怖によっては罰せられている。

使徒の伝統を受け継ぎ、ローマ教皇に服するカトリック教会の聖職者の胸に、私の魂の苦い秘密を吐露したいと思いはした。私の魂は、恐るべき永遠が近づいた今ほど、嫌悪と絶望にかられて自省したことはなかった。しかし、一つ気がかりなことがあった。私はあまりにも長い間聖なる宗教の教えを蔑《ないがし》ろにしてきたとはいえ、宗教が偽りの預言者たちにゆだねられているこの時期、地獄の苦しみを味わっている心の傷に慰めの香油を塗ってもらうために偽りの聖職者たちを呼びたくはなかった。* そこで、私は自分の悪行を世間に告白する決心をした。しかし、不幸な運命によって無実のまま私と同じ処刑台に上ることになった立派な人たちを悲しませたくはなかった。自分たちの血が、もっとも軽蔑すべき人間の血と混じると思って苦痛を感じるのを避けさせてあげたいと私は思った。私がこれを書いたのは、このような理由のためである。こうして、私の死後にこれを見つけ、読んでくれようとする人、それは誰でもいい、その人を私の聴罪司祭にすることにした。

＊ この頃は、カトリック教会は、革命に忠誠を誓った「宣誓派」と、それを拒否した「非宣誓派」とに分裂していた。宣誓派の聖職者たちはキリストを裏切ったと考える人も多かった。

十四歳のとき、聖体秘蹟のパンを受けるために、私は初めて聖体拝領台の前に平伏するように招請された。私は不信心者で、他の子供たちにとっては非常に厳粛なこの行為は、私にとっては瀆聖の機会でしかなかった。

十五歳のとき、妹を犯した後に、私は家を離れた……。以来、私はおぞましい本を読みまくり、それは私の情欲を燃え上がらせ、理性を失わせた……。妹は私の不吉で罪深い行為が元で死んだ。妹は私を許すよう懇願しつつ死んだ。そして、ほんの数日後、母が後を追うように死んだ。悲しみが母を墓へと導いたのであった。

その少し後に、私はロランジェ連隊に入り、士官になった。上官たちは私の態度に満足し、私を父と仲直りさせ、父は私に会いたいと言った。四年間家を留守にした後、私は半年休暇を取って、ルエルグに戻り、私の帰還は放蕩息子の帰還のように祝われた。父は、過去に起こったことについてほんの少しでも覚えているような素振りは見せなかった。ただ、まだ若い父は長い一人暮らしに疲れている様子で、再婚に関して私は不安を抱き始めたが、これを完璧に隠し通した……。父は私を信頼していたので再婚の意思を私に隠さなかった。私はそれに反対しなかった。何事においても父の意向に逆らわない、ということに私は方針を決めていた。私は父と同じように考え、父が望むことはすべてよしとし、父が提案するすべてのことが私の趣味に合っていた。私は父のほんのちょっとした望みも先回りし、父は大変に喜んでいた。父はいつも狩猟に夢中だった。私は森の中にしか気に入った場所がないという様子をし、父について行きたがり、父に同行することが私には嬉しくてたまらないというふうに父には見えたので、父は幸せだった。

ある朝、それは一七八一年十月十三日だったが、夜が明けかかったばかりの頃に私たちは館を後にした……。父は並外れて陽気だった。猟犬たちをこれほど響きのいい声で呼んだことはかつてなかったし、たぶん猟犬たちがこれほど彼にじゃれついたこともかつてなかっただろう。彼は口笛を吹き、歌い、いつも以上に体調がいいと感じていた。彼は二十歳の敏捷さを取り戻していた。

「アレクシス」彼は私に言った。「今日はいい日になりそうだ。私の思い違いか、ヒースの茂みに何かすごい獲物なしには日が暮れないか、どっちかだ……」

彼がこうした期待を述べている間、たぶん私の顔には何か陰気な様子が表われていたのだろう。というのも、私が悲しそうだと彼が指摘したからである。そんなことはないと私は答えた。グレジルの広大な森の縁に沿って進みながら、会話によって、私の精神状態について彼は思い違いをしたと証明するように私は計らった。私たちは日暮れ時まで野原を駆け回った。そして、太陽が地平線から消える少し前、雑木林を蛇行する小さな川に沿って進むうちに私たちはアヴェロン川のほとりに着き、ヤマシギを待つためにそこに留まろうと父が提案した。私たちが配置についた場所は、湿って樹木が生い茂った小峡谷の一つで、その曲がりくねりがこの鳥が通るのを確かなものにするのである。私たちが待ち伏せして約十分たったその時、騒がしい空気の動きが父の注意を呼び覚ました。撃つ喜びを彼に譲ることになっていた。獲物が現われ、彼はそれを撃ち落としたが、彼が発砲した瞬間、彼自身も撃たれて倒れ、死亡した。すぐに、私は二度銃を撃った。私は叫び、助けを求めた。誰も来なかった。フェヌロルの村より近いところに家はなかった。私は大急ぎでそこへ行き、すっかり度を失って司祭館に入った。私の取り乱した様子は重大な知らせを告げるに余りあった。

いかにして父が見えざる暗殺者の銃弾に撃たれて目の前で死んだかを語りながら、私はひどく興奮していた。密かな敵の復讐、卑怯な怨恨を私は糾弾した。この間、司法当局に通報がなされた。サンタントナンの司法官が父の死体を収容したが、忠犬メドールが傍に付ききりだった。最初、私に殺人の疑いが向けられた。とは言っても、それほどおおっぴらには私に嫌疑はかけられなかった。父のすべての友人、普段家にやって来ていたすべての人が、父と私は最良の関係にあったと証言した。もっとも厳格な捜査が命じられるよう、私自身が願い出、急《せ》き立てた。

　父の頭から二つの銃弾が摘出されていた。もし銃弾が私の銃から発射されたとすると、銃弾を私の銃にもう一度入れられるはずなのは明らかだった。試してみると、銃弾はずっと大きすぎた。この事実が私の無実を決定づけるものとされたため、司法官は私に詫びを言った。

　私をかなりの財産の所有者としたこの出来事の後、私はひたすら隠遁と喪に服する生活に徹した。地域一帯が私の無念さを知った。私は慰めようがないように見えた。ついに半年休暇の終わりに近づきつつあったので、私が兵営に向け出発する準備をしていたとき、ペイロルスという名前の若い漁師がボネット川*で取った大きな鱒を売りに来た。われわれは値段について折り合いがつかなかった。

＊【原著注】ボネット川はこの地域の小さな川。サンタントナンでアヴェロン川に合流する。

「さようですか」と彼は私に言った。「私の魚をお望みではないのですから、私には別な物があり、網に入れて持ってきています。こちらのほうは、必ず、都合をつけていただけると思います。一万フランいただきます」

　そう言いながら、上っ張りの下に手を入れ、麻と綿の緑色の綾織り布で出来た小さな袋を取り出した。その中に入っている物の形を見分けたとき、私の体に戦慄が走り、髪の毛がすべて逆立った。

「けっして高くはないでしょう?」私の恐怖の様《さま》を見て、漁師は続けた。「もし私が望めば、あなたはもっとお金をくださるでしょうが、私は物わかりのいい人間です」

そして、こう言いながら、彼は緑の袋から小型のラッパ銃を取り出し、私に見せた。

「きれいな銃ですよね」彼は続けて言った。「銃弾はこの銃には入るでしょう。これに見覚えがありますか? あなたは、そして私も、この銃が誰の物であったか知っています。川に投げ捨てる物すべてが、行方知れずになるわけではありません。さあ、一万フラン、さもなければ、手首切断です*」

* 親殺しは死刑と決まっていたが、処刑に先立って手首を切断されるのが慣例であった。これは、直接悪事を働いた部位をまず罰するという考えによる。革命期に野蛮だとして廃止された時期もあったが、ナポレオン時代に復活され、一八三二年の刑法改正まで続いた。

私は、呆然自失、雷に打たれでもしたかのように、黙っていた。

「私の話がおわかりですか?」と彼は私に尋ねた。「一万フラン、しかも鱒をおまけに付けます」

私は少し恐怖から立ち直っていた。

「一万二千」と私は彼に答えた。「もしおまえがおまえのみっけ物のことを誰にも話していないのなら」

このことで口を開いたのは私が最初で最後だ、と彼は誓って言った。私はすぐに全額その場で支払った。そして、彼を夕食に引き留めた。私はご馳走を振る舞って歓待し、私の命を救ってくれた人間ででもあるかのように飲ませた……。翌日、金貨は私の旅行鞄に戻り、漁師は姿を消した。アヴェロン川の深淵が彼の沈黙を私に請け合ってくれた……。漁師が川面に浮かび上がってきたとき、彼が溺れ死んだのはまったく自然に見えた。

この時以来、罰せられないことで大胆になり、私は罪から罪へと渡り歩いた。私が身を汚さなかった、どんな恐ろしい悪行もない。誘惑、拉致、放火、強姦、毒殺は、私が神の前で報告しなければならない唾棄すべき行為の数々の中に入る。若者たちよ、私をこの地上最悪の怪物にした背徳行為を汲み取った書物の題さえも知らないままでいることができますように！　こうした本を読むことの危険を疑う者は、以下の諸事実についてよく考えてみるがいい――

マルセイユに滞在している間に、私は教会で出会った若い娘の美しさに打たれた……。私は、娘の名前と住所を調べた。もっともらしい口実を作って娘の両親の家に入り込み、彼らに歓迎された。六カ月後、娘は私の子を身籠もった。私は結婚を約束していた。娘は結婚を催促し、周囲の人々も私に約束を守らせようとしていた……。ところが、間もなく、一家全員が毒物中毒で死んだばかりの家族の話で町中が持ちきりになった。それは、私が誘惑した不幸な娘の家族で、彼女も犠牲者の一人だった。医者たちは、この事故をキノコのせいにした。医者たちは間違ってはいなかったが、彼らに毒物を盛ったのは私だった。ベニテングダケから抽出した有毒な水でいっぱいの小瓶の中身をシチューに入れたのである。
トゥルーズでは、高等法院顧問官の妻が私の意に従った過ちを非常に残酷な結果で償うことになった。彼女は何度か狂犬病の発作を起こした後に死んだが、彼女には咬まれた覚えがなかった。私が駐留した様々な町で、他に二十人が同じ運命をたどった。私から針の小箱をプレゼントされた女性に災いあれ！　針は狂犬病にかかった犬のよだれに浸されていた。針が刺さるとすぐに毒に感染し、四十日後、ときにはもっと早く……。神よ！　これほどの悪行の果てに、どのように悔悛すれば、終わりなき劫罰《ごうばつ》から救済していただけるのでしょうか？　あなたの寛大さは尽きることがありません。おお！　お許しください、お許しください。私には信仰心があります、私の血がすべて流されてもかまいません、あなたにそれを捧げます。ですが、地獄だけは！　神よ、私に苦しみをお与えください、私はそれに値します、ですが、深淵に投げ込まないでください……。お許しください！……　私はキリスト教徒たちの祈りに身をゆだねます、とくに、私と同じ大義に身を捧げた兄弟たちの祈りに。

ガル博士は、これほどよく彼の理論を確証する頭蓋骨に出会ったことで、喜びの頂点にあった。私はこれを受け取ってくれるようにお願いし、博士は感謝の気持ちを感激の興奮状態で示した。「あなたがプレゼントしてくれたようなちれいな犯罪者は、フランスにはずと少ない」と、彼は意見を述べた。「こうした関係では、イタリアははるかにずと豊かでしゅ」

このような豊かさは、確かに、われわれフランス人にとって羨ましく思えるようなものではないが、私がアルプス山脈の向こうに滞在した際に観察したことからも言えるように、不幸にして、これは事実、まったくの事実である。フランスの法律が導入される前に、イタリアで博士は資料室のためにあらゆる種類の悪党の頭蓋骨をたっぷり収集できたことであろう。その機会が提供されたのだから、私は、われわれにとって名誉となる比較をするこの好機を捉え、青春時代に奇妙な一連の冒険（これについては別の機会に話そう）によって導かれた国について、若干の思い出をここに記そうと思う。

イタリアの実情

その当時、イタリアであろうとピエモンテであろうと、実施されていた裁判制度はおかしなものだった。それぞれの国が犯罪者たちをその国のやり方で扱っていた。* ここでは、ドンフロントにおけるように施行基準は「捕まえたら、すぐ吊せ」であり、あそこでは、生涯容疑者のままでいることができ、一度も裁判にかけられないまま死ぬことができる、というふうだった。犯罪者の運命を定める権限を持っていたトリノの元老院は、とくに仕事の鈍《のろ》さで有名だった。ある日、その日は聖金曜日だったが、カサチ神父は国王の前でキリストの受難について説教していた。そして、聴衆が涙にくれているのを見て、この機会を利用して怠惰な裁判官たちに教訓を垂れようと思った。私は説教に出席していた。

＊　当時イタリアは、一つの国としてまとまっておらず、いくつもの都市国家や領邦国家に分かれていた。

「おお、神々しき贖《あがな》い主よ」と、皮肉が好きな神父は叫んだ。「なぜ、当時、あなたを裁くためにトリノ元老院のような機関がなかったのでしょうか！　あなたはなお生きておられたことでしょうに」

ピエモンテの首都の牢獄は、非常に大きかったが、いつもほとんど満杯だった。他の牢獄も同じようなものだった。毎年、決まって七百ないし八百件の短刀刺殺事件が起こる国では、ほとんど他に有り様《よう》がなかった。しかし、もし裁判が行なわれたならば、暗殺者と被害者の家族双方を勘定に入れると、恒常的に千五百の家族が喪に服すことになるので、裁判はわずかしか着手されず、判決を出し惜しみする司法官たちは可能な限り死刑執行を先送りしていた。司法のこうした無為無策ぶりはあまりにも甚《はなは》だしいものだったので、ついにはデマリス元老院議長のもとに、次のような奇妙な嘆願書が寄せられることになった――

いとも名高き閣下

最高司法機関に仕える熱意ある人々の中でもっとももしがなき者である、フェリーチェ・マルテノは、畏れながら、閣下に以下のことを申し述べさせていただく次第です。最後の雪解けの結果、そして、聖週間の間中吹き荒れた強い北風によって、絞首台に掛かっていた受刑者たちの骨が次から次へと落下いたしました。今朝、刑場に参りましたところ、すでに骨組みがかなり痛んでいたピエトロ・ブタフッコのものと思われる腿骨も地面に落ちておりました。そこから遠からぬところで、風に吹かれて転がっていた二本の足骨、四本の肋骨、および、オネジッポ・クオルドルチェとその妹アルベルチーナの手足であったと思われるたくさんの小骨を拾いました。子殺しのモリラがぶら下がっていた鎖から背骨の大きな塊が抜け落ちておりました。子供たちがおもちゃにするのを防ぐために、これらの骨を集め、撤去いたしました。明日、おそらくはまた同じことをせざるを得ないでしょう。もし風が吹き続けるなら、トリノに裁判官がいるということを通行人に示すものが間もなくなくなるものと思われます。しがなき者、フェリーチェ・マルテノはさらに申し述べますが、今、牢獄は悪しき者たちで満杯です。この者たちは絞首台に送られるべきなのですが、すぐに手を打たなければ、虫に食われるか栄養不良で衰弱して、いつの間にかこの世からあの世へと旅立つことになりましょう。すでに、頭目のオルシーノと一味七人が、このようにして惨めな死に様《ざま》をし、カラスたちに対して最後の盗みを働くこととなりました。と申しますのは、もし彼らが栄養失調で死ななかったならば、彼らの死骸は当然カラスの餌食となったはずだからです。ジャコブ・グランソラッツォは、細身の短剣で何度となく天国の扉を開きましたが、急いで裁判にかけなければ、老衰で死んでしまいます。他に二十人ほどがやっと息をしているような状態です。マザー・ブドザローネと彼女の修道院の三人の見習修道女は、収監したときはとても活き活きとして元気だったのですが、今日では、やっと絞首台に掛けられる余力があるだけです。これほど多くの人たちが骨と皮ばかりの状態になっているのは見るも哀れであり、キリスト教的慈悲は彼らの苦しみをできるだけ早く終わらせるように命じています。

いとも名高き閣下にお知らせいたしました諸事実により、フェリーチェ・マルテノは閣下の足元に身を伏し、現在収監されているすべての犯罪人ができるだけすみやかに裁かれ、断罪されることを命ぜられ、その後は、われわれの元老院議員諸氏によって決定され確認された、厳格にして効力ある規定によって処理されるよう、閣下に懇請するものであります。フェリーチェ・マルテノは、あえて閣下に以上の人類愛的恩寵を嘆願するにあたり、まことに不躾ながら、以下のことを申し述べることをお許しいただきたく思います。私は一家の父であり、執行手当をいただけなければ、非常に慎ましい俸給だけでは、任を負う絞首台の維持整備、ほとんどいつも病で伏しがちな妻、腕に抱える幼い五人の子供たちの面倒を見る費用を賄いきれません。私、左記署名者は、さらに以下のことを申し述べさせていただきたく思います。自分の目の瞳以上に愛しているこの可哀相な子供たちは、現在、カラスや囚人たちと同じようにひもじい思いをしているか、粗末な食事で済ましているかであり、かく申す私自身、ほとんどの場合、腹一杯食べるどころではありません。間もなく、衣服にも事欠き、体の後ろは丸出し、袖はぼろぼろの状態で歩くことになりましょう。裁判所の無為によって、今後も同じような状況が続くならば、トリノの死刑執行人の地位は、ついには町で最下等になりましょう。以上のような状況、そして、枝に止まる鳥のような私と家族への憐れみ、同じく、自分の運命の行く末も知らずにどうしていいかわからず途方にくれる囚人たちへの憐れみのゆえに、すべての人にこれほど大きな害悪をもたらしている事態進行の遅さを終わらせるために、神とその聖なる母善き聖母マリアの名にかけて、いとも名高き閣下の執り成しを哀願し、さらに、自分の事件を清算する途上にあるすべての犯罪者が執行人の手に引き渡されるようにしてくださるよう、閣下に懇願する次第です。そうしてくだされば、犯罪者たちは大変幸せに思い、あなた様と私を祝福するでしょう。私は、あなた様の栄光と統治のために、彼らを解放し、安んじることを切に願うものであります。

いとも深き尊敬の念を込め、至高の権威たる閣下の僕《しもべ》、

フェリーチェ・マルテノ

ピエモンテの死刑執行人が嘆いているこのような無気力状態にかてて加えて、貧しい人々を憤激させる免責特権があった。貧しい人々には何の便宜も図られないが、この免責特権は金持ちたちがもっとも悪辣な所業を犯すのを助長していた。しかるべき人々、すなわち、金を持っている人々が罪を免れることができない犯罪はごくわずかしかなかった。刑を受けた場合、それを帳消しにするには、自分より重い刑を受ける犯罪者を、生涯に一度逮捕したか逮捕させた実績を証明するだけで十分だった。誰もがこのような幸運に与《あずか》れたわけではないが、その幸運を得た者は誰でも、自分の免責資格を買いたい者に譲渡することができた。これは「ノミナ（告発）を売る」と呼ばれていた。

警官や警察署長たちは、いつも一定数の「ノミナ」を持っていて、一般の人がこれを買うことができた。警官たちが悪党を捕まえると、彼らは必ず、匿名を希望する人物が逮捕したことにした。この人物は利益を得る機会を逃さないために、警官たちに名前の欄を空白にしたまま逮捕の記述をするように前もって依頼していた。ノヴァーレでは、税関職員たちが農民が聖体像の脚部と光輪を溶かして出来た金塊を所持しているのを見つけた。彼らにとっては、こうした物を所持する者は瀆聖《とくせい》とされる盗人たちの一人であることは明らかだった。この場合、「ノミナ」は特別扱いをするだけの価値があった。税関所長は、部下たちへの好意から、これをできるだけ価値あるものにしようと思った。彼がこの件について地域総管理官に手紙を書くと、管理官はすぐに腹心の一人にこれを確保するように言ってきた。これは千八百リーヴルで売れ、親殺し犯を救済するのに役立った。

「ノミナ」から生ずる免責特権は、同時に、告発者たちに約束された報酬でもあった。犯罪を計画する者は誰でも、事前に無処罰を確保するために、逃亡者と欠席裁判有罪者の名簿を非常に念入りに閲覧した。そして、その中に自分を安全にしてくれそうな人物を見つけるやいなや、その者の引き渡しに成功するように行動した。いつもたくさんの悪党がいるルメリーナ地区で、モルタナ付近に住み、義母殺害を計画する一人の若者は、テサンの向こう側で、父親を殴り、兄弟を殺した同郷出身者がパヴィアでまったくのうのうと暮らしていることを知った。この若者は、自分が狙っている「ノミナ」の有効性について裁判官の意見を聞いた後、兄弟殺しの犯人に会いに行き、彼と親しい関係を取り結び、サルデーニャ領内に何度も彼を呼び寄せ、十分に彼の信頼を勝ち得たと判断したとき、ピエモンテの警察に彼のことを通告し、警察は彼がパヴィアに帰るために橋を渡ろうとしているところを逮捕した。

絞首刑や斬首刑になるのは、哀れな貧乏人たちだけだった。絞首刑になった場合、受刑者の家族は名誉を失った。子供たち、一親等の父系親族に至るまで、すべての親族は市民権を失った。斬首刑に処された場合は、そのようなことはなかった。あらゆる種類の悔悛者がたくさんいる土地では、死刑執行はいつでも本当のお祭りであった……。誰かが極刑の判決を受けると、「魂が肉体から離れるまでに」と判決文には書かれていたが、急遽、この者はどこかの信心会の手に委《ゆだ》ねられ、信心会はこの者に教えを説き、聖者に仕立てあげなければならなかった。

ノヴァーレで、サン＝ジャン＝バプチスト＝ル＝デコレ信心会はある死刑囚を確保した。この者は黒い壁紙が張られた一種の寝室「コンフォルタトリオ」に収容され、その部屋には、ベッド、祈禱台、十字架、テーブルがあった。この時から、信心会のメンバーは受刑者の傍を片時も離れなかった。彼らは、仲間のうち四人が交替で常に受刑者の傍に控え、飲み物と食べ物について彼のあらゆる願望に応じる用意をしていた。受刑者が求めるものは何も拒否しなかった。非常に財政状態が豊かな信心会は受刑者のあらゆる気まぐれを認めた。ただ、酔うことだけは許さなかった。町中の誰でも受刑者に会うことができた。

運命の時がやって来て、死刑執行人が部屋に入ってきた。執行人は何も言わずに皿を裏返しにし、最後の食事が終わったことを告げた。それから一同は処刑場へと向かった。健康状態がいい場合は受刑者は徒歩で刑場に向かい、そうでない場合は荷車に乗った。受刑者の近くに聴罪司祭、信心会付き司祭がいて、信心会のメンバーたちは二列になり、彼らの旗を先頭に詩編を唱えながら付き従った。全員が手に巡礼杖を持ち、ベルトに十二個の象牙の玉でできた数珠を挟んでいた。玉は鳩の卵大のものからダチョウの卵大のものまで段々と大きくなっていた。長い白衣を着て、短い黒のケープを羽織っていた。白衣はホックで留められ、優美な絹のソックスと金の靴留めを見せるために裾が上げられていた。というのも、この種の行列では、各人が自分の持ついちばん貴重なものを見せびらかそうとするものだからである。

処刑台の足元に着くと、受刑者はさらにもう一度励ましを受け、生を終えた。絞首刑の後、執行人は頭部を切断し、それを絞首台の天辺に釘付けにした。執行人が死体を四つに切断し、受刑者が罪を犯した様々な場所の木に括り付けられることもしばしばあった。判決文がこのような分断を命じていないときは、遺骸は信心会に返却され、信心会はこれを非常に立派な棺に入れ、黒いラシャをかぶせた後、盛大に棺を運び、自分たちの教会に安置した。翌日、厳粛なミサが唱えられた。死者の魂のために町中で寄付が募られた。かなりの額が集まった。毎年、音楽隊によって絞首刑になった者たちのために記念式典が行なわれた。当地では、処刑された者すべての魂の安息のためのミサを取り決めずに取引がなされることはなかった。「絞首刑に処された百人の内、一人として失われた者はいない」という諺は、一つの信仰を表わしている。

ほとんどどこでも、絞首刑は町の外、大街道の近くで行なわれた。トリノでは、絞首台はパラッツォ門の外に設置されていた。国王は居室からそれを見ることができた。ヴィクトール＝アメデは、一度、寵臣で首相のサン＝トマ侯爵にそれを指し示したことがあったが、侯爵は三日後に、それが原因で悲しみのため死んだ。

「あそこに見える、あの建設物は何だ？」と、田舎を見渡せる窓のところに侯爵を連れて行って国王は尋ねた。

「あれは陛下の大製紙工場でございます」

「そうじゃなく、もっとこっちのほうの」

「あれはヴィナイア農場でございます」

「私が言っているのは、農場のすぐ脇にある、あの小さな建設物だよ」

「あれは絞首台でございます」

「実際のところ、あなたがあそこまで行くのはなかなか大変だろうが、しかしながら……」

国王は最後までは言わなかったが、急にポケットから一通の請願書を取り出して彼に見せ、言った——

「あなたには誰の署名か、おわかりでしょう？　さあ、急いでこの請願書の願いを叶えてあげなさい。そして、絞首台は不公正を犯す大臣たちのためにもある、ということを思い起こしなさい」

国王たちが王冠の奉仕者たちにより寛大になっている今日、侯爵は一地方全体の利益を損なった、とたぶん人は思うだろう。ところが、一人の哀れな鍵師が、大臣閣下が邸宅を増築したために、

「太陽はみんなのために輝く」という格言が自分の小さな家のためには忘れられていると嘆いただけのことだった。

イタリアでもピエモンテでも、何人かの善意の君主たちが、お互いに長い期間を隔てて君臨してきた。彼らの何人かは刑法を改善しようと試みた。しかし、ローマの影響力、その悪しき実例、ローマが開設していた避難所が、すべての改革案を頓挫させた。叡智による計画は、迷信によって維持される悪しき慣習に衝突して座礁した。というのも、迷信は風習なるものすべての自然の同盟者であり、あらゆる改革の敵だからである。トスカナ大公となったレオポルトが国内で死刑制度を廃止しようとしたとき、彼がもっとも強硬だと感じた反対論は、教会の人々から寄せられた。しかし、「教会は流血を嫌悪する」というラテン語の言葉がある。おそらくは、この人々は地獄の存在を十分には確信できないために、この世の責め苦をなくすことに同意できなかったのだろう。

それはともかくとして、司法が不幸な人たちに対してのみ厳格な国ではそうなるだろうと容易に想像できることだが、こうした国の死刑執行人たちが唾棄嫌悪されたのも非常に自然なことだった。彼らは全員に対して同じく厳正な法の実行要員ではなかったので、人々は彼らを権力者と金持ちの殺害意志に献身する奴隷としか思っていなかった。一年の間に、ノヴァーレでは五人の死刑執行人の交替があった。五人とも殺害された。最後の者の代わりを見つけるのに六カ月以上かかった……。彼らは犯罪者の四肢を犯罪が行なわれた様々な場所に設置するために巡回作業をしなければならなかったが、その途上で殺害された……。これほど危険に満ちた使命を果たそうなどとは誰も思わなくなっていたとき、長い間町を離れていたノヴァーレ出身者が町に戻ってきて、正義の使徒になろうと申し出た。この者はジェルマノという名前だった。彼は追い剝ぎ一味としばしば事を構えてきたので、自分の力量があれば彼らの復讐に遭わずに済む、と楽観していた。この期待がどのようにに裏切られたかを見てみよう。

第十二章　イタリアの死刑執行人ジェルマノ

夜の十時だった……。ジェルマノは絞首刑に処された者の死体を郊外のあちこちに置いてきた帰りだった。判決文が死体を十九に分断するように命じていた。疲労困憊《こんぱい》し、何か食べる必要を感じ、彼はセルヴァネラ村の近くの宿屋に入った。紳士に対してなされる礼儀を確保するために、用心して身分を隠したおかげで、すばらしい夕食を給仕され、それを平らげ、大領主のように勘定を払った。食事の後、休息十分の様子で、「ロソリオ」を愛飲し、何杯も勢いよく飲んだ。すると、宿屋の主《あるじ》がやって来て、お泊まりですかと尋ねた。

「いいや」とジェルマノは答えた。

「それでしたら」と主は続けた。「お出かけになったほうがよろしいですよ。ここからモルタラまで二マイルしかありません。ですが、道中、少なくともしばらくの間はグズグズなさらないように忠告いたします。と申しますのは、ルメリナにはかなりの数の追い剝ぎが残っているのは確かだからです。連中に出くわしては大変なことになりましょう」

「なあに、大したことはないさ」いい体格の上体を持ち上げ、頑丈な手足を満足げに見ながら、他《よ》所者《そもの》は言った。「私は一味の最良の連中を間近に見てきた。いちばん逞しい奴を二本の指で独楽《こま》のように回してみせるよ」

「そうでしょうとも。ですが、短刀の一突きは、たとえ子供の手でも……」

「私のほうでも武装していない、とお思いか？」

そして、胴衣を開きながら、服の下に隠れていた二丁のピストルと幅広の短刀の握りを見せた。

「ですが、あなたのご意見は役立ちましょう、それを蔑《ないがし》ろにするつもりはありません」

こう言いながら、ジェルマノは宿の主に挨拶し、街道を歩き始めた。主の言葉がそうさせたのかもしれないが歩調は早かった。日中の明るさが、消えたのではなく、単に和らいだだけと思われるような、美しい夜だった。かなり遠くの物も見分けられ、いきなり襲われることを恐れる必要もなかった。旅人は周囲を用心深く見回した。注意して道の真ん中を歩き、こうして、敵が後ろに隠れているかもしれない茂みや木を避けた。すでに行程の半分以上を歩き、風がサルヴィ修道院の消え入りそうな鐘の音を彼の耳に運んできた、その時、道の縁、桑の根元のところに、何か暗い色のものが横たわっているのに気づいた。警戒しながらも、武器と腕力を頼りにしていたジェルマノは、まずピストルに手を伸ばして弾を込め、それから、彼の目を引いた物のほうへ歩み寄った。

「怪しい物は、背後に残しておくより近づくほうがいい」と彼は独り言を言った。

それは褐色の外套だった。馬の尻か荷車から落ちたものと思われた。旅人は、桑の背後と平原に不安げな一瞥《いちべつ》を投げた。しかし、まったく人影がなかったので、外套を拾うために身をかがめた。

「新品ではない」と、外套を改めながらつぶやいた。「だけど、まだ役に立つ、誰か不幸な人を喜ばせるだけでも」

膝の上で外套を丸めるために屈み込んだとき、彼は突然誰かが肩に落ちてくるのを感じた。その男は素早く手を彼の首の下に回し、豹が山羊に嚙みつくように彼にしがみついた。と同時に、短刀の切っ先が彼の背中に突き刺さり、彼は苦痛と恐怖の叫び声を上げた。

「静かにしろ、ジェルマノ！」荒々しい声が命じた。「静かにしろ！ さもないと、命がないぞ」

不運なジェルマノは地面に屈んだままでいた。恐怖が、のしかかる不快な客を振り落とそうとする気力さえ奪っていた。

「両手を地面につけろ」と男が言った。

彼は従った。すると、喉に食い込んだように思われた指が離れ、胸部に沿って滑り、服の下を探って、武器を取り上げた。体中に冷や汗が流れた。傷口から血が流れているのを感じた。彼を傷つけた短刀は傷の中に残ったままで、ほんのちょっとした力を加えれば肋骨の間に入り込みそうだった。

「後生です、後生です！」彼は息の詰まった声で言った。

「おまえはその言葉を知っているのか、ジェルマノ？」襲撃者は彼の耳に口を近づけて尋ねた。

「おまえがそんな言葉を使うのか、ジェルマノ？ おまえは一度でも誰かを容赦したことがあるのか？」

「殺さないでください。そんなことをして何の役に立つでしょう？　身代金をたっぷりとお支払いしましょう」

「立て」野生の猫のような身軽さで地面に飛び降りながら、見知らぬ男は言った。「立て、そして、歩け」

ジェルマノは立ち上がり、初めて、口調がかくも高圧的な襲撃者を見ることができた。小柄で、華奢で痩せぎすだが、すばしこさと柔軟さにあふれる体軀の持ち主だった。せいぜい二十歳といったところだが、すでに情念が顔を刻んでいた。男のきらめく目に残忍な喜びが輝いていた。恐ろしく満足げに自分の捕虜を眺めていた。そして捕虜のほうは、非常に大柄、ヘラクレスのような体格、並外れて大きな頭なのに、不用意に呼び出した地獄の精の前の魔法使いのように、小男の前で震えていた。

「私をどうしようというのですか？」なんとか話そうと努めながら、やっとジェルマノは尋ねた。「身代金の額を決めてください。そのとおりきちんと払うことを約束します」

「そうだな」奇妙な笑いを浮かべながら盗賊は言った。「おまえは、聞くところによると、仕事が巧みで、ノヴァーレの善き司法官たちにとって貴重な人間なそうだな。だけど、司法官閣下諸君はおまえなしで済ますことに慣れなければならないだろう。当面のところはだな、よく聞け、俺がおまえに提示する取引は次のようなものだ。俺が指示する道で、おまえは俺の前を歩くんだ。もし、おまえが立ち止まったら、もし、人を呼んだら、もし、どんな仕方であれ、俺から逃げようとしたら、もし、そうしようとしていると俺に思われただけでも、盗賊の名誉にかけて約束するが、おまえはご褒美として二発の銃弾、さらに、短刀二十突きを食らうことになる」

ジェルマノは答えようとした。

「黙ってろ！」ピストルの銃口を突きつけながら、盗賊は命令した。「俺はおまえをこの場で殺すこともできる。たとえおまえがじたばたしても、し損じることはない。俺の言うとおりにするか、どちらかを選べ」

「どこへ行くことをお望みなのですか？」不幸な囚人は尋ねた。

盗賊が小道を指し示し、二人はそこへ分け入った。ジェルマノが前を歩いた。彼の敵はすぐ後ろに続いたが、抜き身の短刀を手にしており、捕虜を速く歩かせるために時々それを使った。一方、ジェルマノは、何か逃げる手段がないか、思いを巡らしていた。しかし、決然とした男の手からどうやって逃げられるだろうか？　彼には武器を持つという優位があり、獲物を狙う鷹のような注意を払って捕虜のあらゆる動きを監視していた。二、三度、不意をつく機会を得ようとして、彼は会話に入ろうとした。

「前へ進め、そして、何もしゃべるな。目的地に着いたら、いくらでも話し、知り合いになる時間がある」

「でも、まだ遠いんですか？」ジェルマノは言った。どんな運命が待ち受けているかという恐れと不安によって、彼の気力は奪われていた。

「黙って歩けと言ってるだろうが。足下の地面がなくなるとでも恐れているのか？」

短刀の一突きが腰に食い込み、それがジェルマノを大きく前に進ませ、足にすっかり敏捷さを取り戻させた。しかし、でこぼこだらけの地面に、障害物がだんだん増えてきた。囚人が躊躇するたびに、恐ろしい短刀の突きが感じられた。そこで、残酷な攻撃を避けるために、ジェルマノは、体が重く、もともとがすばしこい質《たち》ではなかったが、野生の山羊のように素早く飛び越えた。恐怖心が体を身軽にしているようだったが、血と汗を流していた。彼は喘ぎ、ひどく疲れていた。逆に、盗賊はまったく疲れを感じていなかった。切り立った岩、峡谷、深淵の中にあって、彼は走るというよりも、飛び跳ねていた。それはまるで、弾丸が衝突した衝撃で速度を増し、ほとんど中断されることなく飛び続け、ぶつかるたびごとにさらに素早くなっているようなものだった。

一時《いっとき》の休憩も取ることなく、一晩が過ぎた。最初の陽の光が差したとき、ジェルマノは、自分たちが到達した驚異的な高さに驚いた。モルタラの町が遠くのほうにやっと見分けられた。彼らの周囲には、険しく、焼け焦げた岩しかなかった。狼と盗人の巣窟そのものだった。山羊飼いでさえ、ここに群れを連れて来たいとは思わなかっただろう。しかし、彼らは辛い道中の終点に着いたわけではなかった。疲れを知らない追い剝ぎは活発さを少しも失っていなかったが、ジェルマノの四肢は動くことを拒否していた。そして、新たに努力した後、体力の絶対的消耗が彼に一種のエネルギーを与え、もう一歩たりとも歩けないとはっきりと宣言した。短刀がまた使用されたが、無駄だった。ジェルマノは、前に進む代わりに、剝き出しの岩の上に寝転がった。

「殺すなら、殺せ」彼は情け容赦のない敵に言った。「歩かせられるものなら、やってみろ」

「それじゃあ、休息しろ」盗賊は無頓着に言った。「まあ、一休みもいいだろう。ここまではおまえを探しに来ないだろう」

囚人は疲労に押しひしがれ、自分の恐ろしい状況までも忘れた。彼は眠り込んだ。捕虜が眠っている間に、盗賊は肩に掛けていた獲物袋のような物からパイプを取り出した。火皿は素焼きの焼き物、柄は単なるニワトコの枝で、まだ皮がついていた。火打ち金を打って火をつけると、静かにタバコを吹かし始めたが、目は一時も囚人からそらさなかった。パイプが空《から》になると、追い剝ぎは熱い火皿をジェルマノの鼻に近づけるだけにしたが、ジェルマノのほうは、吸い込んだ煙で半分むせたようになり、目を覚まして飛び起きた。

「さあ、出発だ!」盗賊は命じた。「急げ。俺は早く着きたいんだ」

相変わらず脅しつける例の短刀を見て、ジェルマノは身を震わせ、岩をまたよじ登り始めた。ついに彼らは、ずいぶん前から登っていた山の頂上に着いた。そこは一種の台地で、いくらかのヒース、いつも風に吹かれていじけた形の松が数本生えているだけだった。彼らの前にはさらに新しい山々が聳え立ち、それぞれが巨大なとがった山頂を持っていたが、その近づきがたい頂点は雲の中に消えかかっていた。

盗賊は立ち止まり、少しの間、台地全体に目を走らせた。それから、いちばん高い岩に飛び上がり、ピストルを一発撃った。音は遠くまで響きわたり、木魂《こだま》が止んだとき、鋭くて長い叫び声が聞こえた。ジェルマノが奇妙な声がしたほうに目を向けると、岩の上に大きな人影が見えたが、その様子は彼には恐ろしくて風変わりに思われた。赤い外套がその人物の肩を蔽っていた。ベルトと胸に、武器と金の飾りが輝いていた。赤い羽根飾りが翻る大きな帽子が、顔に影を落としていた。彼にはそれ以上観察する時間がなかった。というのは、大きな人影は、一風変わった様子で立っていた高みから急に降り立ち、真昼の太陽の下に影のように消えたからである。しかし、間もなく、彼はその人影がまた現われるのを見た。松の木々の間を通って、人影は走って彼らのほうにやって来た。突然、不意をついて現われたことに驚愕し、ジェルマノには、それが人間なのか悪魔なのかわからなかった。彼は十字を切り、自分の守護聖人に助けを求めた。

「ファビオ！　ファビオ！」すでに聞き取れるようになった声が叫んだ。

「ビビアーナ！」叫んだ人物に向かって駆け出しながら、盗賊が応えた。

第十三章　ジェルマノの受難は続く

ジェルマノは、一瞬、自分が一人になったのを見て取った。後ろを振り返って見た。逃げようという考えが浮かんだが、すぐに、自分より身軽で、とりわけ山岳地帯を走ることにずっと熟練している敵の追跡から逃れるのは不可能だと悟った。それに、身代金で片がつくと思っていたので、盗賊の怒りを掻き立てないのが慎重な態度だと判断した。ビビアーナの首に飛びついた盗賊は、彼女と何か話していた。何を言っているかは聞こえなかったが、ジェルマノは自分のことが話題になっているのがよくわかった。ファビオが自分を指差していたからである。すぐに、ビビアーナが不幸な囚人のほうに突進してきた。傍にやって来ると、彼女は囚人に襲いかかり、ひっくり返し、足で踏みつけ、この上もなく恐ろしい呪詛の言葉を吐きながら小さな短刀で彼を何度も刺した。

「もういい、十分だ、ビビアーナ」ファビオが言った。「殺しちゃダメだ」

彼は小声で何か付け加え、彼女は攻撃を止めた。

「そこにじっとしてろ」囚人の胸に足を乗せ、顔につばを吐きかけながら、彼女は言った。「そこにじっとしてろ、ヒキガエル！　這いずり回れ、蛇野郎！　伏せろ、犬めが！　さもないと……」

彼女が血のついた短刀を振り回すことで、この場は収まった。

ビビアーナは、せいぜい十八歳の若い娘だった。大柄で、スタイルがよく、走ったばかりだったためか、それとも、感情が高ぶっていたためか、顔の色艶がとてもよかった。男性用の帽子を阿弥陀にかぶり、顎の下で結んだリボンで留めていたが、素晴らしい黒髪が帽子からはみ出ていた。軽く震えている半開きの唇が類《たぐ》い希《まれ》な白さの歯を覗かせ、きらきらした目は炎を投げているようだった。ビビアーナはまばゆいほどに美しく、彼女を活気づけている情念が彼女をさらに美しくしていた。

怒り、憤慨、喜びが、代わる代わる、活き活きとした表情に表われていた。ファビオはうっとりとして彼女に見惚れていた。地面に横たわっていたジェルマノはやっと息をしていた。これまでに味わわされてきた衝撃と恐怖のために、彼はすべての身体機能を失っていた。

「こいつはなんて醜いんだ、怪物め！」笑い出しながら、ビビアーナが叫んだ。「こいつはなんて意気地がないんだ、悪党め！　震えて、女の足に踏みつけられている。──さあ、起き上がれ、可哀相なお人好し！　起き上がってください、閣下。手をお貸ししましょうか？」

ジェルマノは立ち上がろうとしたが、もうその力はなかった。彼はくずおれて膝をつき、両手を合わせた。

「あー、あー、あー！」またしても笑いの発作に駆られながら、ビビアーナは言った。「閣下は朝のお祈りをしなかったのね」

そして、彼女はジェルマノの前に跪いた。

「いとも名高き閣下、閣下にキスをしてもよろしいですか？」

そして、急に彼の喉をつかみ、顔に唇を近づけ、頬に嚙みついた。

「ビビアーナ！」ピストルの一丁に手を持っていきながら、ファビオが言った。「すぐに止めてくれるか？」

「嫌よ！　聖処女にかけて、嫌よ、ファビオ！　こいつはあたしのもの、あんたはこいつをあたしに約束し、あたしにくれた。あんたはもうこいつに関わっちゃダメ。この愛しい子、天使ちゃん、あたしの心のイエスの面倒を見るのはあたしよ」

そして、彼女は短刀の柄でジェルマノに一撃を食わせ、数本の歯を折り、岩の上にひっくり返した。

「ビビアーナ」ファビオは言葉を継いだ。「おまえは俺たちの取り決めを覚えているな。三日と三晩、俺は眠らず、走り、機会を窺った。俺は町に入り、軍服を間近に見、奴らの間を通り、座って教会の前で物乞いし、おまえの言うとおりにするためにあらゆる危険を冒した。ついに、俺は成功した。俺は俺たちの敵をおまえの復讐に委《ゆだ》ねた。さあ今度は、おまえの約束を実行しろ」

「そうだね、親愛なるファビオ、約束は果たしましょう。あんたは大変な苦労をした、友よ。あんたはあたしのためにずいぶんと危険を冒した。もしあんたが倒れてしまっていたら、あたしはあんたの敵《かたき》を討っただろう。だけど、あんたを生き返らせることはできなかったろう。ああ！　死んだ者は戻れない。あたしはあんたが好き。ほら、あたしはここ、あんたの権利を行使なさい、あんたの勝利を享受なさい、ファビオ、あんたはあたしの憎しみを満足させてくれた、正当なことよ、あんたの愛が……」

すでに、彼女の美しい両腕がファビオの首の周りに巻き付いていた。彼女はファビオを胸に抱きしめ、キスをしまくっていた。彼女の声は官能の高まりを示していた。

「あんたが望む時に」顔を盗賊の胸に隠しながら、彼女は言った。

「今だ」とファビオは答えた。その目は欲望と喜びの光を放っていた。

「歩け」と若い娘は囚人に命じた。

そして彼女は進むべき道を囚人に指し示した。

ジェルマノは起き上がった。

「そんなふうじゃなく、犬」ジェルマノを地面に叩き伏せるために髪を摑みながら彼女は叫んだ。「おまえは、ずうずうしくも、人間のように歩こうとするのか、残忍な野獣のくせして？　跪け、もしおまえがあたしの前で立ち上がったら、これがおまえの無礼を罰するだろう」

彼女の血まみれの手に短刀がなお光っていた。ジェルマノは茨や刺の草むらの中を這いつくばって進まざるを得ず、十分早く進んでいないと思われたときには、ビビアーナは彼を足で蹴った。道を歩きながら、彼女とファビオはキスをし合い、愛の言葉を囁き合っていたが、愛とは言っても、流血好みの想念、暗殺の脅しと野望が混じった、激烈で野性的な愛だった。

「そうだな」ファビオが言った。「俺は街道を見張り、旅人からの分捕り品をおまえに持ってこよう。司祭だろうと兵士だろうと、男だろうと女だろうと、誰でもいい。俺の名前が、サルデの名前のように、イタリア中に鳴り轟くだろう。そして、俺がサルデの息子で、父に恥じないことが知られれば、俺の活躍に加わろうという勇ましい仲間に事欠くことはないだろう。そうなれば、ビビアーナ、おまえはさらに金持ちになり、サルデの妻だったときと同じように、幸せで、尊敬されるだろう。おまえはさらに多くの絹のドレス、金の首飾り、赤いソックス、最上等のワインでいっぱいの革袋、望むだけの金貨を手に入れるだろう」

ビビアーナは笑い、彼を抱きしめた。

「おまえが告解をしたいときには、いつでも神父や司教を連れてきてやる。おまえは公爵夫人や侯爵夫人を家政婦にするがいい。俺の短刀の威力によって、全イタリアがおまえの前で震えるだろう。だけど、ビビアーナ、俺には貞節であれ、さもないと、サルデの遺骨にかけて誓うが、この短刀がおまえの心臓を刺し貫くだろう」

「お馬鹿さん！」笑いながら彼女は言った。「私の短刀が、先にあんたの肋骨と知り合いになるでしょうよ」

そして、人を殺める武器と戯れながら、彼女はそれで恋人の胸を軽く叩き、唇で血をぬぐった。

岩に開いた一種の洞窟の入り口のところまでやって来て、やっと彼らは立ち止まった。そこから新しい山が台地の上に聳え立っていた。ファビオは恋人を引っ張ったが、彼女は身を振りほどいて言った——

「ちょっと待って、ファビオ。私が取引を清算している間に、畜生が逃げるかもしれない」ジェルマノの腰に加えられた足蹴が、彼女が誰のことを言っているかを十分に示していた。彼は振り向いた。

「奥様」声にできる限りの哀願の調子を込めながら、彼は言った。「逃げようなどとはしないことをあなたに誓います。私が抵抗せずに歩いてきたことをファビオさんが保証してくれるでしょう。私は身をあがなうためにあらゆる犠牲を払う用意があります、私が持っている物はすべてあなたのものです。身代金にどんな値段をつけるのか言ってください」

「身代金だって！」可哀相なジェルマノを震え上がらせるような調子でビビアーナが叫んだ。「身代金だって！ 惨めな奴、おまえはあたしがおまえのために支払ったものを知っているのか？ あたしは愛と引き替えにおまえを手に入れた。あたしが買ったのは、おまえ、おまえの命、おまえの汚らわしい体だ。黄金と取り替えてもいい！ 大枚の金貨なら売ってもいい！ おまえはあたしを町のご婦人と一緒だと思っているのか？ ダメだ、ダメだ。おまえはあたしのもの、ずっと手元に置いておく」

「俺はあそこにちょうどいい鎖を持ってる」洞窟を指しながらファビオが言った。「この松の幹に奴を縛り付けておこうか？」

「ダメだ！」ビビアーナが憤激の様子で答えた。「ダメだ！ あたしが言ったとおり、こいつは這いつくばるんだ。もう立って歩くことはないだろう。――地面に顔をくっつけろ、奴隷め。地面に、と言ってるだろうが！」

「奥様」震えながらジェルマノは言った。「奥様、天の名にかけて、あなたの魂の救済にかけて、思いやりを示してください、私を憐れんでください。私は苦痛と疲労で打ちひしがれています。出血し、まだうずく三十カ所の傷口に凝固しています。私がお願いするのは、休息のお許しだけです」

「よろしい！　地面に顔をくっつけて休息しろ、生きている価値もない奴め」

ジェルマノは従った。絶対的服従によって敵の心を和らげられると信じて、彼は顔を手で蔽って腹ばいになった。ビビアーナは彼の上に屈み込み、すぐに立ち上がった。ジェルマノは恐ろしい叫び声を上げ、赤くなった岩の上をもがきながら転げ回った。

「さあ」ファビオの胴を抱きかかえながら、ビビアーナは言った。「これで済んだわ。こいつはもう大丈夫と思うわ」

彼女は短刀でジェルマノの膝の裏側の筋肉と腱を切断したのであった。

ジェルマノが呻き声で大気を満たしている間に、ビビアーナとファビオは、重傷を負った彼の体の上を通って洞穴に入っていった。迫害者たちの姿が見えなくなると、受難者はすぐに呻き声を上げるのを止め、傷の状態の点検にかかった。深手だった。刃は骨にまで達していた。彼は、恐るべき脅しがすっかり現実のものになったことを絶望と共に認識した。もう歩くことはできないだろう。彼はシャツを引き裂き、もはや無用のものとなった足になんとかかんとか包帯した。

「おお、女の残酷さよ！」と彼は独りごちた。「あの雌虎の餌食にされるような、何を俺がしたと言うんだ？　あんな鬼女になされるがままになっているより、百回死ぬほうがましだ」

彼がこんなことを考えていると、愛に戯れる物音と官能の溜め息が彼のところまで届いた。これで彼はさらに憤激した。恋人たちの傍まで這って行き、武器を奪って、二人とも殺してやろうかと思った。しかし、この試みに失敗した場合、望む死さえ得られないことを彼は恐れた。そうなれば、生きていること自体が耐えがたいものになるだろう。決着をつけようと決意して、飛び降りられそうな場所を探そうと思った。

そこで、膝と手で這い始めた。しかし、疲労と苦痛に打ちのめされ、激しい渇きに苛まれ、ゆっくりとしか進めなかった。太陽はいちばん高いところにあり、焼け焦げた大地が、竈《かまど》からのように、息が詰まるような熱気を照り返してきた。まるで炎が傷口に流れ込んだかのような苦痛を感じたが、その傷口には無数の蠅と虫が群がり、彼の周囲で渦を巻いて飛び回っていた。やっと、彼は台地の端に辿り着いた。しかし、残念なことに、でこぼこの丘陵のどこにも、十分に高い断崖が見当たらなかった。体はますます弱っていたが、ますます決意を固め、どこかに切り立った岩場を見つけようとして、縁に沿って進んだ。突然、ジェルマノは恐怖の身動きをした。シューシューという音が聞こえ、枯れ草の上にとぐろを巻いたクサリヘビが彼の前で頭をもたげていた。

「何を怖がっている、愚か者」と彼は自分に言った。「死ぬことに変わりはない。たぶん痛いだろうが、早くて確実だ」

彼は爬虫類の怒りを掻き立てようとした。爬虫類はシューシューという音は出したが、逃げていった。太陽がさらに強く照りつけた。怪我人をつけてきた虫の群れは常に増え続け、彼の耳のところでブンブンと音を立てていた。ジェルマノは目眩に襲われ、頭が重くなり、心臓が弱り、目がかすんできた。彼は前へ進もうとしてくずおれた。再び身を起こして、再びくずおれ、横たわったまま動かなくなり、意識を失った。

ビビアーナとファビオは、洞窟の中で長い間我を忘れていた。洞窟から出たとき、彼らは囚人の姿が見えないことに驚いた。黒い血の幅の広い跡が、囚人が逃げた方向を指し示していた。彼らは追跡を始め、難なく囚人を見つけた。ジェルマノは地面に横たわっていた。ファビオは、囚人が生きている兆候を示さないのを見て、洞窟に走り、水を持ってきた。ほんの数滴で不幸な者を気絶状態から引き出すに十分で、彼らは囚人を元の場所に連れ帰った。ビビアーナは、自分の捕虜を確保するために、さらに彼の腕を傷つけようとした。しかし、ファビオは、そんなに傷を負わせては捕虜は死んでしまうだろう、確保し続けるためにはそれは別の機会に延ばすのがよい、ということを彼女にわからせた。そういうわけで、彼らは木の幹に縛り付けることで満足したが、傷ついた足で縛り付けるという残酷な用心をした。少しの水といくつかの干しイチジクが、尽きた体力を回復させるために彼に与えられたすべてだった。

ビビアーナは一種のじりじりした好奇心で捕虜を眺めていた。彼が泣き言も言わずに苦痛に耐えていることを残念がっているようだった。彼の呻きと嘆きの声を聞ければ満足だったことだろう。ついに、沈黙に苛立って、彼女は彼に言葉をかけた。

「さあて！」彼女は言った。「おまえの御領地は、どんな具合だ？　あたしの王国に来て嬉しいかい？」

「野蛮人め！」ジェルマノは叫んだ。いくら手心を加えても無駄なことがやっとわかっていた。「血と拷問を見てこんなふうに喜んでいるからには、おまえはよほど邪悪な心の持ち主に違いない」

「なんと！　ジェルマノ、おまえがそんなふうに話すのか？　おまえに何もしなかった人たちを殺し、苦しめることを仕事にしているおまえが？」

「それは、命令に従っているだけだ」受難者は答えた。「それに、俺は情念も怒りもなく行動している」

「それだけでも、おまえはあたしよりずっと残酷だ。怒り、情念、これはあたしの言い訳になる。おまえはと言えば、おまえは冷静だ。おまえは憎しみもないのに人を殺す。惨めな奴！」

「それが、おまえたちが俺を憎む理由か？」

「そうだ。おまえとわれわれの間にあるのは、殲滅《せんめつ》戦だ。万が一、われわれがおまえの手中に落ちるようなことがあれば、おまえはわれわれを自分の餌食として見はしないか？ 今日は、おまえがわれわれの手中にある。おまえに災いあれ！」

「しかし、今生きている道におまえたちを引き入れたのは私じゃない。もし、その道が処刑台に繋がっているとしたら、それは私のせいだろうか？」

「でたらめを言うな、犬めが！ おまえの同類の誰もビビアーナに手を触れることはけっしてない」

「私のせいにできないようなことで私を罰するべきではない」

「ファビオ、私のギターを持ってきてちょうだい。血が騒ぎ、頭がかっかする。思い出が片時も離れない人の賛歌を歌って、気を静める必要がある」

ビビアーナの賛歌

彼女は楽器を手に取り、伴奏をつけながら、自由詩の即興歌を歌い始めた。彼女の声は抑揚に富み、よく響いた。ジェルマノ自身、彼女の歌声を聞いて密かな喜びを感じた。彼女の足下に寝そべっていたファビオは、彼女の目をじっと見つめ、彼女の歌を聴く幸せに陶然となっているように見えた。歌の内容はこんなふうだった――

俺だって王だ、と英雄は言う。短刀が錫杖、恐怖が玉座になろう。戦いだ、戦うんだ、あの暴君と奴隷連中と、あの邪悪で腐った連中と。堕落した者たちよ、ただ一人の人間の下僕たちよ、おまえたちを縛る鎖に口づけするがよい。俺には、独立不羈《ふき》！　無益で、ただ従うだけの法律を意気地なく引き合いに出すがいい。俺が頼りにするのは俺の剣のみ。

長い間、彼はサルデーニャの恐怖の的だった。けれど、数に圧倒され、というより、もっと大きな活躍の舞台を求めて、錫杖と玉座を携えたまま、あのぱっとしない島を放棄した。

船は順風に運ばれて遠ざかる。おお、海よ！　頑丈ではない船の下でおとなしくしておくれ。船はサルデと息子、そして、最愛の人ビビアーナを運んでいる。

彼女は高貴な血筋、ビビアーナは。彼女の出生には神秘がつきまとう。ビビアーナは、人々がそれを知るのを望まない。彼女は彼らの愚かしい虚栄心を捨てた。ビビアーナの高貴さ、それはサルデの愛。

恐怖に震えろ！　金持ち、権力者、豪奢な暮らしの司教たち、貪欲な手の司祭たち。震えろ、堕落したイタリアの子らよ。一人の男がおまえたちの土地にやって来て、彼の足下で大地が振動した。

そして、おまえたち、社会の律儀な防衛者、兵士、税関吏、警官、さらに、おまえたち、異端審問官、裁判官、スパイ、おまえたちとわれわれの間にあるのは、休戦も容赦もない戦いだ。おまえたちに短剣と銃弾が雨あられと降りかかれ。

誰がサルデの活躍ぶり、その勇敢さと巧みさを語ってくれるのだろうか？　何人かの勇敢な仲間たちと共に、自分の力と勇気を誇りに思い、あのような首領に仕えるのをさらに誇りに思う選りすぐりの仲間たちと共に、彼は三年の間、山々に君臨した。

三年間の仕事、成功、勝利、喜び、自由、それは男の素晴らしい生涯だ。奴隷状態によって愚鈍化している、いかなる都市住民が、彼と同じだけ生きたと自慢できるだろうか？

運命が変転する。数多くの敵に囲まれ、彼らは勇敢に戦い、英雄として倒れた。二人だけが生き残った。サルデと裏切り者だ。その汚らわしい名前を言って、自分の唇を汚《けが》すことはしまい。

サルデは剣を手にして血路を開く。血まみれの道を切り開き、息子と愛する女のもとへと戻る。裏切り者は降伏した。そいつは自分の命を救う手段を知っていた。

「裁判官の皆さん、私のような惨めな人間をどうするおつもりですか？　私は強くも勇敢でもありませんから、危険な存在にはなり得ません。ですが、もし私に好きにさせていただけましたら、そして、もし私にたくさんの黄金を約束してくださるなら、あなた方にサルデを引き渡しましょう」

「では、行け」

彼は山へ向かう。そして、遠くからサルデの姿を認める。

「おまえはどこから来たんだ？　俺たちの敵と近づきになったおまえ、何が望みだ？　どういうつもりでここへ来た？」

「俺は鎖を壊し、夜、牢獄を出て、首領にして友達のおまえに会いに来た」

「普通の人間たちと一緒に暮らした者は、もう友達ではない。そういう者はもう信用できない、あの不実な人種と話した者は。帰れ、引き取れ、さもないと、俺のカービン銃が裏切りの代償を払うぞ」

「俺は両手を広げ、純な心でおまえのところに来た。おまえは俺にどこへ行けと言うんだ、人間どもが俺を野獣のように追いかけ回しているというのに？　俺を殺せ、そう望むなら。俺はおまえの手にかかって死ぬほうがいい」

首領はカービン銃を肩にかけ直した。

「服を脱げ」

彼は従い、シャツだけになった。

「さあ、そばに来い」

彼は前に進む。サルデは彼を調べる。すると、裏切り者は彼の足下に身を投げ、泣きながら彼の膝にすがりつく。

サルデは彼に対する不信感を追い払う。彼は腕を開き、不実な男を胸に抱きしめる。英雄が彼を抱いたその時、裏切り者はシャツの首のところから短刀を取り出し、彼の王の背中にそれを突き刺す。

「人殺し！」刺されたことを感じて彼が叫ぶ。

裏切り者は身を離し、逃げようとするが、サルデの腕が彼を締め付け、打ちひしぐ。裏切り者は鷹の爪にかかった蛇のようにもがく。

「助けてくれ、兵士たち！」と不実な男は叫んでいた。

兵士たちが現われた。サルデは、敵の泡を吹く唇の死の最後の痙攣を味わった後にしか獲物を離さなかった。

それから、彼は武器を摑んだ。しかし、すでに傷を負い、足の速さが鈍っていたために、執拗に後を追ってくる集団からかつてのように逃れられないだろうと感じた。

岩に寄りかかり、険しい細道にあえて入ってくる最初の兵士に狙いをつけた。愛用のカービン銃はこれまで一度も彼を欺いたことがなかったし、腰には四丁のピストルが輝いていた。幅広の短刀は、忠実な友のように、胸の上で休んでいた。

何と美しかったことだろう、武器で飾られていたサルデは！　オーストリアの大公から奪った、金の飾り紐がついた服を着、かつてフランスの将軍から取り上げた、白い羽根飾りのついた帽子をかぶっていた。

意気地のない連中は遠くから彼を撃っていた。そして、彼らの銃弾は空中に消えていた。英雄の輝きが彼らの目を眩ませ、その姿が彼らを畏怖させた。彼のほうは、撃つ銃弾がすべて致命的だった。兵士たちは深淵に落ち、彼らの叫び声が、反響する銃撃音の木魂に混じった。

素晴らしい合奏だった！　サルデには逃げ切れないことがよくわかっていたが、確実に敵を倒し続けていた。この最後の日は、彼の生涯でいちばん素晴らしい日だった。二十人以上の兵士が断崖に転がった。しかし、彼にはもう火薬が残っていなかった。

「さあ、行くぞ、我が心の友よ！」

そう言う彼の手に、短剣が輝いていた。すでに何本もの銃剣が彼の胸に達していた。彼には最後の一撃を加える余力が残っていた。自分自身に対してか？　いいや、違う！　さらにもう一人殺すほうがよい。

短刀が宙を舞い、隊長を突き刺した。隊長は勝利を自慢できないだろう。十字勲章も、年金も、名誉も、褒賞ももらえないだろう。兵士たちはどうかと言えば、各人一エキュ受け取るだろう、そして、翌日、酔っ払った罰に棒で打たれるだろう。

ファビオ、あんたの父親の遺骸は絞首台に吊され、カラスたちが肉をついばんだ。カラスには好きにさせておけ、彼は生涯にずいぶんカラスたちに餌をやった。だけど、もしあんたが生きたまま私のところに連れてきてくれたら……。

こう言いかけて、ビビアーナはギターを岩の上に放り、ジェルマノの前に立ちはだかった。彼女は非常に恐ろしい目付きをしていたので、囚人はついに苦しみの最後の時が来たと思った。しかし、彼女は囚人に手を触れずに再び座り、囚人に次のように言っただけだった――

「あたしがなぜおまえが苦しむのを見て喜ぶのか、とおまえはなおあたしに尋ねるか、奴隷？」

彼女の怒りを掻き立てることしか願っていなかったジェルマノは（なぜかというと、たぶん、怒りの発作にかられて、彼女が命の重荷を取り除いてくれるだろうから）、決然として答えた。

「俺は判決文どおりにした。裁判官が判決を下し、俺は義務を遂行した」

「おまえの言うとおりだ！」新しい考えに打たれたかのように、ビビアーナは叫んだ。「――裁判官か！　奴の言うことは正しい。ファビオ、あんたはあたしの愛の価値を知っている……。裁判官だ、友よ、裁判官だ！　あたしに裁判官を連れてきておくれ！　裁判官を一人。あいつでもこいつでも、誰でもいい。そしたら、愛撫の限りを尽くしてあんたを酔わせてあげよう。まだこの世にいるのか、それとも、早くも天国に運ばれてしまったのか、もうわからなくなるくらいに」

「俺は出かける」ファビオが興奮して言った。

彼は急いで準備した。獲物袋にいくらかの食糧、イチジク、タバコを入れ、武器としては懐に忍ばせた小さな短刀だけ。彼はビビアーナにキスをしたが、彼女のほうは半分しかキスを返さなかった。

「裁判官を一人、友よ、親愛なるファビオ、裁判官一人だ！　おお、私は、間もなく、奴隷どもの素晴らしいコレクションを持つことになる！」

ファビオは出かけた。

「よく聞け」ビビアーナは捕虜に言った。「われわれのところに新しい客がやって来る。ファビオが約束を違《たが》えることはないからな。彼がすぐに戻ってくるようにお祈りしろ」

「何だって！　それが俺に何の関係がある？　女よ、おまえは新しい客の苦しみが俺の苦しみを和らげるとでも思っているのか？」

「そうなるとも。それに、おまえは階級が上がるんだ。今までは、おまえは普通の死刑執行人でしかなかった。サルデ陛下が配下にたくさん持っていたような。これからは、おまえはビビアーナ女王の意志に従う筆頭死刑執行人になる。おまえがこの栄誉にふさわしく振る舞い、持てる技術をわれわれに見せてくれるよう、あたしは期待している。おまえは、人間を死なせることなく長時間拷問に掛けることに素晴らしく通じているに違いない。あたしは、哀れな女だから、情念によってしか行動できない。あたしの短剣はいつでもいちばん純粋な血に飢えている。そして、あたしの気持ちとは裏腹に、あたしの短剣はいつも心臓のちょうど真ん中で渇きを癒そうとする。おまえにとっては、拷問は子供の頃から研究してきたに違いない技術だ。おまえは、聞くところによると、仕事に関しては巧みな男だという。われわれの親愛なる裁判官は、自分自身でおまえの才能を体験することになるだろう」

ビビアーナは、返事も待たず、洞窟の中に戻っていった。夜になり、ジェルマノは縛り付けられた木の根元で眠った。インディアンが翌日一緒に燃やされることになる柱に縛られて眠るように。

二日過ぎたが、ファビオは戻ってこなかった。ビビアーナは時として動揺し、不安そうな様子だった。そして、囚人は時々、彼女の不機嫌のとばっちりを受けた。三日目の朝、山に銃声が聞こえた。

「彼だ！」ビビアーナは嬉しそうに叫んだ。

そして、彼女は台地の縁に走った。

しかし、彼女は矢のような早さで戻ってきて、洞窟の中に駆け込み、ほとんどすぐに二丁のカービン銃と薬莢袋を持って出てきた。ジェルマノは、自分のことも見ずに彼女が傍を通るのを見た。それほどに彼女の動揺は大きかった。間もなく、ファビオが現われた。彼はビビアーナにキスをし、カービン銃を摑み、撃った。同時に、下のほうから二十発の銃撃がなされた。しかし、ファビオとビビアーナは岩の出っ張りに守られていたので、弾が当たるはずがなかった。ビビアーナも銃を撃ったが、彼女の射撃は正確だった。というのも、撃った方向を目で追いながら、彼女が喜びの叫び声を上げたから。盗賊と若い娘は、長い間、持ち場に留まり、銃を撃っていた。素早く、冷静で、もっともよく訓練された兵士の名誉となるような腕前だった。しかし、ジェルマノは、彼らの敵たちがじりじりと進んでくるのに気づいていた。彼らの銃撃音がより近くから聞こえるようになっていた。彼らは大勢を失っていたが、岩陰を探しながら、常に前進し続けていた。ついに、ファビオとビビアーナは持ち場を放棄せざるを得なくなった。彼らは走ってまっすぐ洞穴のほうに戻ってきて、ジェルマノの傍で立ち止まった。

「さあて！」ビビアーナが言った。「これが終わりだ。われわれがしょっちゅう予見してきたように、われわれが望んできたように。ファビオ、我が友よ、われわれは一緒に死のう。しかも、ここで死ぬんだ。ビビアーナは、あの忌むべき連中の見世物になることは望まない。連中は、彼女の苦しみを楽しむことはないだろう」

すでに兵士たちは、何方向からも登ってきた台地に近づいていた。彼らは逃亡者を見つけ出そうとしているようだった。

「あそこに、ずいぶんせっかちなのが一人いる」いちばん前に来ていた兵士に狙いをつけながら、ビビアーナが言った。「あの紳士諸君は、われわれを探している。われわれがどこにいるか、彼らに教えてあげよう」

銃弾が発射され、その兵士は岩の上に転がった。

「これで、連中はわれわれの居場所を摑んだ。さあ、中に入ろう」と若い娘は言った。

「まず最初に、この犬と決着をつけさせてくれ」と、囚人を指しながらファビオが言った。

「ダメだ、我が友！　あたしは彼に、あたしは山々の女王だと言った。彼はそれを疑っている。今や、はっきりと知るがいい。あたしは彼に恩赦を与える」

こう言いながら、彼女は微笑んだ。これまで彼女の顔に表われたことがなかった、何かしら優しく、同時に誇らしい様子が、彼女の顔立ちを美しくしていた。ジェルマノは、鎖を解いてくれた瞬間の彼女ほど美しい女性をいまだかつて見たことがなかった。一方、兵士たちは、銃を撃たずに走るような速度で近づいてきていた。

「急ごう！」ビビアーナが叫んだ。「捕まってはいけない。天よ、さらば。人生よ、さらば」
そして、彼女はファビオと一緒に洞窟に駆け込んだ。兵士たちが到着した。彼らのうち二十四名が黒い洞窟の入り口に位置し、中に入るのをためらっていた。致命的だったカービン銃の二発の銃弾が、彼らを決断させた。銃で一斉射撃を行なった後、彼らは前に突き進んだ。ジェルマノは、すでに離れた場所にいたのだが、次のように叫ぶビビアーナの響きのいい声をはっきりと聞き取った

──

「今だ、火をつけろ！」
突然の輝きが穴蔵いっぱいに広がった。恐ろしい爆発音が聞こえた。岩が巨大な土台の上で震え、ジェルマノが縛り付けられていた松の木が根こそぎ倒れた。洞窟全体が崩れた。大地が裂け、ひび割れた。洞窟の中に入った兵士たちは、一人として出てこなかった。盗賊は火薬庫を爆発させたのであった。

訳者後注

ここで物語は終わっている。当初は続編が書かれる予定だった。もし続編が書かれていたなら、イタリアの状況を述べた後に話を再びフランスに戻し、フランス革命期の出来事へと叙述が進んだことであろうと推測される。続編が書かれなかったのは残念なことではあるが、革命期のことは他の文献資料で詳しくわかっているので、この点については「訳者あとがき」で補足する。

訳者あとがき

私は以前『死刑執行人サンソン　国王ルイ十六世の首を刎ねた男』（集英社新書）という本を出したことがあり、その縁もあって、この度バルザックの『サンソン回想録』を訳すことになった。

これまで、この本が日本で訳されたことはなかった。つまり、今回が本邦初訳である。敬遠されてきたのは、「はじめに」で述べた事情により、バルザック自身によって確定されたテキストがないことがいちばん大きな理由ではないかと思う。しかし、バルザックが『サンソン回想録』を書いたということからすれば、そのような事情は些末なことであり、訳されないままに放置されるのはもったいないことである。テキストの選定に難しい問題があることは確かであり、私の選択に見逃しがたい不備がある場合は指摘してくださるよう、バルザック研究者の方々にお願いしたい。私ももともとはバルザックが好きで仏文科に進学したのだが、フランス留学中に歴史に転向し、歴史上の人間像を多く手がけてきた。

この『サンソン回想録』という本は、不思議な本である。歴史であり、物語であり、思想である。バルザックはサンソン家一族がどれほど苦しい思いで生きてきたかを克明に描いている。その合間合間に、様々な事件・出来事を取り上げ、二百年以上前の時代の様相を具体的に描いてみせてくれてもいる。今では信じられないようなことが起こっていたことをわれわれは知る。ところどころフィクションが交《まじ》えられていることは読んでみてわかる。作家の性《さが》と言うべきか、ある事実を知るとバルザックの頭の中で様々な想念が自然に働き始めるためにそうなるようだ。したがって、どんなに荒唐無稽に見えようとも、そこには元になった事実がある。そういうところは、バルザックらしいと割り切り、物語として楽しめばいい。

バルザックは作家であって歴史家ではないので、人名の整合性等が幾分か犠牲にされたことは否定できないが（たとえば「アンリ・サンソンの手稿」を書いたアンリ・サンソンって、誰？）、資料収集ぶりは並の歴史学者以上と言ってよく、二七四頁以下に掲載した奇妙な嘆願書など、よく見つけてきたものだと感心する。バルザックの目的は、サンソン家の人々の暮らしぶりと当時の世相をいかにリアルに描くかということにあった。続編が書かれなかったので、フランス革命期のことについては断片的にしか触れられないことになったが、革命前のことについては他の本には見られない詳細な記述があり、この点にこそこの本の価値があろう。革命期のサンソンについては文献資料が多数残されているので、この点を補いつつペンを進める。

まず、サンソン家と、この本の主人公である四代目当主シャルル＝アンリ・サンソンについて概略を述べる。

サンソン家は十七世紀末から十九世紀半ばにかけて、六代にわたって死刑執行人を務めた家系である。いったん死刑執行人になってしまうと、本人はもとより、一族の者が他の職業に就くことは事実上不可能で（身元がばれると客が全然寄りつかなくなったりするので）、子孫たちは父祖の仕事を引き継ぐしかなかった。そういう事情をわかっていながら初代サンソンが死刑執行人になったのは、地方の死刑執行人の一人娘と運命的な恋に落ちたからだった。初代サンソンは『手記』を残しているが、これは子孫たちへの弁明の書でもあった。最初は義父の跡を継いで地方の死刑執行人になった初代サンソンは、友人知人からも避けられるようになった故郷にいたたまれず、パリの死刑執行人に転じた。以来、サンソン家当主は「ムッシュー・ド・パリ」と呼ばれるようになった。

サンソン家の人々は差別を受け、世間から孤立した生活を強いられてはいたが、経済的には豊かで、子供が迷子になりそうな広壮なお屋敷に住み、貴族並みに狩猟を趣味にしていた。公務員としての俸給も高かったが、医者を副業とし、本業を上回る収入を得ていた。腕は非常によく、評判を伝え聞いた人たちが治療を受けに来た。裕福な人たちからは高額の報酬を受け取るが、貧しい人たちからは一銭も受け取らない、というのがサンソン家の伝統だった。また、近所の貧しい人たちに定期的にパンを配ることもしていた。だから、一般の人たちからは忌み嫌われていても、世話になった人たちからは敬意を受けていた。サンソン家の暮らしぶりも代を経るごとに少しずつ苦しくなって行き、六代目にしてサンソン家最後の死刑執行人アンリ＝クレマンはギロチンを質に入れるほど生活に困窮することになるが（このために六代目は執行人を罷免された）、三代目の頃は普通工場労働者の約百倍の年収があった。

　だれもが教育を受けられるようになるのはフランス革命後のことで、革命前までは学校に通えるのはごく一部の恵まれた子供たちだけであり、自分の名前が書けるのは人口の三分の一程度だった。裁判所と関わり、医者を副業にしていたサンソン家としては、息子が法律や医学の専門書を読みこなせるようでないと仕事に差し支えるわけだが、この本にも詳しく書かれているように、息子を学校に入れるだけでも一苦労だった。

　四代目シャルル-アンリは、父親が病で倒れたため、十五歳で家業を継いだ。人を死に至らしめる仕事は辛かった。それに、非常に信仰心の厚い彼にとって、人の命は神から授けられたものであり、人の命について裁量できるのは神だけなはずだ、という思いもあった。教会で祭壇の前に跪くたびに、いつも恐ろしい胸苦しさを感じた。どこからか「汝《なんじ》、人を殺すなかれ」という声が聞こえてくるのであった。それでも、先祖を裏切ることはできないという思いから職務を続けた。

　フランス革命が勃発したのは、シャルル-アンリが五十歳のときだった。《自由と平等》を標榜《ひょうぼう》する革命を希望をもって迎えた。これまで世間から爪弾きにされてきた自分たちの境遇も改善されそうだった。革命初期のスローガンは「国民、国王、国法！」であり、国王ルイ十六世は善き国王として絶大な人気があった。新たに憲法を定め、国民と国王が一丸となって改革を推《お》し進めていけば、素晴らしい世の中になると人々は楽観的に信じていた。シャルル-アンリも国王に大きな期待をかけた一人だった。

しかし、やがて革命はシャルル＝アンリにとって望ましくないほうへ進んで行く。事態が急変して王政が廃止され、さらにはルイ十六世に死刑の判決が下される。敬愛する国王を自分が手にかけざるを得なくなって、シャルル＝アンリは激しく動揺した。それまでは、自分の職務は犯罪人を社会のために罰する正義の行為だと自分に言い聞かせてきた。そう信じなければ、とてもやっていけるものではなかった。彼にとって、ルイ十六世は断じて犯罪人ではなかった――〈それは、国王陛下もミスは犯しただろう。とくに、国外に逃亡しようとしたのがいけなかった。しかし、過去のしがらみにとらわれながらも国のために精一杯の努力はしていた〉

国王の処刑に直面して、職務に対する正当性の確信が根底から揺らいだ。

処刑前夜は一睡もできなかった。王党派が国王救出を計画しているという噂があり、それに期待し、いざという場合は自分も一肌脱ぐ覚悟で処刑場に赴いたのであったが、救出劇は失敗に終わり、国王の処刑が執行されてしまった。その夜、シャルル＝アンリは反革命派の司祭を尋ね当て、亡き国王のためにミサをあげてもらった。ことが明るみに出れば、サンソン自身が死刑になったことであろうが、そうせずにはいられなかった。

フランス革命に遭遇したために、シャルル＝アンリは、結局、生涯に約三千人を処刑することになってしまった。恐怖政治期には、あまりの理不尽な処刑の多さにノイローゼ状態になり、目眩《めまい》、幻覚、幻聴に襲われ、手が震えてとまらなくなった。テルミドール（熱月）のクーデターで恐怖政治は突然終わり、やっと悪夢から解放された。クーデター後は、政治指導者だけでなく、革命裁判所関係者も裁かれることになり、判事、検事、陪審員が多数処刑された。実質的には革命裁判所長として君臨したフーキエ＝タンヴィルは、シャルル＝アンリがいつも死刑執行命令書を受け取りに行っていた直属上司のような人物だが、処刑台の上で「おまえもわれわれの同類なのだから、おまえもいずれは処刑されることになる」と言い捨てて死んでいった。しかし、サンソンを死刑にしろという声はまったく起こらなかった。裁判の審理にはまったく関与していなかったし、受刑者にできる限りの温かい配慮をしてきたことが広く知られていたからだろう。

サンソン家の人々の苦しみの元になっているのは死刑制度なので、死刑制度に対する批判がバックグラウンドミュージックのように全編を貫いている。この機会に、こと死刑制度に関しては我が日本は完全な後進国だということを確認しておくのも無駄ではあるまい。

日本アムネスティによると、二〇一九年の時点で、世界一九八カ国中、一四二カ国で死刑制度が法律上ないしは事実上、廃止されている。率にして七一・七パーセントである。G７に話を限ると、イギリス、ドイツ、フランス、イタリア、カナダでは、死刑制度は法律上廃止されており、死刑制度が存続しているのはアメリカと日本だけだが、アメリカの場合は二十以上の州で死刑が制度的に廃止されているので、国を挙げて死刑を行なっているのは日本だけである。

日本で世論調査をすると八割前後の人が「死刑制度に賛成」と答えるそうである。もっとも、これは日本だけのことではなく、現に死刑制度が存在する国で世論調査をすると、大多数の人が「死刑に賛成」と答えるのが普通なようだ。フランスにおいてもそうだった。フランスで死刑制度が廃止されたのは一九八一年のことだが、『フィガロ』紙がこの年に行なった世論調査では、六七パーセントの人が「死刑に賛成」と答えていた。こうした状況の中で、当時のフランス大統領ミッテランは弁護士のバダンテール氏を法務大臣に起用し、氏の八面六臂《はちめんろっぴ》の活躍によって、死刑廃止法案は上下両院を通過したのであった。

バルザックは、死刑制度は人間の本性《ほんせい》に反するがゆえに廃止されなければならないということを繰り返し述べている。死刑制度を糾弾するバルザックの筆鋒は実に鋭い。バルザックがこの本を書いたのは、フランスで死刑制度が廃止される百五十年前、今からだと約二百年前のことであるが、今の日本でも、バルザック並みの論陣を張れる人は一人もいないのではないかと思う。まあ、日本人の八割を敵に回すことを承知の上で死刑廃止を論じようという人がいるなら、その人はよほどの変わり者だろう。

いずれにせよ、死刑廃止は世界の流れなので、今後は「死刑は廃止するほうがよい」と思う日本人が少しずつ増えてくるだろう。そういう人が世論調査で三分の一に達すれば、フランスの例からもわかるように、日本でも死刑廃止法案を国会で通過させる可能な条件が整う。いつになるかはわからないけれども、日本でも死刑制度が廃止されることは間違いない。この本はその時に備えた本という側面も持っている。

この本を訳すにあたって、二箇所ほど不明なところがあり、バルザック研究家の大矢タカヤス氏に教えを仰いだ。ここに記し、御礼申し上げる。

編集に関しては、『バルザック　三つの恋の物語』に引き続き、今回も伊藤昂大氏のお世話になった。

安達正勝

二〇二〇年八月

シャルル－アンリ・サンソン関係略年表

一七三九年　二月一五日　シャルル－アンリ、パリに生まれる
一七五二年？　シャルル－アンリ、ルーアンの寄宿学校に入る
一七五三年　シャルル－アンリ、寄宿学校を放校処分になる
家庭教師のグリゼル師、死す
一七五四年　シャルル－アンリ、家業を継ぐ。父親が脳卒中で倒れ、半身不随になったため
一七六五年　一月二〇日　シャルル－アンリ、マリー－アンヌ・ジュジエと結婚。二人の間には男の子が二人生まれる
一七七八年　父親が死亡し、シャルル－アンリはサンソン家四代目当主として正式にパリの死刑執行人になる
一七八九年　七月一四日　バスチーユ陥落⇩フランス革命の本格的幕開け
八月二七日　『人権宣言』が採択される
一二月　死刑執行人に市民権を認めるべきかどうかが国会で論議される
一七九一年　六月二〇日　国王一家が国外に逃亡を図る（ヴァレンヌ逃亡事件）⇩国王ルイ十六世に対する国民の信頼が一挙に失われ、共和国を求める声がフランス全土から沸き起こる
一七九二年　四月二五日　ギロチンによる最初の処刑がグレーヴ広場で行なわれる
八月一〇日　王政倒れる
八月一一日　死刑執行人に市民権が認められる

一七九三年　九月二一日　王政が正式に廃止され、フランスは共和国となる
一七九三年　一月二一日　ルイ十六世が革命広場（現在のコンコルド広場）で処刑される
三月一〇日　革命裁判所が設置される
七月一七日　マラー暗殺事件の犯人シャルロット・コルデが処刑される
一〇月一六日　マリー＝アントワネットが処刑される
この頃から恐怖政治が始まる

一七九四年　四月　五日　ダントンが処刑される
六月一〇日　草月二二日の法令⇩恐怖政治が猛威を振い、一日に数十人の処刑が常態化する
七月二七日　テルミドール（熱月）のクーデターでロベスピエール率いるジャコバン政府が倒され、恐怖政治が終わる
翌日から三日間の間にロベスピエール派百名以上が処刑される

一七九五年　五月　七日　フーキエ＝タンヴィルが処刑される
九月　シャルル＝アンリ、死刑執行人の職を息子アンリに譲る。ただし、この後もしばらくの間は息子を手伝う

一七九九年一一月　九日　ブリュメール（霧月）のクーデター⇩ナポレオンが第一執政に就任し、フランス革命の終了を宣言

一八〇四年一二月　二日　ナポレオンの皇帝戴冠式が、パリ、ノートルダム大聖堂で盛大に挙行される⇩フランス革命の最後的終焉

一八〇六年　七月　四日　シャルル＝アンリ死す。パリ、モンマルトル墓地に埋葬される

サンソン家関連文献・資料案内

(1) 書籍

安達正勝『死刑執行人サンソン　国王ルイ十六世の首を刎ねた男』集英社新書　二〇〇三年

本書訳者による、シャルル-アンリ・サンソンの生涯とその一族、職業について、豊富な史料をもとに劇的に描いた一冊。シャルル-アンリやサンソン家について概観できる日本語文献としては、この『死刑執行人サンソン』が現在最も手に取りやすい。巻末の「サンソンの『回想録』——主要参考文献」は文献案内として有用。

辰野隆《ゆたか》『フランス革命夜話』中公文庫　二〇一五年（初版は一九五八年）

辰野隆は、東大仏文科黄金時代を築いた名物教師として知られていた。太宰治をして「日本一の仏文学者」と言わしめた。エッセー九編、翻訳一編を収録。シャルル-アンリをはじめ、ロベスピエール、シャルロット・コルデなどを取り上げている。独特な語り口が魅力の異色作。

『サンソン家回顧録』上・下　西川秀和訳　私家版　二〇二〇年（二〇二二年増補版刊行）

アンリ-クレマン・サンソンによる『サンソン家回想録』の簡約英訳版の翻訳に、フランス語原書からの訳も一部加えたもの。ルバイイ編の『ギロチンの祭典』よりも抜粋分量が豊富で、図版・地図などのオリジナルの資料も多数収録している。

モニク・ルバイイ編『ギロチンの祭典　死刑執行人から見たフランス革命』柴田道子ほか訳　ユニテ　一九八九年

アンリ-クレマン・サンソン『サンソン家回想録』からの抜粋編訳版。第三章で、シャルル-アンリ本人が書いた日記部分が大きく抜き書きされている点で非常に貴重。死刑執行人としてのシャルル－アンリの人物像を浮き彫りにしている。

ダニエル・アラス『ギロチンと恐怖の幻想』野口雄司訳　福武書店　一九八九年

フーコーやバルトの文章を引きつつ、「平等と友愛の機械」であるギロチンという処刑器具を、社会学的・哲学的視点から考察した一冊。本書においても、アンリ－クレマン・サンソン『サンソン家回想録』からの部分的引用がなされている。

バーバラ・レヴィ『パリの断頭台　七代にわたる死刑執行人サンソン家年代記』新装版　喜田迅鷹・喜田元子訳　法政大学出版局　二〇一四年（初訳は一九七七年）

ミステリ作家である著者が、当時の資料・日記などを丹念に追い、初代から二〇〇年にわたるサンソン家の歴史を通史的に描き上げており、シャルル－アンリやサンソン家について概説的に知ることができる。米国推理作家協会賞（エドガー賞）受賞作。

ダニエル・ジェルールド『ギロチン　死と革命のフォークロア』金沢智訳　青弓社　一九九七年

ギロチンの誕生から一九七七年の使用廃止までの歴史と数多のエピソードを掲げつつ、文学・美術・映画・漫画などを切り口に文化史的視点からギロチンという処刑装置について考察している。シャルル－アンリにまつわる逸話も所収。

ジュール・ミシュレ『フランス革命史』上・下　桑原武夫ほか訳　中公文庫　二〇〇六年（初訳は一九六一年）

アナール学派の父とも言われる歴史家ミシュレが、フランス革命の歴史について、生き生きとした筆致で描いた記念碑的名著。厳密な資料考証を行なった上で、過去を再現させようとする。叙述が文学的にも優れているので、フランス文学史にも登場する。中公文庫版は浩瀚な原著の抄訳版。

オノレ・ド・バルザック「恐怖時代の一挿話」『知られざる傑作　他五篇』水野亮訳　岩波文庫　一九二八年

敬愛するルイ十六世をみずから手にかけざるを得なかったシャルル－アンリが、処刑の夜、宣誓拒否派（反革命派）の神父と元貴族の二人の修道女たちのもとに、亡き国王のミサを密かに依頼しに来るエピソードを描いた短編小説。バルザックは、サンソン家の人々に取材を行なってこの作品を書いた。

西山暁之亮『パワー・アントワネット』1・2　イラスト＝伊藤未生　GA文庫　二〇二〇―二一年
処刑直前のマリー・アントワネットが、筋肉を覚醒させて処刑台を破壊、身一つでフランス革命を逆転させるコメディ小説。マリーの相棒としてシャルル－アンリが登場する。破天荒な設定の物語の中で、歴史上の逸話がパロディ化されている。縞による漫画版も刊行中（既刊1巻）。

(2) 論文

泉利明「バルザックとギロチン」『言語文化論叢』二〇一三年三月号
本書『サンソン回想録』をはじめ、バルザックの小説におけるギロチンによる処刑についての詳細な分析を行なう。バルザックの死刑観などについても考察しており、本書の内容をより広く理解するための参考になる。

(3) コミック

坂本眞一『イノサン』全九巻／『イノサン Rouge』全一一巻　集英社　二〇一三―一五年／二〇一五―二〇年
シャルル－アンリ・サンソンとその一族の運命を、華麗な絵柄によって耽美的かつ克明に描き上げた長編漫画。続編である『イノサン Rouge』では、シャルル－アンリの異母妹マリー－ジョゼフを、女処刑人という独自の設定で描いている。安達正勝『死刑執行人サンソン』を出典としている。

大西巷一「暗殺の天使と首斬りの紳士」『ダンス・マカブル～西洋暗黒小史～』第二巻　KADOKAWA　二〇

一一年

マラー暗殺犯シャルロット・コルデが処刑台まで運ばれる道中で、自らの刑を執行することとなるシャルル＝アンリと出会い、処刑されるまでを描いた漫画作品。真直なコルデと、紳士的なシャルル＝アンリの会話と心理が、マラー暗殺やルイ十六世についての回想を挟みながら、丹念に描かれている。

安武わたる「処刑人一族サンソン」『あばら屋の娘　～村人たちの共有性具～』ぶんか社　二〇一八年　電子版

シャルル＝アンリの妻マリー＝アンヌの視点から、死刑執行人の一族の模様を描いた短編漫画。ルイ十六世の処刑のエピソードを中心とした革命前後を背景に、処刑人としてサンソンが抱えていた苦悩と、妻への深い愛情を描いている。

(4)スマートフォンゲーム

TYPE-MOON『Fate/Grand Order』二〇一五年—

『Fate』シリーズのスマートフォン向けＲＰＧ作品。歴史上の偉人などの英霊が「サーヴァント」として活躍する。シャルル＝アンリをはじめ、シャルロット・コルデ、マリー・アントワネット、ナポレオン一世などがサーヴァントとして登場し、歴史上の逸話にちなんだエピソードもしばしば描かれている。

(5)舞台

キョードー東京『サンソン—ルイ16世の首を刎ねた男—』二〇二一年四月—六月公演

安達正勝『死刑執行人サンソン』を原作に、シャルル＝アンリの宿命と葛藤を描いた舞台作品。主演として稲垣吾郎がシャルル＝アンリ役を、中村橋之助がルイ十六世役を務めた。演出＝白井晃、脚本＝中島かずき、音楽＝三宅純。上演パンフレットに安達正勝による寄稿がある。

オノレ・ド・バルザック　Honoré de Balzac
フランス文学を代表する作家の一人。1799年生まれ。ロマン主義・写実主義の系譜に属する。現実の人間を観察することが創作の出発点だが、創造力を駆使して典型的人間像を描きあげる。歴史にも大きな関心を持ち、歴史的事実から着想を得ることも多かった。様々な作品に同じ人物を登場させる「人物再登場法」という手法を用い、膨大な作品群によって「人間（喜）劇」と名づける独自の文学世界を構築しようとした。代表作は『谷間の百合』。豪放な私生活も伝説的に語り継がれている。1850年没。

安達正勝　あだち まさかつ
フランス文学者。1944年岩手県盛岡市生まれ。東京大学文学部仏文科卒業、同大学院修士課程修了。フランス政府給費留学生として渡仏、パリ大学等に遊学。執筆活動の傍ら、大学で講師も務めた。著書に『死刑執行人サンソン』『物語　フランス革命』『マリー・アントワネット』『マラーを殺した女』、訳書に『バルザック　三つの恋の物語』（画：木原敏江）など。

サンソン回想録《かいそうろく》　**フランス革命《かくめい》を生《い》きた死刑執行人《しけいしっこうにん》の物語《ものがたり》**

オノレ・ド・バルザック　著
安達正勝　訳

2020年10月20日　初版第１刷　発行
2022年11月１日　初版第３刷　発行
ISBN　978-4-336-06651-0

発行者　佐藤今朝夫
発行所　株式会社国書刊行会
〒174-0056　東京都板橋区志村1-13-15
TEL　03-5970-7421
FAX　03-5970-7427
HP　https://www.kokusho.co.jp
Mail　info@kokusho.co.jp

印刷　創栄図書印刷株式会社
製本　株式会社ブックアート
装幀　コバヤシタケシ

バルザック　三つの恋の物語
オノレ・ド・バルザック／安達正勝訳／木原敏江画
B5変型判／一〇四頁／二六四〇円

文豪バルザックの「恋」をテーマにした三つの短編作品を、『物語 フランス革命』の安達正勝の訳と、『摩利と新吾』『杖と翼』の木原敏江の描き下ろしイラストで送る、豪華美麗でエレガントなイラスト絵本！

セラフィタ
オノレ・ド・バルザック／沢崎浩平訳
四六変型判／二六四頁／二五六三円

スウェーデンボリの神秘思想の影の下に、天使にしてエルマフロディットの謎めいた昇天と至上の愛とを描きあげ、まさに『人間喜劇』総体の《天国篇》とも称さるべき、深遠にして神秘なる哲学小説。

マルペルチュイ
ジャン・レー／ジョン・フランダース怪奇幻想作品集
ジャン・レー／ジョン・フランダース／岩本和子他訳
A5判／五三二頁／五〇六〇円

《ベルギー幻想派の最高峰》決定版作品集！　現代ゴシック・ファンタジーの最高傑作『マルペルチュイ』と、枠物語的怪奇譚集『恐怖の輪』、J・フランダース名義の幻想SF小説集『四次元』を集成。

蝶を飼う男　シャルル・バルバラ幻想作品集
シャルル・バルバラ／亀谷乃里訳
四六判／三〇四頁／二九七〇円

親友ボードレールにエドガー・ポーと音楽の世界を教えた影の男、シャルル・バルバラ。《知られざる鬼才》による、哲学的思考と音楽的文体、科学的着想、幻想的題材が重奏をなす全五篇の物語。

ショーペンハウアーとともに

ミシェル・ウエルベック／アガト・ノヴァック＝ルシュヴァリエ序文／澤田直訳
A5変型判／一五二頁／二五三〇円

《世界が変わる哲学》がここにある！　現代フランスを代表する作家ウエルベックが、十九世紀ドイツを代表する哲学者ショーペンハウアーの「元気が出る悲観主義」の精髄をみずから詳解。その思想の最奥に迫る！

H・P・ラヴクラフト　世界と人生に抗って

ミシェル・ウエルベック／スティーヴン・キング序文／星埜守之訳
四六判／二二二頁／二〇九〇円

『服従』『素粒子』のウエルベックの衝撃のデビュー作、ついに邦訳！　ラヴクラフトの生涯と作品を、熱烈な偏愛を込めて語り尽くす！　スティーヴン・キングによる序文「ラヴクラフトの枕」も収録。

いやいやながらルパンを生み出した作家　モーリス・ルブラン伝

ジャック・ドゥルワール／小林佐江子訳
四六判／四二〇頁／三九六〇円

世界中で絶大な人気を誇りつづける《怪盗紳士アルセーヌ・ルパン》の生みの親、モーリス・ルブランの初の伝記。ルパン研究の第一人者がついに成し遂げた、ミステリ・ファン待望の決定版。

ボリス・ヴィアン　シャンソン全集

ボリス・ヴィアン／浜本正文訳
菊判／六〇〇頁／三八五〇円

『日々の泡』や『北京の秋』など世界的名作を執筆した小説家にしてトランペッターでもあったボリス・ヴィアン。彼が作詞を手がけた四百曲以上ものシャンソンを全訳。本邦初のシャンソン全集。

ジゴマ 上・下　ベル・エポック怪人叢書

レオン・サジ／安川孝訳

四六変型判／上＝五二〇頁・下＝五一二頁／各三五二〇円

覆面姿の怪人ジゴマ!! 血の海に短刀一閃、国際的犯罪組織Z団降臨！ 追え、ポーラン・ブロケ刑事！ 久生十蘭の抄訳から幾星霜、ダークヒーロー犯罪小説の大ヒット作、遂に完訳。

シェリ＝ビビの最初の冒険　ベル・エポック怪人叢書

ガストン・ルルー／宮川朗子訳

四六変型判／五七六頁／三九六〇円

囚人たちは待っていた、シェリ＝ビビからの蜂起の合図を！ 監獄船を乗っ取り、顔を変え侯爵になりすまし、濡れ衣の真犯人を追え！『黄色い部屋の謎』『オペラ座の怪人』のルルーによる本邦初紹介人気作。

黄色い笑い／悪意　マッコルラン・コレクション

ピエール・マッコルラン／中村佳子・永田千奈訳

四六判上製函入／二九〇頁／四六二〇円

奇妙な笑い病のパンデミックがこの世を滅亡させる世界終末論的疫病小説『黄色い笑い』。マッコルランの最高傑作と絶賛されたマンドラゴラ幻想小説『悪意』。長編二編を収録。ともに本邦初訳。

北の橋の舞踏会／世界を駆けるヴィーナス　マッコルラン・コレクション

ピエール・マッコルラン／太田浩一他訳

四六判上製函入／四三二頁／六三八〇円

奔放な幻想や黒いユーモアが爆発する幻視の書『世界を駆けるヴィーナス』。夜と海と砂丘の探偵小説『北の橋の舞踏会』。澁澤龍彦が『マドンナの真珠』の藍本とした幽霊船綺譚『薔薇王』を併録。

氷の城　タリアイ・ヴェーソス・コレクション

タリアイ・ヴェーソス／
朝田千恵・アンネ・ランデ・ペータス訳
四六判／三四八頁／二六四〇円

類稀な研ぎ澄まされた文体により紡がれる、幻想的な〈氷の城〉をめぐるふたりの少女の物語。魂の交歓、孤独、喪失からの再生を、幻想的・象徴的に描き上げた、ノルウェーの国民的作家ヴェーソスの代表作。

雌犬

ピラール・キンタナ／村岡直子訳
四六判／一七六頁／二六四〇円

この世から忘れ去られた海辺の寒村。子どもをあきらめたひとりの女が、一匹の雌犬を娘の代わりに溺愛することから、奇妙で濃密な愛憎劇が幕を開ける……スペイン語圏屈指の実力派作家による問題作。

パラディーソ

ホセ・レサマ＝リマ／旦敬介訳
A５判／六一二頁／四六二〇円

革命前のキューバ社会を舞台に、五世代にわたる一族の歴史を、豊穣な詩的イメージとことばの遊戯を駆使して陰影深く彩り豊かに描いた、ラテンアメリカ文学不滅の金字塔にして伝説的巨篇、ついに邦訳！

愚か者同盟

ジョン・ケネディ・トゥール／木原善彦訳
四六変型判／五五二頁／四一八〇円

全世界二百万部超ベストセラー＆一九八一年度ピュリツァー賞受賞、デヴィッド・ボウイが選ぶ一〇〇冊。ニューオーリンズを舞台に愚か者達が笑いと騒動を巻き起こす、米国カルト文学史上の伝説的傑作!!